U0666409

大鱼

有爱的青春陪伴者

是心跳在说谎

Shixintiao Zai Shuohuang

虚渺无瘾 著

四川文艺出版社

图书在版编目（CIP）数据

是心跳在说谎 / 虚渺无瘾著 . -- 成都 : 四川文艺
出版社 , 2022.10
ISBN 978-7-5411-6439-2

Ⅰ . ①是… Ⅱ . ①虚… Ⅲ . ①长篇小说 - 中国 - 当代
Ⅳ . ① I247.5

中国版本图书馆 CIP 数据核字 (2022) 第 176191 号

SHIXINTIAOZAISHUOHUANG

是心跳在说谎

虚渺无瘾 著

出 品 人	张庆宁
责任编辑	邓　敏
特约编辑	蔡杭蓓
装帧设计	孙欣瑞
责任校对	段　敏

出版发行　四川文艺出版社（成都市锦江区三色路 238 号）
网　　址　www.scwys.com
电　　话　0731-89743446（发行部）　028-86361781（编辑部）

排　　版	长沙大鱼文化传媒有限公司		
印　　刷	长沙鸿发印务实业有限公司		
成品尺寸	145mm×210mm	开 本	32 开
印　　张	9	字 数	210 千字
版　　次	2022 年 10 月第一版	印 次	2022 年 10 月第一次印刷
书　　号	ISBN 978-7-5411-6439-2		
定　　价	42.80 元		

目录

目录

Chapter 1
/ 涂涂，我能追你吗？/

1

"正方二辩，我想问你，假如你的女性朋友穿着背心短裤出门，你会觉得不合适吗？"

"不会。"

"那我可以理解成，你认为女生穿着背心短裤出门是合适的，不应被指点诟病的，对吧？"

"我认为这个行为的合适与不合适不等同于应该或不应该，从安全角度出发，女生出门应该注意……"涂图对上对面咄咄逼人的眼神，勉强稳住底气，可就在士气正起的时候被打断了。

"你只需要回答我'是'或'不是'，按照你的说法，我相信你的回答是'是'。最后，我想问正方四辩，你觉得女生注意穿着就可以杜绝性侵事件的发生吗？"陆之晔扶了下镜框，神情凌厉冷漠，将目光从二辩涂图身上移开。

四辩何婕突然被点名，措手不及，慌慌张张地朝涂图求助，可涂图刚才被反方三辩一通问现在还没缓过来，四辩只好将最后一根稻草压在身旁的三辩身上。

"正方四辩，请回答反方三辩的问题。"

四辩哭丧着脸站起来，声音微弱，结结巴巴不确定地说："啊……杜绝应该是不行，但可以避免……"

"好的，谢谢，我知道你的回答了。我的问题问完了。"陆之晔得到想要的回答，直接打断对方发言，结束了辩论。

不出意外，这场辩论反方获得了胜利。陆之晔倒不在意胜负，他参加这比赛本就醉翁之意不在酒。

"涂涂，我们还能拿到学分吗？"散场下楼，何婕有气无力地搭着涂图，还没从辩论赛的挫败中回过神来。

她们大三了，要不是为了学分，也不至于跟着大一的参加辩论赛。涂图和何婕都差了零点五分的创新学分，如果不拿个校级比赛的奖，就得去考个资格证书。

"学姐，你们已经很厉害了，尤其涂涂姐的驳论，听得我们一愣一愣的，只是没想到他们信管学院的请了外援。"

涂图和何婕不约而同朝学弟看去，后者继续说道："反方三辩陆之晔也是你们这届的，信息技术与计算机科学专业，还是他们院学生会副主席，你们这届的十大辩手之一。"

何婕瞪着涂图："他就是陆之晔？"

涂图眨巴眨巴眼睛，叹了口气。

陆之晔，身高一米八三，体重六十五公斤，三大喜好：篮球、游戏和涂图。

这可不是瞎说，高中和陆之晔同班的人都知道，尽管陆之晔当时让大家保密，但这种消息绝对是瞒不住的。后来，一个和涂图小学、初中同班，且有着浓厚革命友情的朋友偷偷告诉了涂图。

"姓陆，名之晔？你不要因为我最近沉迷陌上无双公子爷，你就虚构一个人物来诳我！"高中时的涂图第一次听说这等趣事时，翻着白眼朝好友竖起小指。

一周后，涂图相信好友没骗她，而且，她见到了这位陆之晔。

"涂涂，英语老师叫你过去一趟。"说话的男生高出她两个脑袋，逆着光。

刚打瞌睡醒来的涂图睡眼蒙眬，看不清这人的长相，愣愣地点了点头，打着哈欠往办公室走。

"你这次期中考是不是发挥失常了？"不料男生跟了上来，同她说起话来。

很像搭讪，可男生语气尾音上扬，甚至带着笑意，更像嘲笑。

涂图瞥眼看他，男生摸着后脑勺也看着她，笑得晃人。

"你怎么知道我考砸了？你看起来考得很好啊。"涂图看着前面的办公室，在想这人是谁。

"我考得没你好。"

酸，真酸。涂图不太相信这人的话，假笑着敷衍过去，敲了敲办公室的门。

"哦，涂图，进来。"英语老师朝涂图招手，"之晔，你就别进来了，这里没你事儿了。"

涂图动作一顿，僵硬地回头看向陆之晔。

"得嘞，老师下次您记得叫我。"陆之晔挥了下手，转向涂图，意味不明地笑了。

"然后呢？那男生后来追你了吗？"宿舍夜谈，何婕好奇心极重。

"没有。"

"但……他每天都来我们班。"

高中文理分班后，陆之晔 12 班，涂图 10 班。

陆之晔是属于在其他班也能混成自己班的那类人，用光芒万丈来形容或许有些过，但意气风发绝对合适。

每次大课间的自习课，陆之晔都会跑到 10 班找大脸。大脸是 10 班的班长，和陆之晔是球友。

从那时开始，陆之晔大概就开始玩醉翁之意不在酒这招了。可惜，两人一直只限于没有任何意义的礼节性对话，甚至是有些尴尬的冷言冷语，例如——

"写作业呢？"

"不是，玩数独。"

"大脸呢？"

"你问我？"

"下节课老兰的课。"

"……"

当然，要是拿出侦探的放大镜，值得怀疑的蛛丝马迹也是有的。

有次涂图生日恰好在周五，周六放假。周五最后一节自习课时，邻桌几个约着去吃火锅，路上"恰好"碰到等人的陆之晔。

"陆之晔，明天傍晚老地方啊，带上你那新球。"男生们勾肩搭背地走了。

涂图和同桌落在后面，经过陆之晔时，涂图微微点了头，算打招呼。

"涂涂。"陆之晔像是随口一叫。

同桌拉住涂图，朝她使眼色。涂图淡定回头，只见原本靠着栏杆的陆之晔转身正盯着她。

"给，解开了有礼物。"陆之晔食指和中指夹着一张从作业纸上撕下来的小纸片，是九乘九的数独，八十一个空只有零零散散的七八个数。

涂图接过纸片，云里雾里。

数独无从下手，涂图翻到背面，上面是乱七八糟的数学题演算过程，字迹潦草，说是鬼画符也不为过。涂图看着看着，突然觉得纸片中心的圆柱体和三棱锥很像蜡烛。

线条笔直，棱角分明，同陆之晔本人一样，什么都恰恰好不逾矩，距离这块拿捏得死死的，涂图不觉得陆之晔对她有意思。

涂图没去解数独，纸片礼物这事儿就像没发生过一样。

直到她高三那年的生日，几个好朋友约着晚自习后在教室庆祝。教室灯光熄灭，本以为会是伸手不见五指的黑暗，但外面的路灯和走廊灯映射进来，涂图一眼就能看到教室后门口的身影。

耳边是朋友们唱的生日歌，涂图却忍不住从指缝里眯眼注视着那身影走近，将一个小盒子放进她的抽屉。

陆之晔放好东西，也许是感觉到闭眼许愿的涂图在瞄他，他伸手指了指桌子，然后又指了一下自己，食指中指作走路状，示意他先走了。

回想起那晚，涂图总觉得像是梦境。昏暗的教室，以及"暗送秋波"做小动作的两人都模糊得不现实，不真切。

明明她只从别人口中听说过陆之晔，明明她和陆之晔说的话不超过三十句，明明他们从未正式认识，从未……说起喜欢这件事。

高中毕业后，没了学校同学的这些媒介，陆之晔再没出现在涂图的视野里，她甚至忘记了曾经有个陆之晔在她的生活中露过脸。

大学开学后，涂图听闻陆之晔与她同校，可无心来往，哪会有交集。

　　没了想法，就算面对面走过，也是大路朝天，各走一边。

　　至少涂图觉得，这样一切都会是自然而合理的。

　　辩论赛碰上陆之晔，也是合理的，毕竟她和何婕都可以为了学分努力挤入专门为大一新生准备的辩论比赛，陆之晔就不能为了信管学院的荣誉作为外援助反方一臂之力吗？

　　"涂涂。"

　　何婕耳尖，脑袋几乎二百七十度转动，看到后面楼梯上下来的反方三辩，目光一紧，如同发现新大陆一样用力拍着涂图。

　　"涂涂。"陆之晔戴着眼镜，拿着手机，在下楼的大一观赛者中显得十分出挑，"不认识我了？好歹我们同校了五六年，真不记得了？"

　　晚课之后的校园小道有些拥堵，小电驴和自行车艰难地在人群中穿梭。

　　涂图看着前方溜得贼快的何婕，心里直骂她是看戏的损友，可骂了又骂，还是缓解不了当前和陆之晔并行的尴尬。

　　"你怎么想着参加辩论赛了？"相比之下，陆之晔气定神闲，极有耐心慢吞吞地跟着涂图。

　　涂图则紧紧跟着前面的人："学分不够。"

　　"哦，创新学分？差多少？"刚说完，陆之晔的前面被人占了。

　　涂图回了一句，声音太小，被人群的嘈杂声掩盖。陆之晔跟过去，低头又问了一遍，然后附耳等回答。

　　涂图有些懒，可看着陆之晔的认真模样，只得微侧身朝他大声道："0.5分。"

"2.5 分？"陆之晔疑惑。

涂图抿嘴，扶额重复嘀咕了一句："大哥，是 0.5 分。"

"好，我知道了，是 0.5 分。"

耳边传来低沉的笑声，涂图抬头，陆之晔已经挺直腰板走在她的旁边，好像无事发生一般。

一路上，两人有一搭没一搭聊的尽是这些没营养的话，这让涂图恍然有种重回过往的感觉。

这么无聊，难怪陆之晔从没跟她说过什么交往的话题，就这？打篮球打游戏不香吗？

涂图思想正分着岔，突然听到陆之晔说送她回宿舍，她急忙推辞："不用不用，很近的，不用送。"

"天暗了，你眼神不好，说不准会踩到什么。"

"啊？我眼神不好？"涂图攥紧了拳头，怀疑自己是听力出了问题。

陆之晔点点头，就在涂图要翻脸的时候，他轻飘飘地说了一句："你生日那天，我在教室外面等你等了很久。"

"啊？"

2

涂图，性别女，十七岁，身高一米五八，体重保密。

高中军训，烈日灼心，所有项目都无聊透顶，所有声音都像蝈蝈叫声一样嘈杂难听，一轮自我介绍下来，陆之晔只记住了那个"图图"。

大耳朵图图，不过她耳朵挺小的，掩在碎发和军训帽下，玲珑剔透。只要一休息，她就盘腿坐在地上拿着树枝划拉沙子，有时是写字，有时是画画，有时不知道在干什么，戳戳这里戳戳那里，抿嘴偷笑。

突然很好奇她的乐趣。

他忍不住关注涂图，总能在人群里一眼捕捉到她的身影。

像无穷无尽的海，够不到海底，但也舍不得浮上海面。陆之晔第一次觉得，未知与陌生有那么大的吸引力。

大脸说，可能是因为这海太干净了，干净清澈得将湛蓝天空都包裹进去。天海相融，纵你是飞鸟还是青鱼，无论如何都是逃不出这方世界的。

陆之晔觉得有点道理，但太抽象了，他倾向于更直白的表述：他喜欢涂图。

没错，他喜欢涂图，就算他和涂图还不熟悉。

陆之晔没有女人的第六感，不过他有男人的理智和逻辑。十几岁的年纪，欣赏异性是青春期的特殊表现。同年级16个班，陆之晔班班串过门，他觉得涂图小巧精致的长相在该年段的排名可进前二十。

陆之晔本是个挑剔的人，以为靠近了解之后那种心动的感觉会逐渐变淡，可时间一长，他发现优秀的女孩的确很多，但他只想看涂图。

经过一年默默无声的暗恋，陆之晔发现他确实很喜欢涂图。

他喜欢她纯真干净的脸，喜欢她柔软慵懒的声音，喜欢她温暾慢悠悠的样子。

"陆晔，你又盯着人家涂图看！"大脸忍不住低声提醒。自从陆之晔三番五次过来找他说闲话，他就发现这人有阴谋。

陆之晔冲大脸挑眉，没有否认，因为他就是有私心。

"老兰在我们班提问了，你们待会儿小心点。"陆之晔笑道，目光落在不远处，"不想被提问就不要打瞌睡。

"霄子他刚趴下就被叫起来答题，现在还在办公室上政治课。"

"陆晔，老兰问的哪道题？"涂图的前桌齐天转头问道。

涂图也抬头看了过来。

"昨晚的周练，倒数第二道题吧？我没听。"陆之晔跳下桌子，往那边走去，"你们有卷子吗，我看下。"

陆之晔的目光扫了扫齐天的桌子，然后自然地往后桌扫。

涂图把桌上的卷子往前一摊，没有说话。

"我看看啊……"陆之晔拿过卷子，手指在卷子上滑过。

卷面不算整洁，还有很多潦草的计算过程，选择题对得挺多，后面大题就空了不少，看来她不太会做物理大题啊。

"这个。"陆之晔用力点了点倒数第二道题，余光注意到旁边转笔等待的涂图抓着头发皱起了眉头。

陆之晔继续说道："这题简单，先判断各方向的力，带定则套公式。"

涂图的眉头皱得更紧了。

"不难。"陆之晔从桌上捞起一支笔，在草稿纸上画了分解图。

草图虽草，但很清楚，涂图看到自己漏掉的磁场力，豁然开朗。

类似的试探数不胜数。陆之晔不知疲倦地往10班跑，坐在涂图斜对面的大脸的位置上，和伙伴们谈天说地。

偶尔涂图那堆人也会加入讨论，一群人叽里呱啦的玩笑声中，陆之晔向涂图靠近的小动作是轻微的，也是明晃晃的。

笔盖掉落在地上，陆之晔极其自觉地帮忙捡起递给涂图，面不改色，继续听着大脸的长篇大论。

　　课间时间，陆之晔把篮球赛赢来的零食分下去，在涂图桌上多放了一把糖果。

　　涂图的生日已经过去一个月了，高二最后一学期转瞬即逝，期末在即，可陆之晔还没等到涂图来找他拿礼物。

　　陆之晔熟门熟路地走进教室，10班的人早已习惯他的出现，并不在意。陆之晔靠在涂图前桌的桌上，歪头打量着趴在桌上睡觉的涂图。

　　涂图的脸朝着靠窗的墙壁，上身伏在书桌上，双手环成一个圈，懒散又安静。

　　两年了，陆之晔看着她毛茸茸的脑袋，小小的身板，便不自觉跟着放松，想起她笑眯的眼睛不自觉地跟着笑。

　　时间解决不了问题，它只会加深印记，甜蜜的、苦涩的、失落的……让你无法忘记曾经最刺痛的我们的模样。

　　高三那年，陆之晔下定决心收心专注学习，他连着两天忍着没进10班。第三天，不过看到涂图桌上一片整洁，脑袋一热就冲了进去。

　　"涂涂今天没来啊？"陆之晔几乎是脱口而出。

　　"陆晔，你没发现大脸今天也没来吗？"

　　陆之晔才不关心大脸，追问道："她请假了？"

　　"感冒发烧，我们这一群里他俩抵抗力最弱。大脸早两天就天天堵着鼻子，涂图估计是被传染的。"

　　"陆晔，你昨儿怎么没来？我们自习课玩了游戏，啧，太可惜了，你知道吗，涂涂昨天玩大冒险了，你要在，咱们肯定就帮你一把了。"

　　陆之晔不需要别人送人情，但想到自己缺席了有涂图的活动，就莫名不爽，不爽到他打电话给大脸刁难了一番，然后要到了涂图的联系方式。

【我是陆之晔，你……】陆之晔删掉短信，删掉联系人。

这不是他想要的开端。

他会坦然告诉所有人他对涂图感兴趣，但不会莽撞地将自己沉重的喜欢丢给涂图，因为涂图不喜欢这种压力。

她不曾和他提起班级里的流言蜚语，她会避免和他说话，她甚至没把他当朋友，一直是他单方面挤入她的世界。

高三最后一学期，涂图生日临近。陆之晔把去年没送出去的礼物找了出来，又附上了一个装了补习班物理讲义和大题精点的 U 盘。

晚自习结束，10 班教室关了灯后便陷入一片昏暗，橘黄烛光前，涂图从指间的缝隙里瞄着他，目光是机警、疑惑的。

涂图该知道他喜欢她。

陆之晔看着人群里的涂图，心间一动，指了指外面。见涂图点了点头，陆之晔便去外面楼梯间等着她。

涂图没来，三年的暗恋明恋，女主角始终缺席。

就像眼前空荡荡的书桌，陆之晔心里空落落的。窗外依旧阳光明媚，桌上再没趴着补觉的女孩。

"你等我干吗？"涂图纳闷，时间久远，她几乎忘了这回事。

涂图的反应在陆之晔的意料之中，他平静地说："等你十八岁。"

"……"涂图哑然，她不傻，敛了敛神等陆之晔说后面的话。

宿舍楼下的路灯不太亮，反正没亮过陆之晔熠熠生辉的双眸。涂图被他认真的目光烫到，转开了脸，往前跟跄了两步。

"等你十八岁时，告诉你我喜欢你。"

陆之晔看着涂图板直的背影，心情复杂。

沉默是必然，涂图没回答，抬脚继续往前走。

"涂涂。你难道不知道我喜欢你吗？"陆之晔三两步追了上来，拉住了涂图的手臂，堵在涂图面前。

涂图低着头，不敢看他。

她知道，不是因为比别人多的零食，不是因为草稿纸上的问好，也不是因为别出心裁的生日礼物，就算没有这些渗透进她生活的点滴帮助，没有那些偏爱，她也能感受到。

即使她提醒自己陆之晔肯定是开玩笑的，但她就是知道。

涂图低着头，看着陆之晔抓着她的手，一下子不知道该怎么办。

"其实，我是听说你要参加辩论赛，我才参加的。"陆之晔松开手，老实坦白了，语气又委屈又苦涩，"信管学院和经管学院没什么课会一起上，你又不加社团……"

陆之晔看到涂图微妙的表情，不确定道："你加社团了吗？"

"加了啊……你的消息不准啊。"涂图弱弱吐槽着。

陆之晔摸了摸鼻子，掩饰尴尬随口说道："什么社团？"

"校青协，组织部。"涂图搓了搓手。

"哦，你们院的？"陆之晔微眯眼，挑眉问道。

涂图眨眨眼，笑出了声："你怕是个假的副主席。"

涂图刚入学的确什么社团都没加，但为了丰富简历，大三开学时涂图加入了校青协，成功混入"年轻人"的世界。

第一次见面大会，涂图才发现原来陆之晔是副主席，不过那天陆之晔没来，之后的活动他一次都没出现。涂图原本紧张的心情瞬间平和，转眼一学期快过了，混了个经历，也是时候退出了。

"组织部的？你怎么没跟我说？"陆之晔显然震惊到了，找了满世界的人，居然就在眼皮底下，要早知道他还参加什么辩论赛！

"你真是校青协的？什么时候进的？"陆之晔觉得自己仿佛是个白痴。

涂图带着些许雀跃的笑意，终于有次不再是她被三百六十度盯着了。她插着衣兜，慢悠悠地说："就开学的时候，为了盖你们的校级章，那时还报了红十，不过没进，人嫌我是大三的。"

"只是为了盖章，你不用进社团，跟我说一声……"陆之晔渐渐收了话，注意着涂图的神色。

她知道自己是副主席，却也不愿意跟他多来往。

"涂涂，我能追你吗？"

3

"虽然辩论赛只得到参与奖，但已经是校赛了，有 0.5 分。

"校级社团经历，德育分 3 分，班委加 3 分，宿舍卫生加 3 分……"

"涂，就看期末了！"何婕转动着眼睛。

涂图盯着电脑屏幕里的奖学金评选规则，自觉有点难。

"还有下学期，你们愁啥？"宿舍老大燕总嗑着瓜子看着相声，说得十分轻松。

"这学期都难，下学期更不可能了，你怕是忘了我们还有高级财务会计，你说我们国贸专业的学啥会计啊？"何婕悲惨地号着，瘫在椅子上。

涂图撑着脸，也感到很郁闷："别忘了还有税法和重修的金融学，期末全英文，你们准备好了吗？"

不用问，没有。

大学生活转瞬即逝，涂图和何婕是宿舍里仅有的两个还没拿过奖学金的，考虑到之后的就业问题以及对奖学金的觊觎，涂图和何婕费尽心思谋划，誓死要拿一次奖学金。

没拿过一次奖学金，还能算是完整的大学生活吗？更何况，涂图看上了一套乐高。

"六点了啊？我得先走了。"涂图看了眼手机，急忙站起身收拾东西。

入冬之后，天黑得很早。夜色深得像墨染了一样，经过的路人身上都氤着厚重的雾，更显几分冷瑟。

涂图缩着脖子埋头走路，没走多远就听到有人叫她。

"嗨！"涂图抬手见是班长，停下脚步，提了下背包带，"去图书馆吗？"

班长陈豪疾步上前，一米九的高个子让涂图不得不仰视他。

"可不嘛，期末了，你今儿怎么这么迟？"陈豪操着一口北方口音，圆润浑厚的声音放轻后多了三分温和。

涂图挺喜欢陈豪的，虽然第一眼觉得这人贼高大，贼有威慑力，但几次班级活动接触下来，发现陈豪又热情又细心，对人礼貌照顾，是个好班长。

一路走着，陈豪絮絮叨叨地和涂图说了一些从学长学姐那边问来的期末秘籍，到了分岔口，和以往一样贴心地说道："晚上要回来跟我说声儿，我去门口接你去。"

"行，我也不知道今天会上到几点，我到时候再联系你。拜拜！"涂图挥了挥手，往学校外走去。

经过两个路口，来到居民小区。涂图上了电梯，对着金属板理了理刘海。

"叮！"电梯打开，涂图左转走到尽头，按响门铃。

"涂图来了啊，小杰快把作业拿出来。"

"阿姨好！"

一周两次的初中英语家教，这是陈豪当初介绍给涂图的兼职。涂图大一过了四六级和 BEC 中级，大二过了 BEC 高级和 CATTI 笔译三级。涂图的英语能力虽说不是令人望尘莫及的程度，但确实是杠杠的。

涂图大概有教书的潜力，愣是把男生的英语成绩从 80 分提升到了 135 分，期末考成绩出来后，男生的家长赞许不已，和涂图说好这学期继续由她来辅导。

原本是一周上三到四次课，但现在小杰上初三，其他课程压力比较大，所以英语辅导就改成了一周两次，偶尔太忙，就一周一次。

工时少费用自然跟着少了，小杰低头做改错题时，涂图算着这个月的兼职费，思绪又回到了如何拿奖学金上，左思右想似乎只有死磕期末考试这条路了。

"姐，你手机好像有消息。"

手机调至静音，涂图一时没注意，只见手机屏幕亮着，微信弹出两条消息。

涂图一眼就看到了消息，但还是按灭手机，神色严肃地敲了敲桌子："全做对了？中考的时候，就算你女朋友在外面叫你，你也不能转移注意力。"

"那我肯定要回她啊！"

"所以，你有女朋友？"

"……"

涂图抿嘴笑了起来："小骗子，我不跟你爸妈说，但你不能影响学习，等你考个英语单科状元，我请你和你女朋友吃冰激凌。"

"必胜客吧，她喜欢吃比萨。"小杰转着笔，满脸认真。

"行吧。"涂图不忍拒绝，勉强答应，末了强调道，"英语单科状元！说好的啊！"

边学边聊，涂图给小杰讲解完作业后竟然已经十点了。

小杰妈妈热情地塞给涂图一袋水果，并把她送到了电梯。等到电梯门关上，涂图才松了一口气，看着袋子里的苹果梨子，心想待会儿多拿几个给陈豪。

正想着，涂图拿出手机打算给陈豪发消息，就看到了方才没来得及看的两条微信。

自那次见面后，陆之晔直接从青协大群里加了涂图微信，她没同意。

结果组织部部长在群里分享了陆之晔的微信二维码：【大家都加下陆主席的微信，以后他负责咱们部门工作的开展。】

涂图还是没加。

第二天，部长再次严肃声明：【没加的部员在年末聚餐上需要准备小节目。】

【不允许请假！不允许缺席！】

涂图想要找借口不参加聚会的念头被打破了，看着"图图贝贝"的微信名，涂图有点被恶心到，没想到陆之晔的画风这么油腻。

但除了微信名，陆之晔的朋友圈还是很出众的。

或是简单的日常，或是构图奇妙的照片，或是游戏圈篮球界的梗。涂图认为出众的朋友圈就是不失真不做作，但又有内容，不论是文字还是图片，都能让观众看到作者的影子。

陆之晔恰好都做到了。

透过朋友圈，涂图看到的就是陆之晔。

　　涂图备注了"陆晔"，将其归类到"Z"类，即列表最末，平时连翻都不会去翻的地方。

　　出乎意料，陆之晔似乎知道她的打算，没总出现晃她眼，扰她心。

　　直到周五晚上，也就是今晚，陆之晔约她明天看电影。

　　涂图放下手机埋头走着，心里琢磨不止，还没回过神就已经走回了学校。门卫大叔甩着钥匙在门口溜达着，等待关门时间。涂图疾步走进去，突然想起还没给陈豪发消息。

　　"嘟嗒"一声，刚给陈豪发完消息，陆之晔就发来一个问号，涂图眼色一暗，犹豫了起来。

　　【我明天有事，就不……】涂图正编辑着短信，陆之晔拨了语音通话过来。

　　涂图手指在红键上顿了顿，深呼口气，划开了绿键接通了："怎么了？"

　　"等下我，我在你后面。"陆之晔话里带着风声，接着就是越发清晰越发靠近的双重声音，"你这么晚去哪儿了啊？"

　　陆之晔追上涂图，带起了一阵凉风。涂图哆嗦了一下，讶异地看着陆之晔，但很快就归于平静，又成了默默无声的样子。

　　像极了以前，一边拿捏着尺寸，一边躲闪着装傻。多年来，两人说话不超过三十句。

　　"涂涂，你看我给你发的微信了没，明天有空吗？"

　　"没，我明天打算……做家教。"

　　"家教？是白天还是晚上？"

　　涂图心里想着看电影一般都晚上，于是答道："晚上。"

　　"那我送你去吧，明天我都没事。"陆之晔坦荡荡的，没等涂图说话，接着道，"这周事情有点多，周末才有时间联系你。那电影十号就上映了，一直没时间看。"

"你是不是看过了？"陆之晔又问道。

"那倒没有。"涂图不习惯说谎，如非必要，她会老实回答。

陆之晔瞄着涂图，有些捉摸不定她的态度，她应该不讨厌他，但肯定不算喜欢。涂图慢热，他不能着急。可他觉得太熟悉了，熟悉到所有动作都是下意识的，包括拉住她的书包带。

"涂图，你讨厌我吗？"陆之晔有些失落。

涂图低头，锁眉，思考着。

"你现在……还……还对我感兴趣？"涂图耳尖红了，像缓解尴尬般嘟囔道，"都好几年了，我们都不大认识，说实在的，我总觉得像梦一样。"

"我认识你六年了。"陆之晔沉声，清冷的声音使话语重了许多。涂图一下又被压得说不出话了。

临近门禁时间，来往的人无一例外都是急匆匆的，宿舍楼下偶有难舍难分的情侣。

涂图和陆之晔间气氛十分沉重，像是争吵后的沉默，可他们并没有争吵，甚至，他们连基本的意见交流都没有，连争吵都是奢侈的。

"明天我送你去吧，在学校附近吗？你单独一个人不太安全。"陆之晔还是松了口，若有似无地拍了下涂图的肩，自己挑了头也自己负责结束那话题，"快十一点了，走吧。"

涂图自然且毫不犹豫顺着台阶下，两人一前一后走到了涂图的宿舍楼下。涂图略微狼狈地挥手告别，急切逃离了现场。

陆之晔来不及告别，一句话堵在胸口，实在咽不下去："真是一点机会不给啊。"

寒风萧瑟，以往陆之晔都不觉得冷，今天莫名其妙觉得真冷，冻鼻子冻手，全身都觉得冷，透心凉一般。

橘黄灯光下浓雾弥漫，楼前的空旷草地与远处老旧的楼房相映衬，就像无人生还的荒野，苍凉得让人心冷。

"陆之晔。"涂图不知道什么时候重新走了出来，站在楼前的台阶上，黑发被吹乱了，可目光很坚定。

那是陆之晔第一次忘了呼吸。不是因为涂图好看，而是因为那一刻像做梦。

陆之晔好像能体会到涂图说的像梦一样的感觉了，没有交集的人突然有了羁绊，毫不相关的人就此联系在了一起，是数据的开端，也是故事的开始。

"我明天没有家教，你不用送我了，然后……这个给你，今天阿姨给我的，太多了吃不完。"涂图把袋子递给陆之晔。

他接过，一时失语。

涂图踢了踢脚下的石子，声音轻糯："之前谢谢你的照顾，那个 U 盘很有用。

"但明天我就不跟你看电影了，我要去图书馆。"

4

图书馆人很少，一般只有考前两个星期才会天天爆满。尽管到处都是空位，但陆之晔没有任何犹豫，直接在涂图旁边坐下。

不是对面，而是她左手边。

涂图翻开书本，拿起笔，明明是从小做到大的动作，总觉得哪儿哪儿都不对。

她拿起热豆浆，先掩饰性地喝了一口，然后瞄到陆之晔打开电脑，他已经一本正经地开始写网络教学平台的作业了。

离期末考试还有一个月，涂图突然想起婚姻家庭法和影视音乐鉴赏的公选课要交两篇期末小论文。期末注定不清闲，涂图撑着下巴思考着，在手机备忘录上记好，事不宜迟，晚上回去就把作业敲完。

涂图见陆之晔认真做事，自己也逐渐放松，执着笔开始做习题。涂图找到个舒服的位置后，桌上奋笔疾书，桌下跷起了二郎腿。

初冬暖阳直到晌午才爬上来，涂图消化着知识点，无焦距的目光放在前三桌的同学身上。

那桌靠窗，金色阳光照耀着认真的少年们，画面很美。看着他们的涂图也很美，但很扎眼。

"不抖腿学不下去了？"陆之晔望着涂图，幽幽地说了一句。

涂图像是没听清，没反应过来，看了陆之晔一眼，又看向了他的电脑屏幕。

扫雷，差最后一个。

"你选哪个？"涂图突然有了兴趣，凑近研究了一会儿，指着其中一个空，"我选这个。"

陆之晔眯眼："我选另一个，打赌吗？"

"赌什么？"

"中午一起吃饭。"陆之晔不加犹豫，估计是蓄谋已久。

涂图思忖了会儿，低声问道："我赢了呢？"

"你肯定输，地雷我就没踩过。"陆之晔说得很确定。

涂图可不信，她玩性大发，很想拆他的台："行，我赢了的话，帮我写篇期末小论文，两千字，要求不高。"

"可以。"

鼠标从桌面移到了地雷图中仅存的两个未知格子，两人一同凑近盯着屏幕。

"这个？"陆之晔信心满满地询问着涂图。

涂图严肃谨慎地看着他，点了头。

"嘭！"鼠标按下的同时，陆之晔得意地配上音，却不是预料中的结果。

涂图转着笔，语气冷静得不带一丝雀跃，反而让人气得牙痒痒："那就麻烦你了，两千字，回头我把要求发你。"

陆之晔过了好一会儿才抓着头发笑了笑："好吧。"

小插曲后，涂图继续啃书本，陆之晔自找乐趣一样拿过她的书翻了翻，趁她不注意往里夹了两张草稿纸。

说起来，往书里塞纸这种手段实在是很低级，可是陆之晔很喜欢。从高中开始，他就爱用这种方式，大概是有某种文学细胞，他认为这就是传说中的"车、马、邮件都很慢"，他希望他的信号能慎重又具有仪式感地传达给对方。

至于涂图收到没有，读懂没有，就是另一回事了。就像她当年解不开的数独，陆之晔注定只能唱独角戏。

即使如此，陆之晔还是想这么做。

他总做这种收益微薄，风险不可控，难度系数大的事。

高二那年，学校运动会连办四天，每班会安排对子，即一个运动员配一个助理，负责起点鼓气、中途送水、终点等待的工作。

但陆之晔再异想天开也不可能和涂图结对的，经过半分钟的思考，陆之晔决定报所有赛跑项目，除了接力，因为这是团体项目，不够引人注目，而且，输不起，没法浪。

赛场上，陆之晔穿着运动短裤短袖，气势汹汹地冲向终点，因为终点有涂涂。

涂图是计分员，不计分时是后勤人员，负责终点倒水送水给需要的运动员。

那两天，陆之晔每天都能从涂图手里接过葡萄糖水。被安排给陆之晔的对子彻底失宠，在树荫下幽怨地看着他们。

意气风发、风靡全场的陆之晔却在第三天翻车了，跑 800 米的第一圈时小腿抽筋，他差点摔个狗吃屎。中途退场休整，可连续两天的高强度运动副作用一起爆发，陆之晔状态越加不好，膝盖发胀，小腿酸疼，甚至有点发烧头晕。

知情人士大脸非常藐视陆之晔："不值当！太疯狂了！"

"不值吗？涂涂现在肯定记住我了啊，上回叫她去办公室都不认识我。"

克敌一百，自损三千，不愧是陆之晔，还是被爱情蒙蔽了双眼的陆之晔。

运动会闭幕式结束后，陆之晔瘸着腿在班级大本营晃悠，看同学们搬桌椅，隔壁大本营也在收拾东西，其中涂图负责收拾一些杯子药品。

整整收拾了两大袋，涂图前脚拎着东西回教室，陆之晔后脚就跟上来了。

"我帮你提吧。"台阶上，涂图一停下，陆之晔立马伸手提起了东西。

涂图记得这人，要不是他退出比赛，他们班可没法拿第一。

涂图低头看了一眼，问道："你脚没事吗？"

"没事，小问题。"陆之晔心情不错，瞧吧，涂图记住他了。

"还是算了，我自己来吧。"涂图见陆之晔走得一瘸一拐，伸手要接。陆之晔迅速一躲，涂图扑了个空，碰到了他的手臂，恍惚间，似乎有阳光与云南白药相杂的味道。

涂图瞅着陆之晔绑了纱布的膝盖和脚，张了好几次嘴，最后过意不去说了句："谢谢你。"

陆之晔不知道那时候涂图对他的印象还处于"一个其他班的人"，他自来熟地走进他们班，走到涂图跟前，想要努力创造机会，可知道内幕的涂图不会揭开那层纱，甚至假装没看到他。

大概像是一块石头丢进水里，一点波澜都没起，就被悄无声息地吞噬了。陆之晔猜到大概，只是他也选择装傻，沉浸在那样细小的欢欣里。

现在，依旧是细小的互动，陆之晔觉得酣畅了三倍不止，凌晨十二点写完了两千字的《关于婚姻法中夫妻共同财产的实际运用研究》，摩拳擦掌问涂图要不要帮她写"论《爱乐之城》里的六种音乐表现手法"。

涂图收到陆之晔消息时正打算睡了，抱着手机回道：【题目可以，你对写论文感兴趣？】

陆之晔很快发了个"你说呢"的表情包。

【不早了，早点睡吧。】

【你不知道我对谁感兴趣吗？】

涂图翻着身，看到最新消息，顿住了，只感觉自己的心脏出了问题，怦怦怦的简直要超负荷。

【艾玛真是美爆了，你应该喜欢塞巴斯蒂安吧？】

是《爱乐之城》里的演员。

涂图盯着手机，说不清心里什么感觉，像是松了一口气，又像是空了一块。

【不喜欢。】

【那你喜欢哪类？】陆之晔马上追问。

涂图放下手机，望着天花板，听到何婕那边发出低低的花痴姨母笑，燕总和二姐安静地睡着了。

【明天给你带早餐，想吃什么？】

涂图翻身坐起来，刚才明明已经困得不玩手机了，现在却异常清醒。

女孩敏锐的第六感：陆之晔真要追她，不是说说而已。

涂图前所未有地觉得很有压力。

"哎呀！"何婕下床上厕所，抬头看到披头散发坐着的涂图，惊叫了一声，"你不是睡了吗？"

涂图回过神，心不在焉地说："快了。"

涂图看着何婕蹑手蹑脚地进了厕所，一会儿后，厕所门打开，咯吱一声响，何婕放慢动作，门咯吱一声关上。

一切又归于平静了。

涂图平躺在床上，没再去看手机，她还没想好要怎么回。

多年前，她不曾遇到这样的难题，就算所有人在说起陆之晔时，总会起哄看她，开句玩笑，但当事人陆之晔不在场的玩笑，涂图不在乎，甚至融入大家，一起吃瓜。

至于她和陆之晔，除了不咸不淡的几句尴尬谈话，那些暧昧全都被扼杀在高考的摇篮里，没有任何实质性的发展。

那时涂图没想过恋爱，假如有人跟她表白，她肯定毫不犹豫地拒绝，现在她不知道该怎么做了。

"我想要好好学习。"——好烂的借口。

"不好意思，我有喜欢的人了。"——她没有心仪对象。

"我愿意。"——和陆之晔吗？

涂图皱起眉头，捏着玩偶的耳朵，关于恋爱这件事，她没研究过。

如果真的在一起了，那……

　　还是算了，她挺适应现在的生活的，和室友一起上课，偶尔去去图书馆，没课就宅着睡觉看剧，周末化个妆买杯奶茶看部电影逛逛街，过得何其美好。

　　脱单，最后还是会退单啊。

　　想开后，涂图抱着玩偶，安心地闭上了眼睛。

　　下一秒，涂图又睁开了眼。

　　那要怎么拒绝呢？怪难为情的，连朋友也做不成。说实在的，陆之晔应该是个不错的朋友。

　　被发了朋友卡的陆之晔不似涂图纠结，没收到回复，他乐观地觉得涂图睡着了，于是定了个闹铃，向舍友们宣布："明早我送朋友上课，数学课给我占个座。"

　　一个舍友问道："哪儿的朋友，那个啥来着，朵朵？"

　　陆之晔翻了个白眼："笑死，人叫涂图。"

　　陈老狗怪里怪气地问："陆晔，涂答应你了？"

　　"还没，我努力。"陆之晔把电脑关机，重重捏了下陈老狗的肩，"涂也是你叫的？"

　　陆之晔拿起手机又确认了下微信消息，尽管没有任何回复，他还是点开了涂图的对话框，好像这样就能代表今晚的晚安。

　　"陆之晔，今年元旦有无脱单饭？"2床八卦发问。

　　"陆之晔出手，就知有没有。"4床附和着。

　　"你真土！"2床拍了下4床脑袋，转头看向陆之晔，"期末吧，带上老妹儿咱去游乐园，再不去券都过期了。"

　　买三赠一的优惠券，但是4床晕游乐园，大家就说等之后谁脱单了，就带上女朋友一起去。

目前来看，陆之晔最有机会。这家伙，看一眼就觉得他下一秒就会脱单，虽然4床也眉清目秀，奈何身高不够优越，还是个钢铁直男，大一时学生会联谊会上硬说妹子眼尾被黑笔画了，有脏东西。

"睡你们的吧！这事不能急。"陆之晔一边说着，一边打开了日历。

这几年每份日历的1月9日都被圈了出来，备注是——

涂涂生日。

Chapter 2
/ 你有没有那么一点点喜欢我？/

1

陆之晔说的送妹子上课就是真送。

早上，陆之晔较往日提早了半小时起床，买了早餐后来到涂图宿舍楼下。

涂图半个小时后才出来，他早已解决了自己的早餐，靠在自行车上玩手机。

八点上课，涂图七点五十分下楼，没想到陆之晔还在楼下，她明明叫他不要等自己了。

"早餐，不知道你喜欢吃什么馅的，就随便挑了。"陆之晔看到涂图出来，脸上迅速溢出笑意，阳光清朗，让人很舒服，"有点凉了，赶紧吃吧。"

涂图走近，看着陆之晔塞过来的包子豆浆，道了谢后，觉得有些尴尬，沉默不语。

"我带你，你在几教上课？"陆之晔撑好自行车，示意了下后座。

涂图就知道，她一出来就发现陆之晔骑了辆带后座的自行车。

"快点，要不迟到了。"陆之晔不给涂图拒绝的机会，催促着。

清晨的风很凉，陆之晔替她挡掉了大半。涂图吃着奶黄包，心里是有点感动的。

　　陆之晔说不知道她喜欢什么随便买的，可不管是奶黄包、鲜肉包，还是她根本吃不完的烧卖，都是她一贯吃的，这是去图书馆那天早上她买的早餐。

　　"你要不要再吃点？"涂图吃完两个包子，已经饱了。

　　"不用了，你多吃点。"陆之晔的声音顺着呼呼的冷风传来。

　　"我吃不完。"涂图满足地舔舔嘴唇，抬起头打量着陆之晔的背。

　　冬天已至，她已经披上了羊绒外套，陆之晔却穿着卫衣，里面似乎搭了件衬衫。宽大的卫衣下，身材隐约不清，涂图只觉得他肩膀宽厚，身板挺拔。

　　临近上课时间，校园道上并没有什么人。陆之晔骑着自行车带着涂图，算是一路通畅，到教学楼下刚好八点。

　　"去吧。"陆之晔停下车，单脚撑地。

　　涂图磨蹭了会儿，想再说些什么，最后还是朝他挥挥手告别，没有回头。

　　升至大三，上课迟到是常态。说实在的，涂图并不在意已过了上课时间，反而是今早的意外让她更不安。

　　上了半层楼，涂图鬼迷心窍地停下了脚步，她不知道自己为什么回头，大概想再次确认一下自己看到陆之晔时的心情。

　　陆之晔走了。

　　好吧，有点酸，萧索冬风在肆意刮脸，仿佛在叫嚣"看吧，他没那么喜欢你"。

　　人总是苛刻，涂图有那么几秒的苛责，可转念一想，人无完人，不论是她，还是陆之晔。

　　要说以前，陆之晔并不那么耀眼。

高中女生不比初中女生成熟，眼光却不比大学女生低。在涂图还不知道陆之晔名字的时候，她注意过他。

军训方阵四排六号，喊到时相比起五号弱了两倍不止，明明"六"更好发音。涂图注意到他倒不是因为音量，而是音调。

慵懒随性的，不紧绷，不用力，不刻意。涂图很喜欢这种低沉微扬的语调，像二哈躬身从膝下穿过，短毛划过肌肤的劲儿里带软的感觉。

实在又顽皮。

那时，陆之晔在一众男生中突出的大概就是身高，皮肤小麦色，成绩中流。期末按成绩排座位，他总坐在靠走廊的位置，涂图每次上厕所都能看到他在走廊上和一个男生玩球。

那个男生后来成了涂图高二时的班长，叫李胜强，绰号大脸。

高二之后，涂图同桌是个实打实的追星女孩，非常热衷于讨论年级里那些青春洋溢、意气风发的纯天然帅哥。同桌曾经郑重其事地列出了高二年段的前四十八名，而这个名单也得到了年段两百个女生的表决通过。

高二年段共八百人，五百多个男生，四十八强里没有陆之晔。涂图同桌听说了传闻以后，破例再次调整了下排名，陆之晔第五十名。

涂图觉得这东西挺无聊的，但不失为一个参考。

不算优秀的陆之晔从什么时候开始展露锋芒的呢？第一次是高二运动会，一人斩下五个田径项目冠军，第二次是高二下学期的篮球比赛上。

篮球赛那次，陆之晔不是因为所向披靡、反败为胜火的，而是因为和对方打了一架。

那是10班和12班的比赛，涂图刚好请了假没去看。据说两人之前有点肢体摩擦，陆之晔认为对方犯规，裁判没判，最后陆之晔一拳打响了号角。

男生打闹原本没什么大惊小怪，只是在好好学习天天向上的一中，打得人鼻青脸肿就很稀奇了。

涂图不知道现场打得多凶，但她第二天看到和陆之晔互殴的他们班的谢哲时，着实吃了一惊。

"陆之晔是真狠。"聊天时，脸贴邦迪、手绑纱布的谢哲凶巴巴地骂着。

涂图和谢哲原本就同班，关系还可以，涂图不由得说道："我们会记住你为班级做的贡献的。"

那场比赛，10班赢了，谢哲的伤没白挨。

那两次之后，陆之晔声名鹊起。其中，给涂图通风报信说陆之晔喜欢涂图的发小，总在涂图耳边说起陆之晔在班里的光荣事迹。

不知道是不是错觉，那时候涂图恍惚时常常在想陆之晔这个名字。而且偶尔有几次，涂图觉得陆之晔简直是她生活的一部分，像装饰品，又像标配品。

青椒与牛肉，没新意却再适合不过。

意识到这微妙的心理，涂图毫不犹豫地选择避开陆之晔了。她害怕自己是没了牛肉就平平无奇的青椒，当然可能她才是配洋葱也绝配的牛肉。

总之，还小的年纪，不应被任何东西捆绑。

她是她，陆之晔只是个隔壁班"绝地反杀"的物理学霸。

没错，升入高三后，男生们像开黑又开挂一样整齐划一地将年段前五的名额"分赃"了。陆之晔虽然没那么夸张，但考场从7班一跃，跳到了2班，和涂图同教室。

胜负欲是男女共有的，竞争者是不可能在一起的！

涂图相信了谢哲的话，更坚定了自己不会和陆之晔成为朋友的想法。

实际上，他俩的竞争关系近乎为零，涂图的决绝带着面对逐渐优秀的、曾经传闻中的追求者的自卑。

或者，称之为自我保护。涂图感官敏锐，即使平日懒洋洋的，但这不妨碍她感受到来自陌生人身上的攻击性，这个陌生人甚至还对她有其他意图。

虽然，涂图很可能只是将异性身上的荷尔蒙信号误认为具有威胁性的攻击信号……

【你今天来图书馆了？】

【待会儿一起吃饭吧。】

陆之晔的邀请实在是无比直接，毫不掩饰。

涂图从书中移开眼，瞭了下短信，没有马上回，而是先把折起来的税法题做完了，又对了答案，才拿起手机。

已经十二点半了，距离陆之晔发信息来已经过去了四十分钟。

涂图回复：【刚没看手机。】

还有一句【你应该吃完了吧？】没发送，陆之晔就秒回了。

【没事，现在走吗，二食堂？】

涂图愣了一下，还是把短信发了出去。

【没，等你呢。】

涂图脸色一僵，想起了何婕说的话。

"对待这种直球，你只能硬着头皮上，要么明明白白地拒绝，狠狠把球踢飞，要么别磨叽直接张开双臂投入爱情的怀抱。"

踢飞还是接受？

涂图没有选择的时间，因为陆之晔不知道从哪儿走过来，轻轻叩了叩涂图的桌子。

冬季中午的暖阳有些灼热，从图书馆到食堂的路上，涂图总觉得暖得过分，被太阳烘得面红耳赤。当然，其中还有一部分是因为陆之晔的话。

"我就坐在你对面，见你复习得这么认真，都不好意思打扰你了。"陆之晔不咸不淡地说着。

涂图听者有心，感觉陆之晔话里有话，不过她没说出来，转移了话题："你在我对面吗？我没发现啊。"

"看来是我太平凡，没法吸引你的注意力。"陆之晔半开玩笑地说。

"明明是你不够意思没来打招呼，这锅我不背。"涂图伶牙俐齿地反驳，"再说了，注意力放你那儿，我还复不复习了。"

陆之晔露出诧异的表情，显然被噎到了。

第一局，涂图胜。

"行吧，复习最大，但你刚可骗我说没看手机，这怎么说？"

涂图被这迟到的直球击倒了，不过她觉得还可以抢救一下："我是看手机了，但我说的是没看到短信。"

这时代，没人会相信这么烂的借口，陆之晔脸上尽是不相信。

"我没开网。"涂图急中生智，挥出最后一棒。

果然，陆之晔刚张开的嘴又闭上了。这回是彻底没法了，本还想站在道德制高点好好批判一下涂同学的作风问题，可她表现得无懈可击，断网失联没毛病。

"你赢了。"陆之晔叹了口气。

"承让。"涂图见好就收。

过了饭点,食堂人不多。涂图和陆之晔相对坐着,涂图边吃边玩手机,陆之晔吃得快,偶尔说几句话。

要说追求这件事,正常人都认为那必须得每时每刻找存在感。陆之晔虽然直接,但不刻意,大概是吸取了以前的教训,相比起做作地找话题,不如聪明地顺着涂图的习惯,让她适应他的出现。

当目的性减弱,一切就舒适很多。

将餐盘放到回收处,涂图懒懒地开口:"我想回宿舍休息一会儿,你待会儿去哪里。"

"回宿舍。"陆之晔答着,掀开食堂保暖门帘,等着涂图过去。

出了门,涂图低头给室友回短信。

陆之晔伸手将她往旁边拦了拦:"鞋带松了。"

涂图心思在手机上,顺着陆之晔的手指看去,才反应过来。

"呀。"涂图甩了下脚,打算蹲下来绑鞋带,又觉得手机有点碍事,"帮我拿一下,谢谢。"

陆之晔接过,手机屏幕未灭。他无心看涂图的隐私,奈何眼力太好。

图:【少一个没事吧?】

婕:【规则写了不少于四人。】

婕:【要去哪里再找一人参加这比赛啊?你去拉个通信的小学弟?你组织部不是有一个吗?】

图:【我去问问。】

涂图站起来,正伸手接手机,就听到陆之晔开口:"我可以和你们一起参加挑战杯,这比赛简单,数据分析建模之类的就交给我。"

2

十二月过半，十二月最后一周和一月第一周是考试周，剩下的课不多了。

交完影视音乐鉴赏的期末论文，涂图在群里发了消息，先去图书馆的休闲室占位置。

因为想拿奖学金，涂图和何婕自觉把宝都压在期末考试上，打算从德育分入手再拿几分，于是掐着截止日期报名参加学校的电子商务挑战杯比赛。

【靠窗，刚好四个位置。】涂图挨着窗户坐下，通知了大家后，拿出打印出来的资料，想着分工计划。

期末的图书馆格外热闹，不仅自修室，连休闲室都坐满了。有戴着耳机全神贯注啃书的，也有像他们一样为了赶小组作业或者准备比赛而聚在一起讨论的。

喳喳声里，涂图坐在这温度调得贼高的室内，目光涣散，开始犯懒发困。

"涂涂。"陆之晔下完课过来，拉开涂图旁边的座椅坐了下来。

涂图打着哈欠，伸了下手算打招呼。

"困了？"陆之晔双手搭在两边，椅子微微朝向涂图。

涂图还没回答，陆之晔用手背掩了下嘴，也打了个哈欠，眼瞳浅了几分，旋即又变得清朗明亮。

死亡期末，只求过的人尚且要突击一下，涂图心念名次，除了上课就待在图书馆，甚至好几次放弃了午睡。陆之晔的情况也差不多，加上他正在联系下学期的实习工作，这段时间挺忙的。

"何婕，燕总。"不一会儿，人到齐了，涂图做中间人介绍着。

大家默契地没寒暄，直奔主题，把挑战杯题目搞懂后，便商量选择用沙盘的模式模拟企业运行。

何婕编背景信息，燕总做市场调研和分析，涂图负责企业管理和产业融合升级的部分，陆之晔则挖掘数据，做后期。

时间紧张，周一组队，周五交报告，大家只能都辛苦辛苦，该熬夜的熬夜，先把初赛过了。

讨论结束后，涂图直接留在位置上复习，陆之晔没有要走的意思，坐在对面的何婕拉着燕总一步三回头地走了。

本来大家可以都留下来好好珍惜这来之不易的图书馆的位置，何婕一番刻意举动反倒让涂图不自在起来，盯着书本半天没看下去。

"你室友很眼熟，是不是也是青协的？"

"她是办公室的，可能办活动的时候见过。"

"哦。"陆之晔若有所思地点点头，抛出了新问题，"青协月底活动，你参加吗？"

校青协财大气粗，每年年底都会有类似于团建的年会活动，就是大家找个大教室，一起做做游戏，熟悉熟悉。

涂图不想去，她今年加入的青协，到时候注定是和今年同期的大一新生们一起坐。她不是看不起大一的孩子们，只是觉得没必要，以前会想凑热闹极力融入集体，到后来，在可以选择的情况下她不会勉强自己。

陆之晔看出涂图的意思，说道："主席问我来着，最近会开始统计参加人数，到时候组队玩游戏什么的。"

"我大概不去，聚餐会去，吃个饭就走，活动有点尴尬，我就不去了。"涂图转着笔，没隐瞒。

"那我也不去了。"陆之晔立马说道，拿着手机似乎要回短信了。

涂图没想影响陆之晔的决定，伸手拉住他阻止："你想去就去，况且，你这个副主席不好不露面吧？"

"是吗？"陆之晔放下手机，"我都一学期没露面了，不差这次。"

确实，虽然陆之晔这个副主席在青协的存在感很高，可是大家都没怎么在活动中见过他。

涂图收回手，点点头，目光继续回到书本上。

"涂涂，你想去游乐园吗？"

陆之晔看着涂图，声音不大不小，全都落在她的耳边，像是说悄悄话般。

涂图转过头，陆之晔正看着她。

"想不想去？"陆之晔声音更小了，除了涂图，没人听得到。

"你怎么突然说这个……"涂图低头勾了勾刘海，耳朵没来由地有点热。

"我有门票，期末放假可以一起去玩。"陆之晔话带笑意，就只看着涂图，搭在桌上的右手歪了歪，碰着涂图的手臂，像是试探，也像挑逗。

涂图没觉得陆之晔是个会撩的人，反正这么处下来，她觉得他挺有直男的潜质，对她的好就只是因为在追她而已。

素来宠辱不惊的涂图竟然有点绷不住，早早地收拾东西从图书馆出来了，带着陆之晔这个小尾巴。

十二月份北风大得出奇，涂图觉得自己差点被刮走，已经完全没有心思顾及发型了。涂图打了几个喷嚏，吸着鼻子埋头走路。

时不时，她被吹得往陆之晔那边歪了歪。

"下学期我们没课，我找了实习，到时候估计会在公司附近找房子，你要是有认识的同学找合租，可以推荐给我。"狂风中，陆之晔安然不动，饶有兴致地说着事情。

"好。"

"你下学期什么安排？"

"不知道。"涂图吸了下鼻子敷衍答着，伸手掩着嘴又打了个喷嚏。

陆之晔注意到涂图略显单薄的衣服，以及她在风中摇摇欲坠的身板，下意识顺手搭住了她的肩膀。

涂图顿了一下，像是失语了，但没拒绝。

"明天多穿点。"陆之晔没趁这刚好的气氛开口说其他，只是凭感觉揉了揉涂图的头发，搂住她的肩往自己身边带。

隔着厚厚的衣服，明明彼此连肌肤都没有触碰，却觉得有细小的电流在全身游走。

陆之晔完全没在意胡乱刮的风，只觉得那时的校园很好看，涂图很乖。

涂图没太注意陆之晔的言语，只觉得心怦怦直跳，有东西一晃而逝，她很疑惑那是什么。

"涂图？"

涂图应声回头，眨巴眨巴眼睛，笑了起来："嗨。"

陈豪从旁边走上来，中间隔着陆之晔，他不由得看向同样看着他的陆之晔。

"你今天怎么这么早？"涂图回过神躲开了陆之晔的手，走到中间，眨巴着眼睛笑着。

"哦，刚……"陈豪欲言又止，在涂图和陆之晔之间来回看，低头在涂图耳边小声询问，"这你对象？"

涂图摇摇头，介绍道："他叫陆之晔，我高中同学。"

陈豪仍有点疑惑，陆之晔先开了口自我介绍："我是信管学院的，和涂涂认识挺久了，你们？"

"他是我们班长。"

"我叫陈豪。"

涂图和陈豪同时开口。见涂图收了话，陈豪便操着浑厚的口音继续说道："我叫陈豪，和涂儿一个班。"

涂图一边点着头轻声附和了一句，一边低头走着，陆之晔想看看她的表情，奈何没有机会。

涂儿？莫名亲昵。

陆之晔看着陈豪出现后突然沉默的涂图，有点不爽，虚拉了下涂图的衣服帽子，问道："明天过来图书馆写案例吗？"

涂图往陆之晔这边转过来，想了想："应该来。"

就等这句话，陆之晔立马道："好，一起吧。"

涂图慢慢地"嗯"了一声，似乎有点犹豫。随即，涂图和旁边的陈豪说起挑战杯竞赛的事情，一路上，话语不断，她自自在在地和陈豪谈笑着。

陈豪大概感受到独自低气压的陆之晔，说话时会偶尔提到他。

陆之晔不爽的话语已经到了嘴边，可看到涂图投来的目光，立即又咽了回去，苦涩带笑不咸不淡地回着。

三人行的别扭终于在陈豪碰上另一个人后结束了，他俩要去超市，涂图便和陆之晔先回宿舍。

离明亮的宿舍门口还有一段距离，陆之晔停了下来。

细微的光透过楼宇窗户碎碎落下来，刚好照亮两个人的身影，表情同寒冬浓雾一样模糊。

"那我先回去了？"涂图感觉陆之晔有点不对劲，可不敢先开口，嘴里这么说着，脚却跟着停了下来。

陆之晔一手插着裤兜，一手蹭了蹭鼻尖，没有掩饰眼里的失落和不开心，也没有开口回应涂图。

隔了一米多的距离，涂图不知道应该靠近，还是离开。

"我吃醋了。"安静的风里裹杂着陆之晔暗哑、突兀、委屈的声音，闹脾气似的，"涂涂，你有喜欢的人吗？"

涂图思考着，张了张嘴。

"还有其他人在追你吗？你在考虑吗？"陆之晔想起刚才陈豪帮涂图理帽子和她挨着走的样子，胸口火辣辣的，以至于声音里的责备百分百表露出来了，"你和男生关系能不能不要这么好？"

人是自私的，喜欢也是自私的。陆之晔不是神人，他有多在乎涂图，就有多嫉妒其他人。

涂图是个容易引人注目的女孩，就算不是最耀眼的那个，也是人群里颇受欢迎的。

高中时的女生们不加修饰，涂图更是犯懒偷懒，有不做作的可爱，适时的活泼调皮。

现在的涂图多了女孩的清婉，像是盛开的花，所有人都能看到她的好看，嗅到花蕊的芳香。他没法像以前一样暗自独赏了，甚至可能被抢走守了六年的"猎物"。

陆之晔看着涂图，懊恼地叹了一声，心尖又痒又气。

涂图不知道陆之晔复杂的感受，只是被他突然的真心话震惊到，解释着："你认真的吗？我和男生关系其实就一般般。"

"那我呢？"

"我……我不知道。"

"涂涂，你会答应我的吧？"

"我……我不知道啊。"

陆之晔再次叹口气，往前走了两小步，弯身低语："涂涂，咱们认识这么久了，坦诚一点。

"你有没有那么一点点喜欢我？"

3

压抑的期末令人心烦，而这种紧张迫切的感觉下又隐藏着某种亟待揭开的纱帘。

涂图还没准备好，没准备好在这几乎对爱情不再懵懂的年纪，谈一场迟到的恋爱。

"涂儿？"陈豪伸手在涂图面前挥了挥，"想啥呢？"

图书馆走廊上，涂图接过陈豪递过来的饮料，拉着易拉罐拉口，无奈又心烦地叹气。

"这周最后一次家教了吧？"陈豪边喝着饮料，边带着涂图往旁边栏杆处走。

"下周还有一次，我过去给小杰出套卷子，当作最后的测试，让他保持一点语感。""嗤"的一声，涂图打开了易拉罐，小口抿了一下。

"行，挺好。那你会不会很忙，你们挑战杯准备得怎么样了？"

挑战杯……

可真是个挑战，每人按照自己的分工赶了两天。因为陆之晔专业不同，有些结合分析的部分就由涂图来和他对接。案例讨论没问题，就是气氛不太舒服。

"还成吧。"涂图说着，习惯性挤出微笑，"考完试你要去找女朋友了吧？"

陈豪点头："这肯定的。"

陈豪有个处了将近三年的女朋友，高考后在一起的，异地，每次放假陈豪总去找她。涂图一开始不知道，陈豪待人友好，她还一度以为陈豪对她有那个意思，后来才明白，陈豪单纯就是热心肠照顾人。

当然，她对陈豪也没想法。

"回去学习啦，明天就开始考试了！"涂图甩开脑子里乱七八糟的东西，先做好眼前的事，其他的考完试再说吧。

涂图的复习步骤同她本人一样，挺懒散的，不过慢吞吞外表下每个知识点都啃得细细的准准的，看不懂的不会死磕，了解套路，考场上能照本宣科搞出一套分析就行。

说起来有点取巧，但效率高。

晚上十点，涂图准时回宿舍，和室友瞎掰扯掰扯，洗漱之后就十一点半了。

"涂，31号的聚餐我不去了，我跟老齐打好招呼了。"何婕敷着面膜支吾不清地说着。

老齐是她们办公室部门的部长，何婕仗着老齐是她老乡，尽做这种事，比涂图进组织部还水，真就是进去混个社团经历。

"反正部门都是分开坐的，你可以约那个小学弟，你们不还挺聊得来的嘛。"何婕给涂图出谋划策着，"刚好，和小学弟发展一下，信管大佬就算了，男人这该死的占有欲，你要是和他在一起，准被管得死死的！"

"婕，你这话说得过了吧，我觉得那帅哥不错。"

"老二，有点出息，不就让你带了个零食，怎么就被收买了？"

"涂，你撂句话，假如信管大佬继续约你，你答应不答应？"

燕总开门见山地问道。

正在爬床的涂图转头，面无表情地说："又开始了吗？咱就不能考完试再探讨这么严肃的问题吗？"

"不能！"室友们异口同声。

同样的情况应该是在一年前，有个老乡学弟在追涂图。

那个学弟清秀无比，相比起不出众的特长，最大的优势大概就是俊气的颜值，肤白得燕总都嫉妒，和涂图说话时细声细语的，甚至还会害羞。

他会主动追涂图，这是何婕想不到的。

说起原因，何婕觉得是小奶狗就喜欢涂图这种外表慵懒，实则满是心眼的腹黑姐姐。

涂图闻言本想立马反驳，可仔细琢磨，自己确实常会逗那学弟，打打赌，开开玩笑，可她真没想法。

在陈豪面前，她是被照顾的小女孩，在学弟面前，她是照顾别人的小姐姐。这两类，她都觉得不是真实的自己，这只是和朋友相处时，磨合出来的最舒服的相处方式。

"那时学弟是一个月，这回已经一个月了。"何婕开口，剩下的话大家都猜到了。

恋爱的悸动不会维持太久，即使此时觉得非他不可，感情冲动得即将破笼而出，可时间一长，就会陷入不问红尘的无欲无求阶段。

这也是好不容易脱单了，却越处越累的原因。

说真的，到底是一时的肾上腺素促成了一段孽缘，还是喜欢得太少？

"涂，我觉得信管大佬挺好的。"夜聊渐进尾声，一向冷静理智的燕总突然开口，"看人这块儿，我很准。

"他的说话方式，动作，做事，我觉得靠谱。"

靠谱的陆之晔第一场期末考就出状况，因为没带学生证和身份证，又碰上个不通人情的监考老师，连忙回宿舍拿。

路上，好巧不巧，碰上迟起同样神色慌张的涂图。

"你早上不是有考试吗？"陆之晔疑惑，看涂图依旧迷蒙，开口道，"快去吧，我回来拿学生证。"

陆之晔经过刮起一阵风，涂图总算从睡梦中醒过来。

"陆晔。考试加油。"涂图抿起嘴角，慵懒柔和的面容在初升的光照下温婉动人。

陆之晔喉结动了动："嗯，你也是。"

第一场考试陆之晔整整迟到了二十分钟，但重回考场的陆之晔就像回家换了装备，顺便打野拿下了蓝 buff（增益技能）一样，下笔如有神，浑身散发着无法忽视的意气风发。

陈老狗抓耳挠腮地看看试卷，又看看陆之晔的背影，十分怀疑这人是不是战术性忘带学生证然后带了小抄进来。

一连几天都是考试。

大三的课程很多是院级选修课或者校级公选课，考试都安排在考试周的第一周，也就是说，31 号是最后的考试日。

涂图之所以愿意去聚餐，也是因为那天刚好就考完最后一门了。

何婕考完试就去外地找朋友跨年，老二回家，燕总决定和社团的人去玩。涂图突然萌生出在宿舍看剧跨年的想法，可晚上聚餐的餐厅还不错，她决定先吃饭，再回来跨年。

组织部的小学弟叫朱政磊，根正苗红标标准准的积极分子，涂图和他熟悉起来，纯粹是因为学弟单方面的热情，一般情况下涂图不会拂别人面子。

时间临近，涂图和部门的其他人一起打车到了餐厅，入门就被要求从扑克牌里抽一张牌，按花色入座。

"哇，我们一样。"见涂图也拿了红桃，学弟激动地叫起来。

涂图环视一眼桌上的人，发现有的女生精心打扮了，男生们大多数还是原汁原味的真实模样。

打过招呼，涂图和学弟入座了，大家互相倒上饮料，说些无关紧要的话题，要么吐槽，要么附和，挺无聊的。

涂图对交际已经失去了热情，望眼欲穿等着上菜。

过了十来分钟，人差不多齐了，主席自己倒满了一杯酒，领头说了几句话，就上菜了。

"终于可以开始吃了。"涂图着实饿了，见桌上学弟学妹们一副拘束的样子，不禁自发做个组织人，转动转盘，"大家吃吧吃吧。"

"咱们这边人齐了吗？"有部长过来问了一句，看到涂图旁边的空位，"这儿有人吗？"

"没人。"涂图摇头。

"有人，老陆要坐那儿你忘了？"旁边桌上有个人喊了句。

那个部长拍了下脑门："差点忘了，他人呢？"

"和超超去搬酒了，还没回来。"

"他们说的是谁？副主席吗？"学弟凑过来低声问道。

涂图下意识摇头，又觉得挺幼稚："应该是吧。"

"来了。"

陆之晔和另外三个人一人搬着一箱酒进来。

余光里，陆之晔同主席团的几个部长们打了招呼，便径直走了过来。

他穿着一件黑色夹克外套，身形挺拔匀称。

"嗨，我让他们给我留了个位置，巧了，就在这儿。"陆之晔在涂图旁边坐下，瞥眼看了下她的表情。

平静，不见波澜，看不出喜恶。

"学姐，你和副主席认识啊？"学弟看这情况，瞅着空子问了一句。

陆之晔正帮涂图倒饮料，涂图不觉得他没听到学弟的话，点头应了一声。

"哦——"学弟拉长了尾音，似乎在探究什么。

因为副主席的突然到来，在座的干事们都变得拘束，只有邻座间的窃窃私语。

陆之晔也发觉了这点，开了罐啤酒，开启社交模式："我先自我介绍一下，我叫陆之晔，和陈建超一样是副主席，平时我不太露面，你们可能不认识我。以后各位有什么问题，可以问我，不过超哥更贴心，基本他都会帮你们解决。"

陆之晔举起酒杯，坦荡荡地扫视了大家一眼，笑着说道："刚我迟到了，先自罚一杯。"

陆之晔一杯下肚后，一桌子又一起干杯，接着在陆之晔的提议下大家开始自我介绍。

"你们筷子不用停，别拘束，安排这顿饭就是让大家互相熟悉的。"在某个部门的小妹妹自我介绍之前，陆之晔摆手让大家都放松自在些，许是他说话的方式随性幽默，在座的女生们被逗得掩嘴笑。

女生继续自我介绍，局促又害羞。涂图夹菜的间隙偷瞄了下在座的各位，有灵魂出窍的，有说悄悄话的，也有看起来认真听的，陆之晔则在给旁边的男生倒酒。

"行，下次要做图就找你了。"女生话毕，陆之晔及时缓和气氛，看向下一个自我介绍的人。

很快，学弟一番官方的介绍之后，到了涂图。

涂图对这种饭桌上的自我介绍不太在意，所以敷衍地随口道："我叫涂图，涂抹的涂和图画的图，没差别，就当作大耳朵图图的图图就成，我国贸专业，以后有需要可以互相帮助。"

"就这样？"陆之晔抬眉，颇有种回味不够的意思。

涂图点头："就这样。"

"别人都说那么多，你别那么突出。"陆之晔笑着，朝其他人问道，"你们有什么想问的吗？"

一起坐了那么久，大家自然知道副主席和这涂图认识，只是这问题是不好问的。

"行吧，你们要是有问题就问吧，没有的话就到他了。"涂图落落大方地说着，但这意思分明是想过了，让陆之晔说话。

大伙左右观望，涂图微不可见地扬了下眉："好，下一个……"

"我有问题。"陆之晔突然开口。

涂图眉梢一跳，觉得事情有点不对，在座的各位都拿出了看好戏专用的吃瓜表情。

"你不配有问题，下一个。"涂图拍了下陆之晔，怒目警告着。

"我真有问题。"陆之晔放低了声音，十分真挚。

"待会儿私聊。"涂图迅速开口，怕陆之晔继续搞事，又补了句，"真的，待会儿聊。"

陆之晔终于满意地点点头，三言两语把话题拽回来，继续聚餐。

4

宴厅不算大，摆了十几张大桌子，青协这次聚餐总共四张大桌，位置空旷，串桌的不少。

"老陆，咱是不是得走一个。"陈建超把他那一桌的敬了一轮后，举着酒杯过来了。

"你们这桌怎么回事，饮料局吗？不行啊，都一家人，喝一点。"说着，陈建超直接从箱子里捞出一瓶酒，"嘭噔"一声，打开了，"你们随意，我干了这瓶。"

"超，还没呢，等等。"陆之晔拦着陈建超，开了瓶酒，给能喝的男生女生满上了，"你们随意就行，你们超哥酒桶，就这风格。"

"老陆你这……"陈建超举起酒瓶，看到陆之晔手里的杯子，像被侮辱了一样，火气都跟着上脸，耳根红得滴血般，"陆之晔你看不起我！"

"待会儿来，这一桌先敬。"陆之晔云淡风轻地给陈建超顺了毛，领着大家一起喝了一杯。

陈建超确实能喝，咕噜咕噜就干完了一瓶。

有种友谊叫酒桌上的友谊，涂图虽然不是很理解，但心里承认这是某种规则定律。

也许有人看不起这种劝酒交友，可这是最简单粗暴，以及最有效的方式。况且，很多时候人可不会和看不起的人一起喝酒。

"这帮家伙……"陆之晔刚坐下，就看到主席朝这边走来。

涂图安静吃饭，只瞥眼看戏。

"帮我看好手机，待会儿结束找你拿。"陆之晔脱了外套，把手机交给涂图，就同主席挨桌敬酒去了。

涂图看着陆之晔的身影，想起了刚才陈建超的一句话——"我是酒桶，老陆就是酒窖"。

聚餐后半场，"酒窖"不断地藏酒，到最后"酒桶"抱着主席在数瓶子，陆之晔还能走直线去厕所，尽管有点点脚步虚浮。

"陆之晔呢！不会死厕所了吧？"陈建超清醒了些，捏着主席的脸开始找人。

"说点吉祥的，今晚跨年。"主席掰开陈建超，也去了厕所。

聚餐尾声，大家决定散了，涂图等不到陆之晔回来，就想拜托主席把手机给他。

"我进去帮你叫他，老陆说晚上送你回去。"

"你还是帮我给他吧，我和朋友一起走。"

主席犹豫着指了指厕所，选择性听不见："我先上厕所，你等等，老陆马上就出来。"

"怎么样？要不给建超学长？"学弟见涂图沉着脸，走上前为她排忧解难。

然而，陈建超已经抱着酒瓶在椅子上躺下了，还不停踹着拉他的部长们。

"那些人是……"涂图想看看还有没有眼熟认识的，"算了，你先走吧，我再等等。"

"没事，我陪你。"

涂图有些不好意思地和学弟在一旁坐着。学弟时不时和她说两句话，她又心不在焉，只是拿着陆之晔的手机上下翻转。

陆之晔的手机壳很特别，黑色壳上面是幅白色虚线素描画，像一个卡通人物画像，莫名可爱。

"嘟嘟嘟"，正恍神，陆之晔的手机屏幕突然亮了，是一个视频通话。

涂图立马站起来，像抓着烫手山芋，原地徘徊着。第一个通话未接，随即第二个就拨过来了。涂图如坐针毡，看向厕所，抬脚往那边走去了。

"怎么还没出来……陆晔？"涂图在门口停留，又喊了一声，"陆晔？你有电话……"

门口转角洗手台边的陆之晔指尖火光掉落，抬脚踩了踩地板。主席嘴边叼着烟，看到涂图冲陆之晔使了个眼色。

陆之晔回头看过来，神色清明，面无表情，细看能发现眸光蒙眬，似乎微醺。

"你有消息。"涂图把手机递给他。

陆之晔露出几分诧异的表情，伸手接过："谢谢。

"是我妈，我先回个电话。"

主席洗了手随后出来，开始收拾残局："散了散了，咱们打两辆车走吧。"

出了门，涂图和学弟一起等车，陆之晔始终在人群后接电话。

夜深了，四周的餐馆都亮着霓虹灯，严冬里，街灯耀眼，越加有几分虚幻的感觉。

车来了，学弟刚打开车门，烂醉如泥的陈建超就被架上了后座。涂图愣在一边，接着手腕一紧，接电话的陆之晔拉着她上了后面那辆车。

学弟被明明白白安排给了陈建超那群人，涂图连招呼都没来得及打。

"刚才不是说私聊吗？怎么就溜了？"

陆之晔挂了电话，盯着涂图，语气是前所未有的直接和霸道。

车厢内很安静，涂图特意屏了屏呼吸，淡定看着前方："你这不是喝多了吗？"

"是喝多了，有点头晕。"陆之晔按着太阳穴，仍旧歪头看涂图，眉头皱着，眼神也疲惫，可怜巴巴的，"晕车。"

"那你休息一会儿，晚上早点睡。"涂图拿出手机玩起来。

好一会儿，发现身边的人没动静了，涂图抬起头了看了一眼，陆之晔竟然真的撑着脑袋闭上了眼睛。

"这太堵了吧。"前座的主席不适时地开口。

涂图看向窗外，心想，跨年夜能不堵车吗？

"这得堵到十二点了。"主席发表感言，瞄了下后面，"老陆，你还行吗？"

陆之晔缓缓抬头，能看出眉间眼里尽是烦躁："头疼。"

涂图看向陆之晔，不知怎的，就觉得陆之晔的状态和平时挺不一样的，此刻多了几分痞气。

陆之晔注意到涂图的目光，对了过来。

阴影笼罩下来时，涂图没时间反应，陆之晔抓着她的手臂，倚在她的肩上。

不是假装靠近，涂图能感受到他沉甸甸的脑袋。

"能坐高点吗，我真头疼。"陆之晔左手扶了下涂图的腰板，不舒服地在她衣服上靠了靠。

涂图随着陆之晔的动作，自觉挺直了腰，待到他抱着她闭眼休息后，她才后知后觉看向前面的主席。

主席刷着手机，毫不在意。

可涂图还是觉得不太合适。

风里混着烟酒味，像狗尾巴草不停挑衅着她紧绷的神经。

行吧。

车子一顿一停，涂图叹了口气，终于疲累地松了松肩膀，卸力往后靠着椅背，腰上垫着陆之晔的手。

行进间，涂图逐渐感到肩膀酸痛，肩上的脑袋摇摇晃晃。有一个红灯，司机踩了急刹，陆之晔磕了下头，迷蒙着眼睛看着涂图。灯光昏暗，车厢安静。

涂图先撇头转移了注意力，再转头回来，见陆之晔面色不好，便慷慨地借出了自己的肩膀。

"睡吧。"涂图没有自信与陆之晔继续对视，重新找了个舒服的姿势，轻轻按着陆之晔的脑袋放到自己的肩上。

陆之晔的短发蹭到了她的脖颈，涂图扭扭脖子，寻找实感般压了压他的头发，然后顺手摸了摸他的头发，好像这样陆之晔就会好受一些似的。

临近十二点，他们回到了学校。

"学校活动中心有元旦跨年，要不要顺便去跨个年？"主席估计是联系好了朋友，顺带问了句。

陆之晔少言寡语，只朝涂图问了句："你想去吗？"

涂图无所谓，但总归是个节日，回宿舍也没有人。

"我是可以，你还难受吗？"

"没事。"陆之晔笑了一下。

虽然如此，陆之晔像是很累一样，搭着涂图的肩，几人慢悠悠地走到了人群聚集的学校活动中心。

灯光闪烁，社团成员们各自拿出绝活带气氛，音箱轰轰作响，大伙儿都在等着最后的倒计时。

主席不知何时离开了，涂图和陆之晔站在活动舞池的最外沿，外头的风呼啦啦地吹着，涂图冻得戴上了衣服的帽子。

陆之晔则把玩着打火机，没怎么说话。

"新的一年就要来了，大家准备好了吗！

"不论是朋友还是对象，现在找到你们的伙伴，牵着他们的手，让我们一起倒计时……"

"涂涂。"陆之晔把火机揣进兜里，伸出了手，意思不言而喻。

"十，九，八……"

涂图抬起了手，陆之晔伸过去抓住了。

"六，五，四……"

"做我女朋友吧。"陆之晔侧身站到涂图面前，低头看着她的眼睛，喜欢的情感溢出，揪着涂图的帽子绳。

"三，二，一！新年快乐！"

人声鼎沸里，在大帽子的遮挡下，涂图的眼睛异常动人，陆之晔低头亲了下去。

收回手，陆之晔拉着涂图的衣帽，扣着她的后颈，又吻了一遍。

元旦跨年，宵禁是两点，这是学校的习俗。

涂图没打算出去过夜，就算晚上发生了些意外，她也没冒出不回宿舍的想法。

看完开年表演，陆之晔送她回到了宿舍楼下。

"你知道我晚上想问什么吗？"陆之晔牵着涂图的手，在背风的柱子后面恋恋不舍。

涂图转动眼珠，笑道："不会又是这个事吧？"

"这个事？"陆之晔重复了一遍，语带揶揄。

放谁身上都会认为陆之晔想问他俩的事吧，涂图无奈，却配合地问道："不然呢？"

陆之晔紧了紧握着涂图的手，温声低语："明天有空吗？"

　　"有事？"陆之晔看懂涂图瞬间的犹豫，失落掩不住，"什么事？"

　　"明天周六。"涂图委婉地开口，她同陆之晔说过要去做家教。

　　陆之晔错愕了几秒，点了点头，很快就恢复了表情，温柔不减："我送你去，几点？"

　　"晚上六点。"

　　"几点回来？"

　　"不知道，九点左右吧。"

　　"我去接你。"陆之晔毫不犹豫，看着涂图点头，忍了半天还是伸手搂住涂图，声音哑哑的。

　　"涂涂。"

　　"嗯？"

　　"涂涂。"

　　"嗯。"

　　"我真喜欢你。"

Chapter 3
/ 你敢见家长吗？/

1.

1月1日零点，涂图和陆之晔在一起了。

那天晚上，涂图回到宿舍后有点失眠，拿着手机和陆之晔聊到了四点多，然后陆之晔先睡着了，涂图继续失眠，看着宿舍窗帘逐渐透出日光。

新的一年，新的开始，新的陪伴。

泛出鱼肚白的天空还有点灰沉沉的，其实不太应景，清冽安静的气氛勉强有些万物复苏的感觉。

清晨六点半，涂图上完厕所在阳台看完日出，重新爬上了床。

明月皎洁阴冷，烈日炽热灼人，涂图既不喜欢冷月，也不喜欢骄阳，她喜欢冬日暖阳。

喜欢冬日的冷，阳光的暖。

涂图很喜欢"鸡蛋黄似的太阳"的说法，因为鸡蛋黄似的太阳就是冬日暖阳，不热烈，可足够温暖。一如她，不热烈、慢热，她喜欢温暖，亦不吝啬给予温暖。

涂图在宿舍睡了几乎一天，中途醒了几次，回了几条微信，便又睡过去了。下午四点多，陆之晔找她一起吃饭，语音通话磨了半个小时，涂图才从床上坐起来。

元旦的学校有点冷清，外面小吃街却人来人往。两人点了两份卷饼和一份烤冷面。涂图胃口小，吃完卷饼就不动筷子了。

"想喝奶茶吗？我去给你买。"陆之晔插了块烤冷面送到涂图嘴边。

涂图吃饱了摆手不要，陆之晔没放下，像哄小孩一样柔声说道："多吃点，刚不是想吃这个吗？吃一口。"

涂图嗅着味道，成功被说服，然后抓着陆之晔的手，张嘴把签子上摇摇欲坠的那块烤冷面吃了。

"好吃吗？"

"嗯。"

"给你点个热饮，带过去待会儿渴了喝。"陆之晔说着就要去旁边饮料店。

涂图抬手半掩着嘴边嚼边说："那边有喝的，带奶茶过去奇奇怪怪的。"

"你昨晚不是说想喝他们的新品吗？"陆之晔十分认真，"那待会儿回来喝？"

涂图失笑："大哥，咱歇一歇，你先吃吧。"

涂图拉着陆之晔坐下，偶尔接受陆之晔的投喂，撑着下巴慢慢看着陆之晔把双面皮烤冷面解决掉。

陆之晔把涂图送到小区门口后时间还早，他回到小吃街附近，去了就近常去的网咖。

陆之晔从小就喜欢打游戏，以前上瘾，现在怡情。高中那会儿每周必和大脸他们去网吧打半天游戏，上了大学后，在宿舍组装了台游戏电脑，会挑着没课的周末痛痛快快玩个通宵。

登上游戏后，陆之晔拿起手机看了一眼，确认没消息后才把手机放在最显眼的位置，确保一有消息就能注意到。

大概是元旦放假，分区拥挤，匹配很久，陆之晔拉开好友列表，看到一个久违的名字。

爷是你大爷：【在不在，开黑吗？】

谢谢侬个龟儿子：【开。】

"龟儿子"拉了个人进来，耳机瞬间爆炸，开麦就是一个亲切问候。

"陆晔你个孙！子！"外号"世界一中小栗旬"的大脸骂骂咧咧地"问好"。

陆之晔早已习惯大脸的骂骂咧咧，大脸总找他开黑，可是他总拒绝，倒是每次他找大脸都在。

但这回，大脸是谢哲拉进来的。

"我走下面。"陆之晔忽视耳机里大脸的背景音，捕捉着谢哲的动静。

谢谢侬个龟儿子："你去打野。"

"看不起谁，没我谁奶你。"陆之晔说着，贴着谢哲的后脚到了下路外塔。

游戏里，陆之晔在谢哲面前不停地晃长长的尾巴，也不收兵线，寸步不离谢哲，把他奶得死死的，团战下来甚至不用回城，几个可以拿的人头，陆之晔都留给谢哲去收。

"陆之晔，你怎么一次都不奶我？"正在复活的大脸发出灵魂拷问。

陆之晔只是冷冷地哼了一声。

过了十来分钟，陆之晔他们攻到了对方高地，谢哲和大脸加打野打得贼凶，对方只剩一个残血的盲僧。

这盲僧被五个人包围，没技能只能倔强地平A。大脸带人打水晶，离开了战场。

盲僧突然失去了大家的"宠爱"，血条不满不敢上，可站在旁边看一群野兽拆家又很气，孤零零的显得弱小无助又寂寞。

谢谢侬个龟儿子："陆晔你大爷，你攻击他一下会死吗？"

这局大局已定，陆之晔游走在圈外看他们打大水晶，相比起大脸他们，确实伸手就能抓到盲僧。

谢谢侬个龟儿子："你要在人坟头蹦迪至少把人杀了啊！！"

"谢谢侬，我这不是为了你攒五杀嘛。"陆之晔回答，同时，水晶破了。

世界一中小栗旬："陆晔，你今天是不是心情很好？"

谢谢侬个龟儿子："大脸，下局咱俩一起。"

陆之晔是你大爷："怎么，我奶你还不好？下局还跟你，我谢哥全场最佳啊。"

世界一中小栗旬："咦，陆晔你怪怪的。"

谢谢侬个龟儿子："别，你别来，我害怕。"

"怕什么，我真谢你，要不是谢哥，就没有今天的我。"陆之晔低眼看了下手机，继而开始了下一局。

连着打了三四把，谢哲有事先下了，大脸便直接微信找了陆之晔。

真是奇怪，陆之晔和谢哲素来气场不对，平时打游戏两人准一个上路一个下路，抢人头抢装备是常有的事，今天陆之晔是鬼迷心窍了这样奶谢哲？

【你别恶心人，我不信。】什么看透看开都是破借口，大脸觉得陆之晔晚上的行为很嘚瑟，但不知道哪里不对就让人气得慌。

陆之晔下了游戏关了电脑，一边往外走，一边回复：【游戏里，输家再作，也是助攻。】

【啥玩意儿？】大脸有些蒙。

陆之晔出了网咖，在旁边奶茶店点了奶茶。

大脸发来好几条信息：【你陆晔要是真心谢他，我就吃屎。】

【要不是他，你苦恋六年？】

【谢哲个龟孙，那时候那事我是真看不上。】

【要不是觉得他这人还算仗义有底线，不然可不配一起打游戏。】

陆之晔呵呵笑出声，杂乱往事轻描淡写地带过：【没什么，不就迟了几年吗，现在挺好。】

【哈？】真看开了？大脸疑惑。

【不说了，我去接涂涂了。】

大脸一下子反应过来，在网络的那头不断叫嚣：【好家伙，敢情是炫耀来了，太狗了！人家谢哲真以为你的恨意变质，怕你对他有想法呢！】

新年的第一个晚上，街上处处洋溢喜庆。寒冬夜里，大家都不怕冷似的在外面溜达。

陆之晔在小区门口左等右等，风刮得他头疼，可他又不想走远，继续在门口等待，心想着明天要和涂图去哪儿吃饭，后天要不要去聚餐，虽然游乐园的票到期了，可不妨碍他们去玩。

【我结束了，你在哪儿啊？】

【楼下等你。】

过了三分钟左右，涂图小跑出来。远远看着，女孩穿着白色棉服，格子短裙，轻盈小巧，一蹦一蹦，陆之晔的心脏跟着扑通扑通直跳，不自觉的，笑意就溢上嘴角了。

陆之晔身姿挺拔地站在门口，一手塞衣兜，一手提着奶茶，隔壁未撤下的霓虹灯映射出他脸上的温柔目光，光影下，清俊非常，让人心动。

陆之晔，确实是爷，只是站在那儿，就很有说服力。

"你刚没回去吗？"涂图奔到陆之晔跟前，慢慢停下，捋了捋刘海，有些抱歉，"你还带了奶茶？"

"去网吧待了会儿。"陆之晔拿起奶茶，贴心地插上吸管。

涂图伸手去接："谢谢。"

陆之晔张开双手，扬眉看涂图："风里雨里，楼下等你，我等得好冷啊。"

撒娇似的。

涂图仰头看他高高的个子，莫名就笑了。

"下次别等了。"穿得厚厚的涂图伸开双手熊抱住陆之晔。

冷风里，涂图双手捂着还热着的奶茶，陆之晔搭着她的肩，手放在她帽子底下取暖，两人并排走着，身影一高一低。

陆之晔步子很大，涂图走两步才抵他一步，陆之晔慢下来，跟随涂图的频率迈步，逐渐趋同。

"那男生好教吗？"陆之晔随口问道。

"挺聪明，小杰勤奋点，中考英语应该能拿高分。"涂图回答后，喝了口奶茶。

陆之晔若有所思地点点头，好一会儿没说话。

涂图往他那边靠去，像解释般补充："我答应他要是他真考了高分，就请他和他女朋友吃饭。"

"他有女朋友？"陆之晔脱口而出，有种松了一口气的感觉。

涂图眼角带笑，注意到陆之晔豁然开朗的表情，直言道："有啊，你刚想什么呢？"

"小屁孩还早恋。"陆之晔不屑地说。

涂图放慢步子，侧目看着陆之晔一脸义正词严的样子，露出鄙夷。

也不知道谁说从高一开始就喜欢她来着，就别五十步笑百步了。

慢慢走回到学校，人群不见稀少，因为第二天按照学校安排仍旧有考试，出去浪的学生都返校了。

宿舍楼下，依依不舍的情侣不少。虽然无心听情侣间的私语，经过时涂图还是听到了一些令人耳红心跳的动静。

当然，陆之晔也听到了。

"涂涂。"

涂图停住回宿舍的脚步，顿下来回头看向陆之晔，紧张地等着他接下来的话。

"你记不记得大脸？"

涂图纳闷，往回走了两步："大脸？班长啊，我当然记得。怎么了？"

"你记不记得高二的时候，大脸喜欢的那个文科实验班的班花？"陆之晔帮涂图理了下被风吹乱的头发。

"嗯……怎么了？"涂图更加疑惑。

陆之晔看涂图一脸迷茫，叹了口气："你又忘了。

"就当初传言里我甩了的那个人。"

2

高中的八卦覆盖面不亚于当今的娱乐行业，而且随便一丝风吹草动都会被传得沸沸扬扬。

也许是因为陆之晔坚持不懈地出现在 10 班，关于涂图和陆之晔的传闻一直都是八卦头条，是舆论的主旋律，而两人的私人小八卦则都只是昙花一现。

陆之晔特别清楚涂图的暧昧对象，但涂图却不太注意陆之晔的花边新闻。

高二那年，陆之晔在篮球赛上大放异彩。无论哪个年级，会投三分球且投进的男生无疑都是帅的。

那球，干脆利落准确无比地投进了文科班班花的心田。

往后的每一场 12 班的篮球赛，班花准在。有次，12 班输了，陆之晔和队友们心情不佳，去小卖部买水，一路上戾气不掩，活像街头古惑仔。

上课铃早响了，他们不紧不慢在店铺外的水龙头处洗脸。

"陆之晔，我能和你单独聊聊吗？"班花不知道从哪儿冒出来。

在兄弟们的口哨声里，陆之晔奇怪地看着面前的人。

"我叫文希，语文的文，希望的希，我……"

俊男靓女，在哪里都会是焦点，在操场上体育课的文科班和 10 班的学生都看到了这两人。

陆之晔甩了甩手，转身上楼了。

班花站在原地看着离去的陆之晔，抬手抹了抹脸。

"那是陆晔？"大脸首先意识到大家围观时说的渣男是他兄弟。

他喜欢的班花喜欢他兄弟？！

"真是个狠人，文希哭得那么惨，陆之晔头都没回就走了。"谢哲实况转播着。

大家一片唏嘘："他俩肯定有事，篮球赛文希一直都在，还给陆晔送水来着。"

依稀里，涂图找回了一点点记忆。对她而言，只那一次听到过陆之晔和班花的事，因为陆之晔出现在她眼前的频率实在是太高了，她会下意识忘记一些令人不开心的传言。

"哦，所以你说的前任是她？"涂图眯眼，先前因旁边情侣旖旎暧昧的尴尬逐渐散去。

陆之晔思考了一下："不是。我只想说，我和她没关系，我早知道大脸喜欢她。"

"哦。"

"就是突然想起这件事，想和你说。"陆之晔拉着涂图的手，不想让她多思考，简洁直白地说道，"我说真的，那时候只想着怎么追你了。"

涂图一时有点害羞，嘴里却玩味地揶揄着："是嘛，我记得班花是挺好看的，你怎么就瞎眼了呢？"

陆之晔失笑，涂图吃的醋像是水，似乎真的没在意。可这事，一直是横在他心里的刺。那时候年少轻狂，莽撞上头，他大概是说了重话，让班花看见他就绕着走。

他曾想，有一天他向涂图告白，是不是也会这样。

"话说，班花喜欢你，大脸喜欢班花，你俩不打架吗？"见陆之晔莫名沉默，涂图便开起玩笑，关于以前，虽然他们走在同条路上，可空白太多，"陆晔，你那时候可真傻，班花都跟你告白了，你舍得拒绝啊？"

陆之晔从忧伤的回忆中回神，听见涂图颇为憧憬地说道："要是级草跟我告白，我肯定毫不犹豫地答应。"

"级草可能过了，班草也行。"涂图郑重其事地扶着下巴说道。

"你们班班草谁？大脸？"陆之晔问道。

"谢哲。"

陆之晔挑眉，又问道："谁？"

"谢哲啊，你们班和我们班比赛的时候，你还和他打了一架啊。"

"就他？你们班班草？"陆之晔不掩轻蔑，而且有点上火，"班草也行？"

涂图看着陆之晔，挑衅地点点头，完全不在怕的，说："我要是考上他们学校，说不准……"

"你过来，过来说清楚。"陆之晔明显听不下去了，抬手冲涂图招了招。

涂图皮得很开心，咯咯地笑着，继续火上浇油："干吗？我要回去了。"说着还往后退。

陆之晔上前一步，勾着涂图脖子，不轻不重，就是警告般："你再说一遍？"

"说啥，我要回去了。"涂图笑开，双手掰着陆之晔的手，真是调皮得人心痒痒的。

陆之晔不放手，轻而易举地把涂图箍在自己身旁。

涂图眼里尽是成功逗怒陆之晔的喜悦，琢磨着要不要再点一把火。

"涂，你要真敢，明天我就让大脸在你们班群里给你改昵称。"陆之晔凶巴巴地威胁，一手勾着涂图，一手捏着她的脸。

"改什么？"涂图拽下陆之晔捏她脸的手，不高兴地埋怨，"把我粉蹭掉了，本来脸就大，还盘我脸……"

"我晚上就让他改。"陆之晔抽出手，换成摸头，"让他改成……陆大嫂。"

涂图愣了一下，不满地皱了皱眉："太土了。"说完，嫌弃地推开陆之晔，想要回宿舍了。

"改成，陆之晔冠名的涂涂。"

涂图翻了个白眼。

陆之晔重新拉回涂图，轻轻理着她的头发，撇开她的刘海，在眉间亲了下："我得让人知道，我们现在在一起了。"

风呼呼地吹，陆之晔的耳语就和风融成了一体，风声不停，他的声音就一直在涂图的耳边响起。

带笑的、低沉的、失落的、喜悦的……在涂图脑海里翻涌，以至于她已经混淆了陆之晔到底是以什么样的语气说出来的。

但她知道，她很开心。心情或许不是像春日里扬起沐浴阳光的风筝，可那种溢满温水的气球躺在绿色草地上听风看雪的安稳让她莫名着迷。

有一瞬间，她似乎喜欢上这种迷失在名为恋爱的蜜罐里的感觉。

涂图的班级元旦后没有考试，到了3号，室友们才陆续回来。

一切都还是原来的样子，涂图和何婕洗漱完在讨论几门已经出成绩的科目，老二在擦头发。掐着宵禁的点，燕总破门而入。

"涂，你真和信管大佬成了？"

何婕皱眉眯眼，一拍大腿："你刚要说的事就是这个？"

"我还以为你要说出成绩的事！"

宿舍躁动起来，室友们都知道陆之晔的存在，涂图不用解释太多，直接从跨年那天开始说起。

"燕总，你怎么知道，你不是和社团的去日租房了吗？"涂图说完，好奇起燕总的消息源。

何婕和老二同样好奇地竖起耳朵。

"陈豪来问我，我想了想，你那天说和信管大佬去吃饭，我就猜出来了。"燕总长吁短叹了好一会儿，"挺好，多合适，什么时候脱单饭安排一下？"

"欸，我不介意你对象把室友叫出来一起。"何婕冲涂图挑眉，露出了坏笑。

"要不我们吃饭那天？"这次大家都挺早回家，涂图计划提前过生日。

燕总看了下日历："算了吧，那天还是咱们一起吃，不然挺尴尬的，你现在还不认识他的室友吧？"

涂图点头。何婕和老二也觉得燕总说得有理，提议下学期再说。

"涂涂，你们放假会一起回家吗？"聊到后面，老二问道。

涂图和陆之晔是同一个地方的，自然能一起坐车回家。

"你要带他回家见你爸妈吗？"何婕脑洞极大，说完之后就收不住了，"你们过年有班级聚会？带家属吗？

"你们这种情况算是老相识了，回去之后应该会和以前的同学先约一波的吧？

"你们明天约吗？去哪儿玩？"

涂图一个头两个大，她还没想这么多。

"不急，慢慢来，他俩才在一起多久，一个星期不到。"燕总开口说，"虽然，这两个月联系得挺密切。"

是啊，才在一起不到一周。

涂图拧着眉头，直到宿舍归于安静，她仍没松开眉头。

为什么两个人在一起一定要一个起始，把它称为在一起的第一天？明明在此之前，两个人都已经熟悉了。

如果说这是一种仪式感，那这仪式感除了纪念彼此当初第一眼的喜爱，是不是还有种提醒警醒的作用？

看，曾经为了在一起，多么折腾。

而之后，也会一直折腾。

这两天沉浸在初期恋爱中的涂图，重新摸到了生活粗糙的脉络。

迷茫的涂图，给发小发了消息。

发小依旧向着陆之晔：【陆之晔是个好人，你放心，不会绿你。】

【涂图，我跟你说句实话。】

【高中那会儿，我总跟你说陆之晔好话，不只是因为他收买我。】

涂图：【？？？】

【我可不是随便就能被收买的，是陆之晔确实优秀。】

【跨年那天，他在我们小群里发了红包，说是纪念日。】

涂图收到发小的截图，鼻尖有点发酸。

第一张是陆之晔和发小的聊天记录。

陆：【她喜欢吃什么早餐？】

发小：【奶黄包、鲜肉包，香菇包也行，必点豆浆，不要无糖，她说减肥都瞎说。】

陆：【吃饭的时候，我得说些什么，她总不太搭理我。】

发小：【没话就不要瞎找话题，陪着就可以。】

陆：【我怕她讨厌我。】

发小：【你要担心的是涂有没有喜欢的人。】

陆：【不担心，等就是。】

第二张是他们几个人的小群的聊天记录。

陆：【红包／元旦快乐。】

陆：【红包／我和涂涂的第一天。】

下面一堆人冒泡。

陆：【刚刚，涂涂答应我了。】

时间，凌晨两点，那时他俩刚分开。

陆：【我以为我熬不到了……】

【矫情，没看出来他是……】涂图一字一字地打着，眼睛有点模糊，停了下来。

删掉了对话框里的字，涂图抹了下眼角，想起书本里夹着的字条。

不管是高中还是现在，不同字条上都是同一句话。

【兔兔转头，只要 0.5 秒，走到它的视距之内，鹿花了很久很久……】

3

寒假放假回家前，涂图去了最后一次家教，陆之晔依旧在小区门口等她一起回学校。大降温后，天幕飘着棉絮般的雪。

路上铺着薄薄的一层白雪，一踩，便踩化了，染脏的雪水让路面泥泞湿滑。

结束了家教，涂图便要回家。陆之晔则和实习公司说好先去适应半个月，算算日子，过年前一周才能回家。

临别的前一天，下了一场大雪，没有了考试，大家几乎都闭门不出。涂图在宿舍宅了一天，到了晚上，陆之晔突然给她打电话，让她下楼一趟。

晚上十一二点，外面白皑皑一片，陆之晔站在风雪中。

"怎么了？"涂图走出宿舍楼，还没下阶梯，陆之晔就率先走到她跟前。

"不要下来了，雪挺深的。"陆之晔从兜里拿出了一个盒子，"生日快乐。"

"行了，回去吧，早点睡，明天我叫你起床。"陆之晔揉揉涂图的脑袋，等着她先走。

涂图记得她没说过她生日什么时候，而且她没想到陆之晔会特地等到现在给她送礼物，还是一个挺好看的手环。

"舒雨告诉你我生日的？"涂图只能想到发小这个渠道。

"不是。"陆之晔笑笑，"高中给你过过两次生日了，1月9号。"

涂图眨着眼睛，拿着礼物心情复杂，泪腺像被刺激了一样，鼻尖一涩，声音就哽咽了："谢谢……"

"你对前任也这么好吗？"涂图无厘头地问了一句。

"没，她追的我，就在一起一个月，没给她过生日。"

陆之晔回答得耿直又坦荡。

涂图哭笑不得，拍掉他头发上的雪花，感动得踮脚搂着陆之晔的脖子。这是她第一次主动亲热。

腻歪了一会儿，宿管阿姨出来开始拉门，涂图红着脸低头。

陆之晔抬手拍拍她的腰："待会儿微信上说，乖，回去吧。"

"不说了，明早八点的车，你也别叫我了，你好好睡吧。"涂图吸了下鼻子，没来由地赌气，挥手往回走时，突然觉得很难过。

阿姨站在旁边等着门口的情侣们分别，涂图走得很慢，一直回头。

"陆晔，过年你能来我家玩吗？"一脚刚踏进门口，涂图脑子一热，开口问道。

陆之晔蒙了两秒，然后眉梢嘴角都弯了起来："好啊，去见你爸妈。"

"嗯……"涂图扶着门框，瘪嘴摇头，软糯着声音撒娇，"不是，是来找我！"

有时候，即使知道明天会见面，都舍不得松手。当知道短时间内不会见面时，分别就尤其痛苦。

要和陆之晔分开，涂图说不上痛苦，但老实说，她挺难过。

不是难过没有人陪伴，是难过不能陪伴陆之晔。

涂图独自坐上回家的动车，手机"嘟嘟"在响，不停有消息进来。不知怎的，涂图不想看消息，只盯着窗外飞速倒退的树木田野。

小时候去姥姥家，涂图总舍不得回家，因为姥姥家有好吃的好玩的，而且姥姥姥爷很疼她。每次回家，她都会闹脾气不愿意走，那时候涂妈会温柔地哄她。

"姥姥姥爷明天就来我们家啦，狗狗明天也会来哦，你下课回来就能看见啦。"

第二天下课回去，家里会有新的玩具，尽管涂图还会念叨狗狗，但很快就适应了分别。

上大学时，涂妈没再像小时候那样哄她了，只说："你总要独自一人去很多地方，不过你最后都会回到家的。"

涂爸点头，难得没说什么毒鸡汤扎心，开明地安慰道："我们都在家，你想家了就请假回来一趟。"

涂图适应力强，有了新朋友新室友后基本一学期才回一次家，倒是涂爸涂妈在家庭群里不断发照片，三言两语不离涂图。

家人就是这样，他们一直都在。

陆之晔和他们不同。

涂图惆怅地撑着下巴，觉得要么从根源下手控制自己膨胀的思念，要么弄清楚假如自己真想陆之晔了，该怎么办。

事实证明，断网是个好办法，涂图戴着耳机听着歌坐到站，拖着行李箱下车的那一刻，扑进熟悉的温暖气息里，涂图一下就愉悦起来了。

打车回家的路上，涂图开始看消息回消息，甚至心情不错地拍了张川流不息街道的照片发给陆之晔。

到家时，正是饭点。

涂图一边嘿咻嘿咻地提着行李箱，一边在家庭群里吐槽："老爸，你怎么还没下来，我都到三楼了！"

"哟，回来啦。"大门开着，听到楼道的动静，涂爸这才走出来迎接。

"重不重？"涂爸一把把行李箱拎进屋里，又拍拍叉腰喘气的涂图，"这十几斤搬个四楼累成这熊样，缺少锻炼啊。"

涂图哼了一声，手背靠着涂爸的啤酒肚："老爸，你怎么不说你自己呢，我虽然没运动，但我可没有小肚子。"

"小肚子还是要有的，有点脂肪才能保暖。"

"别听你爸瞎掰扯。"涂妈围着围裙出来，满眼母爱，"涂图，快来洗手，有草莓，你二姨昨天寄过来的，可甜了。"

"妈妈。"涂图蹦跳过去，抱着涂妈撒娇，"你们想我没啊？"

"想想想。"涂妈拍拍涂图，然后面不改色地说了一句，"你身上什么味道，衣服多久没洗了？"

涂图沉脸，撇嘴："我上周才洗，这周去吃烧烤，被熏的。"

"味道大吗？"涂图本不在意，被涂妈说得抬手嗅了嗅。

"晚上洗完澡把要洗的都放到洗衣机，你的衣服估计有一桶。"涂妈继续进厨房炒菜，絮叨地念着。

涂图早已习惯轻微洁癖的涂妈，推着行李箱回了房间，换下衣服，洗洗手便准备吃饭了。

冬天一家一灯火，饭菜香四溢，尽是平凡人家的烟火气息。

涂图最爱家里煲的汤，新鲜精瘦的中排，搭配甜玉米，抓一把虫草花，鲜美极了。涂图在家不怎么吃饭，但一定喝汤。

席间，涂爸问了问涂图在学校的生活学业，还问到了之后的打算。

"考研吗？你大舅觉得你这个专业还是出国读个研究生。"涂爸吃完了饭，从橱柜里拿出了一瓶家酿米酒。

涂妈默契地拿了两个杯子，倒一杯给涂爸，一杯放在涂图面前："这次酿得很成功，涂图你尝尝。"

"是嘛。"涂图提起兴致，喝了一小口，毫不吝啬地赞美了一番涂妈的手艺。

"怎么样，你自己怎么想的？"涂爸喝完了一杯，言归正传，又倒了一杯酒，举着杯子。

涂图撩了下头发，她想过这个问题，可是还拿不定主意。

读研固然好，未来趋势也是以研究生为主的，可考虑到就业问题，读研的性价比不那么高，更何况，考研有风险。

"我在想，直接找个外企，做商务英语这块，翻译也行，外贸进出口。"涂图把玩着杯子，又补充了一句，"我现在不是在做家教吗，其实走辅导机构这条路也可以的。"

"我跟你说，教书可以，辅导机构算了，太辛苦。现在辅导机构得有客户，客户来了会按级分配老师，英语更是，随便哪个国外三流大学出来的都比你受欢迎。"涂爸没留情，直白地戳破涂图的幻想。

"外贸公司，你进去了很可能还是做销售，虽然来钱快，但不适合你。"

"那什么适合我啊？"涂图感觉不断被打击。

当初的专业不是涂图自己选的，那时候愣头愣脑的觉得不想读数学物理，就选了商科。不过她在文科、商科上是有点天赋的，别人看不下去的书，她跟看小说一样看得津津有味，别人抓破头也写不出来的论文分析，她随手拈来。

这点天赋，能用上是最好的。

"我还在想，走编制这条路也不错。"涂图浅酌一口，慎重地将自己的想法说了出来。

大三没了大一初入学校的青涩，也不像大二懒惰成性、昏昏度日。大三是个思想的坎，大四是被现实捶打的劫，之后看得开就通透地过着，看不透就成为卑微的工具人，在不适配的地方煎熬着。

涂图知道自己无论如何都不想成为的样子，但不知道自己想成为什么样子。

她曾和陆之晔聊起过这个话题，陆之晔目标明确，就是 IT 行业的数据工程师，首选上市公司，次选私企外企，最后国企事业单位。

"女孩的话，国企挺好，但你喜欢吗？"涂爸问道。

那时候，陆之晔也是这么问的。

涂图眨眨眼，咧嘴笑："我都不讨厌，不如都试试。我下学期继续家教，然后考雅思托福，暑假找个和专业相关的实习，大四关注秋招，看看招聘单位。"

涂爸点点头，没什么意见，他不是那种追在孩子后面拼命督促的家长，从小到大，涂爸会过问涂图的功课，纠正她错误的想法和习惯，但在有些事情上，他属于散养型家长，让涂图自己决定。

"那考研出国的话，是怎么个流程？"涂妈开口，似乎有点想法。

"我们班长就要出国，一直在刷绩点，然后考雅思，最后最好有导师推荐信。"涂图回答着，过了一会儿，又说道，"我不太想出国，又贵又远的，真要读研究生，在国内读就够了。"

这是真话，涂爸涂妈散养她，不代表她愿意流浪漂泊。

除此之外，涂图自己可能都没有发现她还有一个私心——

陆之晔在这里。

4

在家的时光很惬意，尤其筹备过年的这段时间，从睁眼开始，鼻尖耳边都是过年的声息。

涂图回家后不怎么睡懒觉，早上甚至能早起和涂爸一起看新闻，然后吃个早餐出门散个步。

当然，有一部分原因是陆之晔实习要早起。

【不忙，我这岗位常年没事，不过一有事就秃头。】

涂图说完还发了个秃头的表情包。

陆之晔接着发了个配字"头冷"的表情。

涂图看着表情包笑了笑，没有再回，收拾收拾了房间，腾出了书柜的一个空位，搬出一直没开箱的乐高，开始捣鼓。

乐高一玩就是一天，涂图坐在地上，从太阳初升坐到太阳西沉。中途涂妈回来吃午饭，她和涂妈聊聊天，中午午睡了一会儿，又开始拼起来。

一套地标建筑系列的乐高，还是涂图考上大学时一个堂哥送给她的。最近，她看上了霍尔沃兹城堡的那套乐高，只等过完年拿到压岁钱，她就下单，假期就不无聊了。

晚上涂爸和朋友在外面吃饭，涂图依旧和涂妈两人在家吃饭。涂妈简单煮了面，涂图负责洗碗，饭后涂图窝在沙发开着电视玩手机。

"涂图，晚上要不要跟我去你陈阿姨那儿？"

"嗯……我懒得出门了。"

涂妈换了件衣服，对着镜子照了照："一起去坐坐，正浩回来了，你俩以前还一起玩呢。"

刘正浩，是陈阿姨的小儿子，大涂图五岁，今年研究生毕业，已经工作半年了。

"人家已经工作了，你有什么问题可以问他，比如问问考研的事啊，就业的事啊。"涂妈说道。

最终，涂图简单地拾掇一下后出了门，还心血来潮戴上了陆之晖送的银手环。

陈阿姨家离涂家不远，但也不近。涂妈骑着摩托车，涂图裹着帽子缩在后面，抱着涂妈的腰："妈，我今年学个车怎么样？"

"你不是考了驾照了吗？"

"摩托车。"涂图抬头看着涂妈的后脑勺，想起了陆之晖之前骑自行车送她上课的情景。陆之晖对她真挺好的。

涂图抬头迎风，说道："就想学一下，不然我去找舒雨老要骑共享单车，踩得我累。"

"有电动的啊。"涂妈一板一眼地实话实说，"你爸说得对，你得锻炼，这学期是不是胖了啊？"

涂图横眉竖眼："天地可鉴！我体重还是两位数好吗！！"

到了陈阿姨家，涂图帮涂妈理了理头发，也顺了顺自己的头发。今天涂图穿着简单的卫衣和宽松牛仔裤，休闲至极。

进门前，涂妈看了一眼涂图，有些嫌弃般："早知道让你穿那条裙子了。"

"今天是复古风，我这样不好看吗？"涂图扫了下自己的搭配，挽着涂妈的手臂进门了。

陈阿姨和涂妈是同一个地方的，陈阿姨的父母和涂图姥姥姥爷算是至交，陈阿姨和涂妈差一届，初中高中都就读同一所学校，各自成家后，关系还是很好，时常串门。

陈阿姨还有个大儿子，在外地工作，早已结婚生子，小儿子则今年刚就业，就差个媳妇儿了。

"涂图真是越长越好看，小时候瘦得很，现在长开了，都是个大闺女了。"陈阿姨每次见涂图都很欢喜，估计因为自家两个儿子，没有像贴心小棉袄的女儿。

涂图笑着礼节性地谦逊了一下，顺便称赞了下陈阿姨变苗条了。

陈阿姨、刘叔和涂妈聊东聊西，过了一会儿，刘正浩下楼来接替了刘叔的位置，负责泡茶。

"涂图你现在大几了？"像以前一样，虽然好久没见，刘哥哥还是很自然地同涂图说话。

"大三了。"涂图回答完低头拿吃的，瞄了下刘哥哥的穿着，觉得他的外表一点都不像大她五岁的工作人士，但从言谈举止上能看出他的思想深度。

陈阿姨的两个儿子都很优秀，大儿子名牌大学出来混得不错，小儿子是双一流学校的研究生，长得一表人才，为人友好细心。

涂妈和陈阿姨、刘叔谈得开心，涂图自己坐着，刘哥哥便时不时照顾她，问了学校的事，也提了一些建议，最后不知怎的聊到电影。

涂图是电影迷，平均每周两部，说起最近一部新上映的动作剧情大片，涂图很喜欢里面饰演尼尔的罗伯特，刘正浩正巧也很喜欢，跟她讨论里面的彩蛋。

原本疑惑迷茫看不懂的点，渐渐明晰，涂图受益匪浅。

两人相谈甚欢，陈阿姨感慨起来："他俩小时候就亲，上学之后都生疏了，以后常联系，亏得两家关系这么好。"

　　"涂图，有什么问题都可以问你哥，你们专业说的什么生产总值、边际效应，我们是不懂，你哥懂，考证考研什么的他门儿清。"刘叔补充道。

　　刘哥哥续上茶，笑意不掩："没问题，有事尽管问。"

　　涂图和妈妈打算走了，陈阿姨一家将她们送到门口。

　　陈阿姨让涂妈涂图注意安全，最后还开玩笑道："涂图以后常来啊，这两家人的，你看男未娶女未嫁，说不定以后亲上加亲。"

　　刘叔数落了下陈阿姨说话不恰当，但其中试探意味不言而喻。

　　"能的话那很好啊，孩子喜欢适合最重要，你们正浩这么俊，肯定很多女孩子喜欢。"涂妈打着太极，带着涂图回去了。

　　晚风呼啸。

　　等红灯的空当，涂妈轻飘飘地问道："你觉得正浩怎么样？"

　　相貌堂堂，气正风清，虽然不戴眼镜，但一看就是斯文人。

　　陆之晔偶尔戴眼镜，却怎么都没有斯文书生的感觉，银边眼镜像装饰品，衬得他更像不良少年。

　　"你陈阿姨很喜欢你，小时候吵着要给你俩订娃娃亲嘞。"涂妈又说了一句。

　　涂图"嗯"了一声。

　　涂妈大概挺喜欢刘哥哥，知根知底，关键正浩比涂图大，成熟懂事，稳重负责，絮叨叨称赞了一路。

　　回到家时，涂爸听说了那句玩笑话，破天荒地肃目沉声："那可不行，干吗亲上加亲，我闺女又不是找不到对象了。

　　"说不定明天就给我们带回来一个青年才俊，还是上门女婿。"

　　当事人涂图瘫在沙发上，翻了个白眼："都什么年代了，哪有上门女婿啊。"

涂爸和涂妈就此事争执不休，涂爸不想管涂图找对象的事，涂妈则开始操心安排，认为该谈了。

涂图洗完澡出来，当头一棒就被一个问题砸中。

"涂图，你之前跟我说的那个男生怎么样？有没有发展一下？"涂妈问道。

涂爸接话："有就带回来让你爸看看，看看我家女儿的眼光。"

"你俩是不是背着我喝酒了啊？"涂图连头发都没吹，直接回屋关上门。

耳朵发热，脸颊染着沐浴后的红晕，手指也洗得红红的，涂图觉得浑身发烫，摩挲着手环，坐在床上无焦距地盯着今天刚组装起来的乐高建筑。

第一次家里说起恋爱的话题是涂图初中时，那天涂妈吐槽着楼下的小情侣，涂图冷不丁丢出一句"真无聊，外面下着雨呢"。

后来涂妈拉家常时说起堂姐相亲的事，涂图发表观点："脸又不能当饭吃，太挑了就容易错过，然后被剩下。"

当孩子渐渐显示出成熟的一面，父母会发现，孩子已经长大。当意识到这点，父母不再忌讳以前避讳的一切，不论是社会的险恶，还是生活的原貌，他们不再掩盖。

虽然，涂爸涂妈原本就常跟涂图倾诉。

小学时，和涂爸吵架的涂妈抱着涂图泣不成声："又赔了，赔得房子都抵了，涂图，妈妈对不起你。"

初中时，和涂妈闹离婚的涂爸拉着涂图谈心："你妈倔脾气不变通，做生意不就是这样吗，我在外面跑单，回来还跟我闹。涂图，你想好以后要跟我还是跟你妈了吗？"

涂图曾经一度以为家要散了，破产了，自己要流浪街头了。小涂图听着爸妈的话，立志一人闯天下，讨生活。

谁料，那些话只涂图一人当了真。昨天吵架，今天涂爸和涂妈就拿着空白的作业本对涂图来了个夫妻双训。

以前，会觉得父母是天，触不到顶，是你想追上的线。越长大，越发现他们没那么高。猛然回首，不知不觉就迈过了那条线。

孩子长得太快，父母也放手得太快，反正涂图是这么觉得的。

上了大学后，家里吃饭涂爸喝酒必带涂图，有叔叔来谈生意或者出去吃饭，涂图就在旁边听着那些暗箱操作的手段；去大舅家时，涂妈会问涂图该不该给和大舅同住的外婆多包些红包，然后要不要和大舅家分摊一些伙食费。

外公去世后，外婆随大舅过，因为舅妈是全职主妇，可以更好地照顾身体不好的外婆。舅妈大概是不开心的，以前涂图没发现，后来总觉得去大舅家的涂妈很不自在，涂妈同舅妈的交流也很尴尬。

或者说，气场不对，频率不符。当然，还因为其中有很多杂乱的前尘往事。

如她所见所听，她知道涂爸涂妈的话不是玩笑话。他们等着她的答案，同样的，期待并尊重着她的选择。

凌晨十二点，涂图犹豫了很久，给陆之晔发消息：【陆之晔，我们这算早恋吗？】

【不算，怎么了？】

涂图坐起来，一字一字慢慢敲道：【那你敢见家长吗？】

Chapter 4
/ 你一点都不懂女孩子 /

1

"来真的？"舒雨揪着头发，眼里尽是震惊，对突然玩大的涂图表示钦佩。

舒雨双手竖起大拇指，再没有什么话足以表达她的心情："牛！你们真牛！"

腊月二十八，街道上张灯结彩，全是清一色的红色。涂图和舒雨逛完街，在肯德基点餐吃饭。

"陆之晔答应了？"舒雨问道。

涂图吸了一口冰可乐，眉头上挑："嗯。"

"什么时候？"舒雨惊讶得打开的汉堡迟迟没下嘴，就抱在手里。

涂图被舒雨弄得有点紧张，她没多想，反正爸妈又不会直接勒令他俩分开，就是认识一下而已，她甚至想介绍说和陆之晔只是朋友。

就像她以前带舒雨回家一样，让爸妈知道她有这么个朋友。

知道涂图天天是跟这样一个没心眼的傻姑娘出去玩后，涂妈就会说："你多照顾照顾人家。"

涂图设想了一下，涂妈见到陆之晔后应该会说"麻烦你照顾照顾涂图了"。

"你爸能同意？你爸最不喜欢陆之晔这样吊儿郎当的吧？"舒雨操心极了，仿佛见家长的是她。

涂图摸着下巴。

都说女儿是爸爸的前世情人，涂图赞同这种说法，涂爸嘴上挑她毛病揭她短，可其他方面都不舍得她受委屈。如果涂爸不喜欢陆之晔，难说不会要求她分手。

"如果说只是朋友见面的话，要不我也去？"舒雨愁死了，"我去帮陆之晔说两句好话。"

"啊？"涂图感觉头昏脑涨。

"妈呀，都十一点了，我去找我妈了。"舒雨一回神，才想起中午还有喜宴要去。

涂图同她告别，慢吞吞地吃着薯条，看了下微信消息，转头看着入口。

过了十来分钟，陆之晔戴着帽子出现了。

"没见你戴过鸭舌帽啊。"涂图直起腰，说着就要掀他帽子。

"昨晚太迟洗头，头发压得没型，下午去找个地儿剪头发。"陆之晔压着帽子坐下，搭着涂图的肩，眼里笑意深邃，"想我没？"

"快吃吧，等你半天了。"涂图选择性失聪，捏了一根薯条放在陆之晔嘴边，在他张嘴的时候，迅速放进自己嘴里。

"十来天不见，怎么，我这就失宠了？"陆之晔被挑衅到，眯起眼睛盯着涂图，想着说怎么惩罚一下，可看着涂图吃东西嘴巴一动一动的，还见她嘴边隐隐得逞的笑意，窝火转瞬就消失殆尽。

陆之晔把椅子挪近，搂着涂图的腰，低头凑过去，可怜巴巴地说："涂，我饿了。"

"吃啊，没手？"涂图假装冷漠地瞥他一眼，捏着一根薯条蘸了满满的番茄酱，不顾陆之晔示意的眼神，放进了自己嘴里。

"行吧，我自食其力好吧，没感情了没感情了。"陆之晔连连摇头，拿手机扫着点餐二维码，一边说，一边拿起手边的可乐吸两口，"我在公司辛辛苦苦打工，今天凌晨到家，连四个小时都没睡到就赶过来，连根薯条都不配吃，我懂了，爱消失了。"

"消失了，你还喝我可乐？"涂图吐槽一句，撑着下巴打量起陆之晔。自她先回家后，除了几次短暂的视频，确实很久没见陆之晔了。帽檐把陆之晔的短发压下来，后脑的头发像尾巴，较之原本干净利落的样子，此刻显出几分颓痞劲儿。

"实习累吗？"涂图把桌上的薯条、鸡块推过去，转着可乐杯，拿起来嘬了一口，又放回了陆之晔手边，"同事们都怎么样，你走的时候跟你说了什么时候复工吗？"

几次聊天，陆之晔总显得疲惫，涂图觉得这份实习工作肯定没陆之晔说的那么轻而易举。至少，熬夜不少，每次她睡了，陆之晔总要再忙会儿。

"就跟我之前说的那样，工作氛围挺好，我们老总很年轻，三十出头。"陆之晔再点了一份汉堡，剥开纸，先送到涂图嘴边。

涂图坐正，就着陆之晔的手抓着汉堡大大咬了一口，边吃边听陆之晔继续说："新公司运营初期，系统后台每天都要维护，白天流量大，晚上我们就得抓紧时间补漏洞。

"老板让我过完十五再过去，我估计会在那儿干三个月左右。"

涂图点头，她过完元宵还可以在家待十天，所以，陆之晔又要先返校了，虽然这是意料之中的。

"我昨天给你买了个玩具，初一的时候拿给你？"陆之晔吃得很快，擦了擦嘴，查了下物流，"明天就能到。"

涂图眉间一抖："什么玩具，乐高？"

"对……"陆之晔刚开口，涂图就气急地用力拍了他一下。

"你下单的时候就不能跟我说一声吗？！下次别给我买东西了，真败家，我花钱的快感都没了。"涂图嘟囔，那套乐高不便宜，她存了一个学期的零花钱才攒得差不多，想着压岁钱到手后规划一下小金库再下单。

"当作新年礼物。"陆之晔淡然如水，勾着涂图的下巴，撸猫毛般挠她下巴，"待会儿去哪里？"

"随便逛逛。"

陆之晔要剪头发，春节前的发廊人满为患，涂图陪他等了一个多小时才等到。陆之晔摘下帽子，涂图无情地嘲笑他的鸟巢头发，下一秒就被弹脑门。

"在这里等我，不许背着我加别人微信。"陆之晔进去洗头前，突然丢下一句话。

涂图想了想，觉得大概是因为刚才等得无聊时，她一直在瞅旁边面容清俊的一个小哥哥。

爱美之心人皆有之，欣赏美好的事物是人的本性，不然涂图也不会那么快答应陆之晔。涂图承认她会对小哥哥感兴趣，但她是个有契约精神的人。

等待期间，涂图全程都在玩手机自娱自乐，甚至陆之晔洗完头出来她都不知道。她坐在沙发一角，跷着二郎腿，拿着手机，一副生人勿近的样子。

"你女朋友啊？"剪发小哥最擅长搭话。

陆之晔笑着看着镜子里倒映出的涂图的模样，想起了毕业谢师宴那次，经历了第一次失恋的自己。

　　10 班和 12 班关系好，一起订的同家酒店的谢师宴，而且宴厅就在隔壁。那时候老师和班委致辞完，开始了助兴阶段，唱歌表演抽奖，敬酒告别洒泪。

　　不见归路，不知去处，以后大家要各奔东西了，离别的愁绪与高考完的失落惆怅交织。

　　陆之晔更难受，两三年的暗恋注定无疾而终。

　　未来，再也不会碰上了。他不信缘分，不信奇迹，世界那么大，再见太难。

　　他站在 10 班的宴厅门口，台上有人唱着《因为爱情》，哽咽的声音将人笼罩在悲伤里。他看到涂图坐在一角，周围的人要么在聊天，要么在拍照，而她只坐着，放空着，既没有眼角闪泪，也没有放肆宣泄。

　　就安静懒懒地靠着椅子，仿佛世界与她无关。

　　"因为爱情，不会轻易悲伤……"

　　陆之晔不知道自己悲不悲伤，反正在宴厅门口看到擦肩而过的涂图时，他觉得心都要碎了，疼死了，呼吸都丢掉了。

　　"涂涂。"

　　涂图闻声转身，黑发下的眸子清亮："嗨！毕业快乐。"

　　"毕业快乐。"陆之晔看着她，用尽了他迄今所有的深情，"我们，还会再见吗？"

　　涂图歪头似乎没听清，然后弯起嘴角，言笑晏晏："嗯，拜拜。"

　　不是再见。

　　牛头不对马嘴的对话是他们当时的结局，陆之晔以为再没有机会与涂图有交集。

　　两年的努力靠近付之一炬，陆之晔后悔自己不勇敢，又后悔自己太张扬，就像谢哲说的，"你这样昭告天下，涂图怎么好意思接受，她这么低调的人"。

总之，陆之晔觉得他俩，彻底没戏了。

"电话。陆晔，你的电话。"

涂图站在陆之晔跟前，剪头小哥停下了手上的动作。

"好像是你妈的电话。"

"是，大概让我带东西回去。"陆之晔接过手机，目光追随着回到沙发上的涂图。

有缘无缘还不是人造的，上天会捉弄凡人，可贪婪的人类总能找到摇摇欲坠的巴别塔，不顾后果蜂拥而上，像犯傻扑火的飞蛾。

陆之晔在截止日期前改了志愿，如果滑档，那就勾上调剂。人很渺小，而这点咬死不放用尽一切的精神让其显出几分翻盘迹象。

最终，陆之晔如愿以偿，和涂图上了同一所学校。

可这开始就像结尾，大抵应了毕业宴的话，没有再见。

以前隔着一个班的距离，陆之晔能风雨不动下课就走到10班去串门。现在，一个东边的学院，一个西边的学院，他在校友群里冒头，在各大社团内打酱油，就算他已经打听到经管学院的宿舍楼，还在楼下蹲了一周，可一次都没有碰上。

陆之晔怀疑涂图在躲他。

通过朋友，他加了涂图的微信，但石沉大海。

爱惨了，是会疯的。暗恋的一方总是卑微，陆之晔很挫败。一次酒醉后的倾诉中，他说自己都记不清涂图的模样。

超超笑他："爱淡了，恭喜你，即将度劫成功。"

陆之晔信以为然，为了加速遗忘，他给自己灌了一剂猛药——大二时他交了个女朋友。

平平淡淡的，清汤寡水的，那女孩挺好看的，比印象中的涂图高，女团身材，该有的都有。室友说，旧的不去，新的不来，这小姐姐配你。

陆之晔曾经觉得自己是喜欢那女孩的，不然也不会答应。他不再苦大仇深惨兮兮地去制造偶遇，不必心心念念如何讨好。似乎，生活挺好的。

一个月后，小姐姐以陆之晔从不主动牵手为由提出分手，陆之晔没犹豫，甚至下意识呼了一口气，应了一声"好"。

回顾这段玩闹般的恋爱，陆之晔能早起陪小姐姐上课，给她带早餐，可亲热什么的，他总觉得不合适，直白点说就是下不去手，感觉像犯罪。

到底不适合，到底比不上白月光。

大三，辩论赛开幕，他无意发现名单里有涂图，学号不会有错，就是他们一届的那个涂图。

陆之晔追了千里，月光就在身后的山头上。

会不会变成灰他不知道，千山万水，如果可以，他想锁住月光，挟持带走，犯罪，那就犯吧。

2

烟花在空中绽放，花瓣四散坠落。

陆之晔站在阳台看这万家集庆的盛景，觉得很落寞，亲戚们在里面热闹地泡茶吃东西聊天，小妈殷勤地给爷爷奶奶倒茶递红包。

"嘟嘟"，手机振动，陆之晔看到微信转账，目光阴冷。

妈：【儿子，新年快乐。】

妈：【后天记得让你爸送你过来姥爷家。】

"之晔，带你弟弟下去玩玩。"陆爹打开阳台门，里面的欢声笑语漫延出来，一浪一浪，似乎要将陆之晔淹没。

"好。"陆之晔双手插着衣兜，朝抱着小妈不撒手的八九岁男孩喊道，"陆凯，过来，给你买玩具。"

男孩听言雀跃起来："我要大黄蜂！"

陆之晔拿上钥匙，开了门，朝陆凯使了个眼色。陆凯屁颠颠地跟着出门了。

"小晔，别给他买太贵的了，玩具玩一个丢一个。"小妈送他们出门，吩咐着。

陆之晔应了一声，看着兴致高昂催促着他的陆凯，慢慢下楼。

高中的时候，陆爹离婚又再婚了。

小妈带着三岁的陆凯住进了他们家。

"哥哥，我想玩烟花。"陆凯在小卖铺边上挪不动脚了，乌黑的眼睛乖乖地看着陆之晔。

"挑吧。"陆之晔从来不会拒绝陆凯的请求。

陆凯拿了几盒烟花棒，又拿了几个奇奇怪怪的爆竹，陆之晔在店里要了个打火机，顺便拿了两包烟。

小广场上，陆凯和其他小朋友玩到了一起，陆之晔拍了照发到家庭群里，接着就坐在石凳上沉默不语地抽烟。

是陆妈先告诉陆之晔要离婚的。

陆妈当时说："你要有小弟弟了，我给不了的，小妈能给。不要记恨他们，我和你爸爸只是没法一起走下去了。"

就挺突然的。

陆之晔颇受打击，即将在叛逆的路上一去不回头。可发现生活并没有什么变化。他原以为两家从此会老死不相往来，可逢年过节，陆爹总会带他回姥爷家，小妈还乐呵呵地给他们备手礼，送他们出门。

陆妈偶尔过来看他，三人竟然能心平气和地聊天。在一家三口生活了十多年的屋子里，陆妈不怨不气地看着小妈坐在她原本的位置上。

荒诞得让陆之晔觉得他们都有剧本，自己是个连剧本都不配有的群演。他觉得有人在费大力气安排这部戏考验他的承受力。

然而，事实只是大人们互相需要，或者互相利用罢了。

姥爷是水利局的，大舅从商做工程，陆爹这边，爷爷是设计院的，奶奶是妇委会的干部。其中原委，心照不宣。

陆之晔明白这些规则，只是觉得连离婚对象都能成为人际关系，实在有些讽刺。

除夕夜很热闹，亲戚们大肆谈论着来年的项目和今年的盈亏，欣慰地看着小辈们，开始勾画家族蓝图，言语里甚至把陆凯的出路都安排得明明白白。

躁动里，陆之晔待在外头看手机。

【吃撑了，过年胖十斤啊。】涂图崩溃地发了一堆土拨鼠尖叫表情包。

陆之晔笑开，继续看着涂图的分享。

【刚有人放了个鞭炮，落在小区树上，然后炸了。】

【树做错了什么，明天那棵树一定全场最丑。】

【我家这边十二点又要放一波鞭炮，不到一点停不了。】

陆之晔打了个语音通话过去。

出乎意料，涂图接得很快。

陆之晔正要说话，就听到涂图飞快说了一句："快听，十二点开门红前的序幕。"

劈里啪啦，是热热闹闹的鞭炮声。

欢乐的、轻快的声响通过手机传来，却如此不一样。他俩什么也没说，就这么听着，像在一起看一场举世瞩目、精彩绝伦的盛典。

"涂涂，明天我去找你。"

"明天？不是说初四初五的时候来吗？"

陆之晔望着弥漫爆竹硝烟的天空，说道："只去找你。"

大年初一，走街串巷，涂图家的习俗是早起吃糯米粥，然后散步到后面的小区给爷爷奶奶拜年，中午在爷爷奶奶家吃饭，下午再回家。

吃午饭时，涂图莫名激动，拉着涂妈催促着。她事先和爸妈打了招呼，说下午要和对象出去玩，涂妈便让涂图把陆之晔叫来家里做客。

涂图本不同意，可涂爸同意涂妈的说法，说道："大过年的外面什么店都没开，你那乐高到现在也没收拾明白，我和你妈是不会帮你收的。"

最后协调的结果是，涂爸涂妈见过陆之晔后就去走亲戚，他俩爱去哪儿去哪儿。

事发突然，涂图怕陆之晔有压力，专门打了电话让他别在意。可下午陆之晔来的时候，还是正经郑重得不像话。

没穿平时总穿的宽松卫衣，格子衬衫打底外搭了件风衣外套，甚至戴上了眼镜。手上提了两袋礼盒，一袋两支装的红酒，一袋果脯年货。

怪别扭的。涂图坐在小凳子上，端着果盘孝敬涂爸，然后偏心地插一块递给陆之晔。涂妈又洗了很多水果出来，免不了一番推让。

"哦，实习了啊，那以后什么打算？"涂爸说得很直，没有挑剔的意思，就找话题般。

陆之晔正色回答，跟之前说的差不多。总的来看，还算和谐，涂爸涂妈没查户口，陆之晔不卑不亢——回答，恭敬不已。

"那我们先出门，涂图待会儿要没地方去，带小陆下去在小区逛逛，或者去找你爷爷奶奶。"涂妈出门前喋喋不休地说着。

"行，我们先走了。"涂爸拿上车钥匙，拉着涂妈走了。

"咚"，随着大门关上，屋内一下安静下来。

涂图同陆之晔相视两秒，涂图扑哧笑起来，笑得坐在沙发上直拍大腿。

陆之晔挠挠头，坐在涂图旁边，靠在沙发上看着天花板，如释重负一般深深呼出一口气，终于放松下来。

"涂，怎么样？"

"啊？"涂图靠过来，侧眸看陆之晔，"很棒。"

"真的？"

"嗯。"

陆之晔彻底放下心，坐起来喝了口水，这才有心情慢慢打量起屋子。

温馨的三室两厅，百来平方米，看起来很新。屋内家具是简欧风，客厅的电视柜旁有一块照片墙，家庭照旅游照自拍照，非常有生活气息。

"你爸妈人很好。"陆之晔突然冒出一句话。

涂图没否认，应了一声，吃了粒糖果，打开电视："想看什么？看个相声？或者综艺？"

"都行。"陆之晔坐到正位，收起眼镜，继续倒茶，对涂图的家人充满了好奇，"你爷爷奶奶住得很近？"

"嗯。就后面小区，我中午在那儿吃完饭回来的。"涂图随便按了个综艺节目，发现陆之晔目光无神有点沉默，转着眼珠琢磨起来。

热水壶里的水烧开了，陆之晔拿起水壶浇在茶饼上，时不时抬眸扫一下电视，但明显心不在焉的。

见父母确实太快了。

涂图无声嚼糖，拿起手机刷新信息，也魂不守舍。电视上喜庆地放着春晚重播，时间好像倒回到除夕那晚。

"你怎么了？"陆之晔首先打破这奇怪的沉默气氛，认真地问，"不好意思，刚才在想事情。"

涂图看着他，眼带探究。

"陆晔，我们以后要是不在一起也没有关系的。"涂图坦言，她觉得陆之晔可能压力太大了。

陆之晔虽说是个风风火火的性情中人，在人群中经过必会引起一阵骚动，可他是个有城府的。涂图从没觉得陆之晔幼稚，她看到过他专注严肃的一面。

平常见个家长，大概就是认识认识，陆之晔这副样子，恐怕不只是走个过场。他做什么事，都不留余地，攻城掠地，定下的事就会用尽手段去达成。

"什么意思？"陆之晔敛神。

涂图凑过去靠着陆之晔，小心翼翼地瞄着他的神色。

"那你是怪我没去拜访你爸妈？"涂图问道。

"没，不是，没有的事。"陆之晔否定三连，眼神凝重，似在措辞。

"行吧，不说就算了。"涂图挪开位置，高傲地昂起头，佯装别扭闹脾气。

"涂，"陆之晔揪着涂图的衣服，"媳妇儿。"

"真不是这事，我在想没带东西，怎么去你爷爷奶奶家。"陆之晔坐过去，为了表示话语真实性，皱眉眯眼，十分苦恼，"第一次上门，不好不带东西吧。

"你爷爷奶奶喜欢什么？我先记着，过两天我再过来，以后每年我都先陪你跟老人家拜年。"

涂图听进去了，九分相信，还剩一分怀疑，她摆摆手，挑事一般说道："以后逢年过节，可不一定有你。"

"乖，涂，这事过去了好吧。"陆之晔捞着涂图的腰，迅速而诚恳地解释，"你别多想，我以后慢慢跟你说。我主要觉得你爸妈太好了，好得我有点感动。"

涂图三分疑惑，七分心软。

"我没怪你，我家亲戚多，我怕你累所以没提见家长这事。"陆之晔生怕涂图留有心结，继续解释，"我跟家人说过你，今天我从家里来还是我爸给挑的随手礼。"

"难怪……"涂图撇撇嘴，说道，"你知道你拿的什么吗？"

"红酒和枣子。"

涂图默默摇了摇头："我妈刚偷偷告诉我，那是两瓶 96 年的红酒，平常人家不会买的那种。"

"拉图。"陆之晔揉着她脑袋，"别人送的，我爸说这送人比拉菲好看。"

96 年的拉菲就得大几千，那这拉图的价位不就得再往上了吗？涂图眉头没松，原本没觉得陆之晔有多富，在一起后偶尔能觉出陆之晔败家，看来确实不简单。

"得了，等我爸晚上知道后，明天就会把我卖了，然后乐呵呵地请人过来喝酒。"涂图开起玩笑，言下之意是嫌陆之晔送贵了。

陆之晔没理解涂图的意思，一脸认真："那我明天就来娶你。"

涂图推了一把陆之晔，瞪眼嗔怪。

"行吗？"陆之晔问道。

"什么？"涂图往后躲。

陆之晔搭着她的腰，目光专注炽热起来："如果你爸觉得可以，这就算定了亲，明天我让我爸过来登门谈亲事怎么样？"

涂图一下没撑住，倒在沙发上。

陆之晔顺势而上，商量般低语："虽然我爸没见过你，但他肯定同意。以后，你就是我们家的人，你要是想做外贸，我小叔那边有关系，可以照应照应。"

"呃……"陆之晔靠得太近，涂图被他压着，被陆之晔的话惊得无措，一下又被电视里的倒计时引了注意力。

陆之晔亲着涂图乱颤的眼皮，不知什么时候，他的右手已经探入了她的衣服里，冰凉的指尖在细腻肌肤上激起丝丝电流。

两人的呼吸有些重，热气扑在颈间，陆之晔哑声道："好不好？

"我们一直在一起，好不好？"

"涂涂……"陆之晔温柔地望着涂图迷蒙的眸子，抱着她的身体，在她脖颈上蹭着，轻轻咬了咬，鼻音低沉得像在蛊惑，"嗯？"

3

初一一过，假期就像上了发条，飞速流逝。

涂图没有跟陆之晔回家，涂爸倒是叫涂图把陆之晔约来家里吃饭。涂图对此很不安，心已经完全偏到陆之晔身上了："你叫人过来，待会儿灌他酒怎么办？"

涂爸做生意，说在酒里蹚过二十年毫不夸张。涂图纵然知道陆之晔酒量不差，却还是替他担心，毅然决然地拒绝。

可好巧不巧，陆之晔返校前一天，涂图同他在外面看完电影出来，碰上涂爸了。

涂图有理由怀疑，涂爸得知她要去看电影后专门在门口守着他俩。

"心机涂爸"甚至故意把车停在车辆拥挤的停车场，找了个由头把钥匙给陆之晔，站在旁边指挥他倒车出库，然后成功坐到后座上，第一次享受被载的悠闲。

涂图坐在副驾驶，鄙夷地朝面露欣怡的涂爸吹胡子瞪眼。

涂爸忽视掉涂图的无声控诉，颇为开心地对陆之晔说："很熟练啊，在家常开吧？涂图上次摸方向盘，差点开进垃圾站。"

"没有。"涂图立马否认。

"那去年春节撞到树上，把保险杠撞坏了，这事你得认吧？"

亲爸，人间真实。一路上，涂图努力克制住自己不冲到后面去堵涂爸的嘴。

到了小区，涂爸三言两语又把陆之晔劝到了楼上，任涂图怎么极力阻止，涂爸还是轻轻松松单方面就决定了："都这点了，刚好上去吃个便饭，明天早班不耽误，晚上吃完饭老爸就送陆之晔回去，好吧。"

最终，胳膊拧不过大腿，涂图幽怨地盯着涂爸。见陆之晔给家人打电话说了一声，涂爸开口就赞："懂事！很好！"

涂图翻了个白眼。

结果证明，涂爸和涂妈是有"阴谋"的。厨房里，涂妈掌勺准备了一桌菜，一切妥当，大家入座后，涂爸拿出了一瓶剑南春。

好家伙，涂图都没法拦，直接就喝上了。

"陆之晔，这名字好，长辈取的吧？这么有意境。"涂爸喝开心了，恰好陆之晔能陪着喝，兴致更高了。

陆之晔说："我觉得涂图名字也好听，字如其名。"

涂爸给陆之晔倒酒，陆之晔连忙谦逊地双手扶着杯子。

涂图坐在旁边，看着面不红说话不结巴的陆之晔，禁不住问道："怎么个字如其名？"

陆之晔意识过来，忙纠正："人如其名，人如其名，口误。"

"懂懂懂。"涂爸大概是喝多了，完全不在意这点小问题，倒是涂妈拦着点涂爸，给他夹了好些菜。

涂图撇撇嘴，跟着夹菜，先夹给涂爸涂妈，然后夹给陆之晔，又问道："怎么个人如其名了？"

涂画，画图？

"画图的艺术生。"陆之晔不紧不慢地回答，看起来真是琢磨过的，"第一次见你的时候，你就拿着树枝在地上画……"

"小晔，你家里有兄弟姐妹吗？"涂妈和涂爸叨叨完，问起了她最关心的事。

"有个弟弟，刚上三年级。"

"哦，这么小啊，不过也挺好，有个伴儿，你爸妈感情真好。"涂妈笑着，看向涂图，"涂图没兄弟姐妹，就只能自己玩，我和他爸工作忙，以前经常顾不上她。"

这是真话，涂爸涂妈闹离婚的时间，涂图最爱在房间待着，五六个小时不出门。涂妈一直以为她在房间玩玩具，后来母女谈心时才知道她在写日记。

豆蔻年纪，已经过了敷衍写日记的时候。不用好看的笔记本，不用带锁的魔法书，涂图在涂涂画画的写字本上写下整个青春韶华的苦涩，泪迹斑驳。

直至今日，涂图依旧保存着写字本，不时翻来看看，又哭又笑。白纸黑字帮她记住了那些太悲伤、太琐碎的过去，有时只是看两句，依旧会酸了鼻头。

"多吃点，上次匆忙，都没好好招待你。"涂妈和蔼热情地给陆之晔夹菜，十分欢喜地看着涂图带回来的眉清目秀、礼貌懂事的男孩儿。

"好，谢谢。"陆之晔颔首，仍是恭恭敬敬的。

许是适逢佳节，涂爸心情好，几杯下肚已经微醺。

涂妈想劝少喝来着，没劝住，无奈放弃，任涂爸放开了喝，然后抱歉地笑着让陆之晔别笑话。

陆之晔哪会笑话，他喝了两小杯，虽然意识清醒，但酒劲却不是开玩笑的。

涂图见他面如平常，双眸清澈，以为他没事。饭后，涂爸在客厅侃侃而谈他创业艰难，拉着陆之晔谈政治论经济，仿佛陆之晔是他请过来的客人。

"我爸喝多了，别管他，我去收拾一下，待会儿送你下楼。"涂图贴近陆之晔说着。

涂图往厨房走，手腕突然被陆之晔拉住。

"现在技术服务确实可以，随便一个项目提成就能有……"涂爸说着，看了过来。

涂图如芒在背，迅速甩开陆之晔的手，掩饰般拍拍陆之晔的肩，说道："厕所在那儿，灯的开关就在右手边。"

陆之晔茫然地看着涂图消失在厨房门口，愣了许久。

涂妈在厨房进进出出，又去小房间拿出两盒年货："待会儿让小晔带回去，收了两瓶酒，咱不能不表示一下。"

涂妈把东西放在客厅角落，嫌弃着喝高的涂爸，控制了下场面。

"涂图，你削两个苹果，你爸今天喝得有点多。"

"好，等等哦。"涂图擦完桌子，挑了两个顶大顶红的苹果，正洗着，听到门口有声响，一回头，就见陆之晔走了过来。

"我来帮你。"陆之晔嘴上这么说着，可一直靠着门口，一动不动。

涂图瞟他："您老倒是挪个脚啊。"

"唉——"

陆之晔两步上前，从后面环着涂图，把下巴放在她肩上，拿起苹果，两手又压又转，哪有洗苹果的样子。

涂图低头弯腰从陆之晔怀里出来，心虚地看了下门口，听到外面涂妈涂爸拌嘴的声音，这才松了口气。

"洗好了？"看到陆之晔倚着洗手台，两手轮流抛着苹果，涂图不禁发出疑问。

"嗯。"陆之晔点头，走过来伸手似乎又要搂她。

涂图弹手把水珠甩出去，溅了陆之晔一脸："你去洗把脸，是不是上头了？待会儿回去，你爸不会教训你吧？"

涂图很愁，今晚这饭实在是意料之外的。陆之晔是见过她家长了，涂爸涂妈这边没问题，可她还没见过陆之晔父母，也不知道他家教严不严，喝多了回去会不会被揍。

"喝酒不上头，对你上头。"陆之晔冷不丁地说。

话语一出，涂图表情凝固，有些一言难尽。

这话不仅不合时宜，并且土得掉渣。

陆之晔依稀感受到了涂图的情绪，讪讪地走开，去厕所关上了门。

确实有点上头。

从涂图家下来，耳边的温声笑语被呼啸冷瑟的寒风替代，陆之晔打了个喷嚏，忍不住回头多看了两眼这个小区。

眼神顺着楼宇往上，家家灯火明亮，似乎看着就还身处在温暖的屋子里。

"你到家了，给我发个消息。"涂图裹着棉大衣，只露出两只同灯光般柔和温暖的眼睛。

涂图，还是那个涂图，踩在陆之晔心尖上，越踩越深。

陆之晔想起刚才厨房里涂图勤俭持家的模样，笑起来："我还以为你不会做家务，平时连下床都懒得的人。"

前些时候陆之晔追她那阵，涂图十次里有五次说不去图书馆学习，因为懒得下床，直接在床上学。其余五次，她说去图书馆是真的去，陆之晔基本都陪着。

"涂，我刚是不是没说我名字是我妈取的？

"一般人家的孩子，名字要么是老爸取，要么是爸妈一起取，我堂哥堂妹的名字都是我爷爷取的。"

陆之晔的声音太过平静，涂图从棉大衣里探出了脑袋，抬头看着陆之晔，企图从他脸上获取一些其他信息。

无果，陆之晔面色如常，仿佛刚才那两句话只是涂图的幻觉。

涂图疑惑皱眉，打算继续缩进大衣里，身边的人轻描淡写的一句话让她瞬间顿住了。

"我弟弟是我后妈生的。"

夜色太浓，浓得涂图觉得眼球被抹了墨一样漆黑。

寒风太冷，冷得涂图拉着陆之晔的手都觉得是在握冰凌。

涂图知道话语的安慰太无力，在出租车来到后，她只想了两秒，便跟着上了车:"那啥,男孩子在外面要学会保护自己,我送你一程。"

是够蠢的,涂图看着脚上的粉红色兔耳朵棉拖鞋,心想应该换双鞋再出门。

车里有点沉默,连司机都不断瞥着镜子,对后座两位一言不发的客人有些好奇。

一些小插曲之后,安慰的最佳时机已经过了,涂图决定另辟蹊径:"陆晔,你明天可别睡过头,错过明天,你怕是要在家延误十多天了。"

涂图极力调动轻快的气氛,奈何陆之晔只是抓着她的手,阖眼休息。

是她聒噪了。

涂图瘪嘴,有些心疼,有些无措。她有感觉到晚上陆之晔比往常少话,她想当然地认为陆之晔只是不好在她爸妈面前张扬。

原来不是不张扬,而是扬不起来,还不断往下坠。

呼呼吹进车里的风声,像极了无底深渊的哀啸。

涂图歪头靠着陆之晔的肩,与他十指相扣:"陆之晔。"

"之晔。"涂图另一只手扒拉着他的衣服。

陆之晔若有似无的,低低吟了一声,还是没张眼。

涂图轻轻拽了拽他手臂:"陆之晔,你看看我嘛。"

陆之晔垂眸看涂图,懒得隐藏什么,眼里碎碎的光闪得涂图心口刺痛。

"对不起……"涂图像做错事的样子丧着脸,是她低估了陆之晔的难过程度了。

陆之晔喉咙很紧,垂下双眸,偏开了脸:"没事,就是太久没这么轻松地吃饭了……"

4

【陆之晔，你能不能改改你微信名？我看着很别扭。】

【你没给我备注？】

涂图截图给陆之晔发过去。她给陆之晔设置的备注还是位于列表最下面的"Z- 图图贝贝 - 陆晔"。

陆之晔连发三个问号，涂图笑喷。

【换了，改成"画图的贝贝"。】陆之晔说道。

涂图没懂他的点，但不妨碍她依旧不喜欢这个微信名。

涂图简单粗暴地回复：【没意思，再换一个。】

【"画画的贝贝"和"图图的贝贝"有差别吗？是我想的那个意思吗？】

陆之晔没再回，涂图看了下时间，这时候陆之晔应该在上班了。

涂图给陆之晔改了备注，对他改自己名字已经不抱期待。原本觉得陆之晔是个有品位的人，但慢慢地她发现陆之晔不过如此。

微信名叫"图图贝贝"，游戏名叫"爷是你大爷"，QQ 名是"陆敢敢"，据说除了微信名，其他从注册开始就一直是这样。

涂图最不能理解的是 QQ 名。那时陆之晔解释说，原因是他小时脾气特冲，大概就是初生牛犊的胆大包天。

争当老大和其他人打架是常有的事，最莽撞的是读二年级时和六年级的学生单挑。

陆之晔说看到六年级的刺头把他班的特优生堵巷口霸凌，他觉得自己是班级老大，直接就踩着易拉罐，嘴里衔着棒棒糖，指着那人说："大哥，这人是我班的，要挑他事，先找我！"

那次，陆之晔不仅脸上挂彩，还被叫了家长。

还有一次，陆之晔没写作业，老师拿着教鞭让他伸手。

陆之晔一拍桌子，丢下一句话光明正大地逃课了："我不服，我要找领导理论，老师，咱们教导主任办公室见。"

因为这个缺心眼的孩子，陆妈再次被叫去学校挨批。

"说真的，我妈低声下气地和老师道歉时，我想退学算了，还学什么。回来后，我很不爽便跟我妈吵架，我觉得我没错，我爸也总说有问题要反映上报，有状况要马上处理。我妈跟老师道歉，我就觉得很离谱。

"我从来没见我妈跟谁那么客气，那么卑微。只要她想，对方准被撕成渣。我那时真过不去这坎，觉得她不关心我。尤其是那时候她竟然跟我说这是最有效的解决办法，低成本高效率。"

包括离婚，陆妈大概也秉承着这一原则，迅速接受事实，做出亏损最小的决策。

【改了。】过了许久，陆之晔回道。

涂图点开他的头像，名称是"陆之晔"。

姓陆，名之晔。晔，生机兴盛，日月光华，耀晔闪烁，属火性，有礼而易躁，加上陆氏，愈燥。水以克之，相克亦相生，涂属水。

陆妈是个会取名的，不愧是精英律师。

涂图真心实意地回道：【真好听。】

多年以后，这个举世无双的公子名字，终是准准地扣在涂图的审美画像上。

【我觉得微信是张名片，应该正式一点。】陆之晔大概忙完了手里的事，又有时间和涂图聊，【QQ可能也得改，经理总发QQ文件。】

【陆敢敢？】挑剔完陆之晔的微信名，她开始对 QQ 名耿耿于怀了。

【你觉得换什么好？】

涂图脑子里蹦出两个字，犹豫了下没敢发，但她实在觉得莫名贴切，于是飞快发了出去，然后退出微信页面，拿着手机惴惴不安。

【涂图，你什么意思？】陆之晔发问，这是暴风雨前最后的机会。

涂图婉转地胡诌了一句：【走心的勇敢。】

陆之晔那边又开始沉默了，涂图不知道是他手头来活了，还是被气得不想回消息，纠结了会儿后，发了个"溜了溜了"的表情包，潜水了。

直到晚上，涂图敷着面膜背单词的时候，陆之晔才撂了句话，让她顿时心虚不已。

【周三"大职"，别跑。】

大三一学年都有大学生职业规划课，上学期末选课后，涂图和陆之晔在一起了，后来寒假期间，陆之晔特地找人换了课，换成和涂图同一节的大学生职业规划。

这是陆之晔本科期间剩余的为数不多的课程，也是他俩一起上课的最后机会。大四一些专业选修课，他们是绝对没机会一起上的。

开学第一周，老师大概率会点名，"大职"课的大教室密密麻麻坐满了人，涂图和何婕没占到最后排，在倒数几排的位置坐下了。

涂图不知道陆之晔今天会不会回来上这课，给他发了信息，说旁边给他留了位置，便戴起耳机看视频。这节课是他们学院辅导员上，辅导员人美心善，上课上得很舒服。

上课半小时后，涂图正和何婕分享最新综艺高能片段，旁边有阴影投下，涂图顺着何婕的目光抬头。陆之晔拍了拍涂图的手臂，朝坐里边的燕总做了个手势。

燕总、何婕、涂图依次往里挪，陆之晔坐在涂图旁边。

"我还以为你不来了。"涂图把本子和水杯移到自己面前，低喃一句。

陆之晔一身轻便，从兜里把手机抽出来放桌上，然后靠着椅背看涂图："第一节课还是过来上一下，晚上回公司加班。"

课上，涂图不好多说话，哦了一声，重新打开手机刷了两下。

"这是你们辅导员？"陆之晔见涂图一直盯手机，拿下她的耳机，眉尾挑起。

涂图点头，又低下头去。

"涂，我可是专门为你来上课的，你就不看看我？"

陆之晔声音不算大，但在课上，至少两三桌范围内能听到，涂图抬眸时明显看到前桌回头瞄了他们好几眼。

"嘘。"涂图有些不好意思，屏着气稍微厉声，"你是不是在报复我？"

陆之晔摊手耸肩，无辜得让人分不清真假，不过后面他真没什么大动静了，两人的交集仅限于视线相碰时偶有的眼神互动。

尽管如此，旁观者的火眼金睛向来犀利。陆之晔众目睽睽之下专门坐到涂图旁边，就算他俩没交流，但一个相貌堂堂的男生坐到女生旁边，很难不让人多想，更何况这个人眼生得很。

"大职"下课，涂图后面还有一节形势与政策课，换教室途中，一起下课又要一起上下节课的同学朝涂图打招呼的时候，总会多看两眼她身边的陆之晔。

"涂儿。"陈豪和涂图熟，经过时毫不掩饰自己的好奇，"你们怎么一起？何婕和刘燕先走了？"

"他们选的双周的'形策'。"涂图简短回答，不想多加解释。

"嗨，上次见过。"陆之晔自然地搭着涂图的肩，越过她朝陈豪打招呼，眼神若有似无地从陈豪旁边的男生脸上扫过。

涂图总是低头不语，他感受到她变化的小情绪了。

"我听涂涂说你们辅导员很好，也选了这节课。"陆之晔落落大方地说着，然后不动声色收回搭着涂图的手，刚才的举动暗示并不晦涩，看到的人不会不懂。

陈豪是个明白人，附和了一句，脚步加快要往前走。

"哎，兄弟，你是哪个学院的？"陈豪旁边的男生却仍摸不清状况，直接得让人黑脸，"没听涂图说起过你啊，你俩是亲戚吗？"

涂图皱眉，腹诽道：老孟的情商真是不可挽救了！

"亲戚？"陆之晔愣住。

陈豪推搡着老孟，十分嫌弃这没眼力见的家伙。

"如果你觉得男朋友算亲戚的话，那就是。"陆之晔面色从容，接过涂图的背包自己提着，丢出最后一个重磅炸弹，"过年的时候我们见过家长了，亲戚不亲戚的没差别。"

陈豪挟着老孟跑了，老孟半路回神，扭头冲两人竖大拇指："牛！下次一起喝酒啊……"话未说完，便被陈豪捂住了嘴，"绑架"了去。

"涂？"陆之晔走了两三步，发现涂图没跟上来。

人来人往中，涂图立在原地，一脸严肃，不知道在想什么。

"怎么了？"陆之晔往回走，不顾涂图警惕的眼神，揉着她的脑袋，细声细语不断顺毛，"该上课了，你要迟到了，待会儿没最后一排，咱俩就要坐到第一排了。"

"那你别陪我上'形策'啊，回去加班呗。"涂图冷着脸，半开玩笑半认真。

陆之晔低头在涂图耳边低语，柔柔哄着："我说的是实话啊，咱俩是见了父母了。

"怎么了，不喜欢在外面抱抱？"

"涂？"陆之晔挨着涂图，俯身凑近盯着涂图水灵灵的眼睛看，温和得不像话，"你说嘛，我改。"

涂图眉头蹙成"川"字，揪着陆之晔的衣角，原本因大家目光而烦躁的心情淡去，可因心里微妙又自私的念想又不知道如何开口了。她当然知道陆之晔说的是大实话，但问题不在这里。女孩是感性动物，她能敏锐地感觉到当你身边多了一个人后，周围气场的微妙变化。

涂图说道："我不想去上课了。"

原先陆之晔找到实习单位打算在外面租房，因为种种原因，他还是住校，但配了一辆"小电驴"。

涂图第一次坐上小电驴的后座，感觉很新奇。

"怎么突然不想上课了？"

因为不喜欢别人探究的眼神，不喜欢他们打量陆之晔。

不喜欢恋爱后变得敏感又容易无理取闹的自己。

"陆晔，你下次别再问我怎么了。"涂图抓着他的衣服，有些许惆怅，"你让我自己一个人想想，我可能就过去了。"

"你说出来，我帮你一起捋。"

"不要，你一点都不懂女孩子。"

陆之晔背手勾了勾："你说了我才会懂。"

涂图委屈起来，趴在陆之晔背上，喃喃自语："我自己都不太懂，你怎么会懂……"

Chapter 5
/ 听说12班的陆之晔喜欢你啊？ /

1

"听说12班的陆之晔喜欢你啊？"

"你们在一起了吗？"

"哦，他喜欢你啊！"

……

说实在的，以前涂图还不懂那些人眼里的羡慕与嫉妒。她连陆之晔都不认识，更不想自己因为这个人遭受大家的评价与议论。

直到后来发小舒雨跟她提起了。大课间出操的时候，涂图生理期请假站在旁边。

以班级为单位的方阵绕着操场跑步，舒雨在人群中，听到班上的女生窃窃私语：

"就是她，是不是一般般？"

"看起来不怎么样。"

"陆之晔真喜欢她吗？文希多好看，难道……"

舒雨凑过去，听到了后面的话。

"是第三者吧。这种人一般面上清高无欲无求的，背地里不得了，可会和男生聊了。"

善良的人愿意极力将人往好的方面想，恶劣的人总不吝啬用最大的恶意去揣测人心。

舒雨听愣了，她从小到大就是个普普通通的人，她没有拍案而起的暴脾气，也不会斤斤计较睚眦必报，听到旁人贬低自己的发小，舒雨只是窝囊地停下脚步，转头看向台阶上懒散打哈欠的涂图。

涂图看到她，调皮地冲她笑，笑弯了眉梢眼角，整个人在阳光下熠熠生辉。

这不是第一次，更不是最后一次。

舒雨没跟涂图说，幽默的陆之晔在班里异性缘很好，很受女孩子喜欢；舒雨也没跟涂图说，他们班女生总会大老远去 10 班那一侧的厕所，不仅因为陆之晔在他们班，还因为好奇涂图；舒雨没说，文希向陆之晔告白失败后，来找她打听过涂图。

文希当时问道："涂图也喜欢陆之晔是吗？"

舒雨摇头，涂图对陆之晔从来没表露出过兴趣。

"陆之晔跟我说他是单相思，我不信，我去 10 班找那个女的，她没搭理我。"文希愤愤不平，"你是她发小？"

舒雨"受宠若惊"地点头。

"我问你，她到底喜欢谁？"文希憋着气，因为被拒让她有些恼羞成怒。

舒雨知道，小学时涂图觉得他们班的学习委员很好，初中时涂图觉得高年级的一个篮球特长生不错，高中时……

涂图说过，他们班的谢哲挺帅的。

没错，从小到大，涂图的喜欢就只是这样带着些欣赏与赞叹。

当然，舒雨没说出谢哲，只说："涂图可能会喜欢陆之晔。"

大概是陆之晔本人魅力的加持，舒雨非常看好陆之晔。

　　不过，像涂图这样能够自娱自乐、自给自足，什么都无所谓，什么都刚刚好的女孩来说，单着就很香，脱单没必要，也犯不着早恋。

　　直到高中毕业，文希都没等到陆之晔点头，陆之晔也没等到涂图回首。

　　毕业宴上，男生桌拿陆之晔的八卦开涮。女生桌幸灾乐祸地讨论着这两人迟迟不见月明的绯闻，她们放下心来，似乎为了烘托这毕业的气氛，显示自己多成熟一样，释然地说了一句："10 班的涂图挺好的啊。"

　　人总喜欢站在高处，用挥斥方遒指点江山的姿态，用主观偏见给事物贴上标签。

　　于是，有的因为标签，真的成了标签形容的样子，有的忘记了标签，用时间洗掉一身污浊，变成任何标签都无法形容的模样。

　　"所以，因为他来找我就乱发脾气这件事上，是我小家子气了。"

　　涂图跟舒雨用微信语音聊着私密话，最终得出这个结论。

　　舒雨发了个"尊重"的表情。

　　"嗐，其实我现在想想，没什么大事。

　　"不就是大家都知道我脱单了吗，不就是大家会评价我俩配不配搭不搭，不就是一些人为了避嫌不再找我罢了。

　　"谈个恋爱，丢掉一些朋友，很正常，对不对？"

　　舒雨闻言叹气，回复道："你不想丢，对吧？"

　　"陆憨憨那天加了我们班长的微信，我很心虚。"

　　"虚什么，你俩除了看过电影吃过饭，他衣服借你披，游戏机借你玩，陪你图书馆通宵，接你下家教，送你去动车站，带你去看日出，给你带特产，替你抄作业，你俩就没什么事了。"舒雨回道。

　　对着智商上线，撑得她说不出话的舒雨，涂图沉默了。

　　"涂涂，那时候他单身，你也单身，这又不违法。"舒雨开解道，最后问了个关键问题，"你觉得班长会说？就算班长表明你俩关系好，陆之晔会信他？"

　　"忘了和你说，陆之晔还加了老孟，就我跟你说的那个酒后尽说大实话的大嘴巴。"

　　"那……涂图，你要不先去陆之晔那儿负荆请罪？"舒雨脑洞越来越大，"先来个坦白局，声泪俱下悔过自新，然后甜言蜜语开启糖衣炮弹，最后送上香吻一个，一吻泯恩仇。"

　　"邱舒雨，你等着。"涂图的怒气顺着网线传送到舒雨手里。

　　"涂图，你说话越来越像陆之晔了。"

　　涂图回答："你的良心不会痛吗？我可是十八世纪的货真价实的美少女。"

　　"老不死少女，我跟你说，别担心，你挥挥手，陆之晔就朝你跑去了，你道个歉撒个娇，就算红杏出墙，陆之晔顶多就是挪墙三尺，把你抓回来玩软禁角色扮演。"

　　"你网文看多了吧？"涂图怒吼。

　　"你别忘了我的第一部网文是谁安利的。"舒雨嘚瑟地叉腰。

　　新学期开始，涂图的家教兼职也开始了。

　　小杰寒假松懈了一些，英语单词落下不少，涂图一边苦口婆心地开导他，一边根据小杰其他补习课的安排，调整英语辅导计划。

　　家教之后，涂图独自回学校。陆之晔在公司加班，这公司招实习生几乎是朝着榨尽所有资源，奔着人才报废去的。

　　陈豪有小杰的家教课表，跟涂图说要来接她，被涂图堵了回去，结果涂图回到学校附近，陈豪还是来接她了。

晚上十点来钟，生活区的门已经关了一半。陈豪背着书包，刚从图书馆回来。

"小杰学习状态怎么样，只剩一百天了？"小杰算是陈豪的远房亲戚，知根知底，不然陈豪也不放心介绍给涂图，"上学期奖学金评定的 f2 和 f3 表下来了，你填了吗？"

奖学金评定一般由三部分组成，最主要部分当然还是期末各科成绩绩点，第二部分是德育分，第三部分是班级同学的评分。各部分按学校规定的权重比例进行加权计算，得出综合排名。

涂图昨晚还和何婕说着这事，上学期期末考涂图基本都拿到 4.0 的绩点，和常年拿国奖的 4.5 绩点大佬比，差得多了。

"感觉有点难，主要 f2 拿不到多少分。"涂图一边回着，手指一边在屏幕上敲着字。

"挑战杯决赛进了吗？"陈豪问道。

"没有。"涂图不掩失落，但这是没办法的，他们的水平自己都清楚，虽然他们拉来了陆之晔做数据建模，可是适逢期末时间太紧，大家只是奔着完成任务去的。

陈豪安慰两句，了解之后认为涂图还是有机会拿二等奖的，涂图连连摆手，觉得有个三等奖就谢天谢地了。

路上人不多，陈豪偏头看着涂图，似乎要说些什么。

涂图捧着手机在回消息，陈豪无意窥视，礼貌转开了头。

篮球场上的照射灯很亮，场上无人，灯影下空荡寂寥。隔着高高长长的篮球围栏网，陈豪突然很想念以前在操场散步的日子，可时光就像面前的网一样，过去与此刻已经被生生隔开。

涂图是个讨人喜欢的女孩，和她聊天很自然很舒服，刚上大学时他喜欢逗她，笑她软糯缓慢的发音，笑她还不到他肩膀的身高。

涂图很少生气，大多数是佯装赌气婉转表示不满。她不会大声吼叫，不会尖酸刻薄地排挤人。

涂图适时的调皮很有趣，整个人都生动起来，她会干净纯粹真诚地赞美他人，会用傲娇又可爱的小表情表示对某件事的抗拒，她也许不会主动，但从来不吝啬帮助别人。

熟起来后，陈豪最喜欢她不经意的温柔。

他失恋时，涂图是唯一一个让他笑出来的人。

"明天的课我大概不去了，有事跟我说一声哦。"到宿舍楼下，涂图挥手告别。

陈豪应了一声，放缓了脚步，望着涂图渐行渐远。

许是听到了他的心声，涂图在临进门前回了头："哦，对了，我要真拿了二等奖，请你吃饭。"

"得嘞，就等这顿了。"陈豪站着挥手，这下是真的告别了。

回宿舍的路上，陈豪不由得想起那个男生。陆之晔，信管学院学生会的主席助理，听老孟说陆之晔还是青协的一个副主席。

副主席而已，他还是经管学院学生会主席呢。

可是，涂图确实喜欢那副主席。

大学两年半了，涂图给他的备注一直是"A-陈豪-班长"，而她给陆之晔的备注是"陆之晔"，且置顶。

挺真实的，涂图就是这样，不喜欢不考虑的人在她那儿都是公事公办。陈豪还算好的，至少涂图会记得他生日，给他送生日祝福，像老孟作为涂图两年的小组搭档，都不配拥有一个生日祝福。

2

百天纪念日，涂图收到了一个很大的惊喜。

惊得她一晚上没睡。

那天陆之晔不用加班，照旧到了小区门口等着她下家教，怀里揣着涂图冬日最爱的鲜芋青稞牛奶。

涂图爬上小电驴后座，幸福地喝奶茶，陆之晔平静的一句话让她呛得狼狈。

"周末和我妈一起吃个饭吧。"

天知道涂图第一次谈恋爱，就谈到这个地步。

涂图知道陆之晔父母离异，可再仔细的事便没有多问了。春节之后，他俩上课的上课，实习的实习，少有谈及陆之晔家里的事。

至于陆妈，涂图只是在平常陆之晔的言语中知晓一些有限的信息。比如，陆妈出身大户人家，是个小律所的合伙人，离婚后没有再找对象，一直和陆之晔保持联系，三天两头便会打电话关心一下。

"乖，你别担心，只是简单吃个饭。"

周末，涂图和陆之晔来到位于寸土寸金繁华区的饭店，涂图仰头看着饭店闪亮闪亮的霓虹灯 Logo，心里越发不安，并不觉得这顿饭会多简单。

服务员领着他们往里走，里间装潢轻奢，挨桌经过，每个人西装革履，仿佛进入一个不同的世界，格格不入的感觉让五官更加敏感。

身处富丽堂皇的饭店，涂图露怯了。说好的家常饭呢？说好的简单呢？人与人之间还有信任吗？

涂图胸口的郁闷无处宣泄，愤愤地瞪了陆之晔两眼："陆之晔，你玩笑开大了吧！"

"我妈订的，我不知道。"陆之晔摸头解释，看起来也有点诧异。

来到小隔间门前，涂图生无可恋地停住脚步，犹豫着回头看来时的路，心里琢磨着此时做逃兵的后果。

"涂涂，走吧，我妈比我爸好应付。"陆之晔自然不惧。

涂图心里打鼓，陆之晔面对陆妈肯定是肆无忌惮的。不管是出于母爱还是出于离婚的愧疚，陆妈都会很关心他，但是这种爱转移到她身上，就会变成严格。

涂图不觉得自己差，可陆之晔的条件放那儿，她的话语权便落了很多。

走进隔间，涂图收敛起浑身懒散，跟着陆之晔坐下，余光里看到陆妈犀利地打量着自己，她成功忘记了打招呼。

丑媳妇见公婆，蹩脚局促得很。

放在学校，不论是课堂案例分析还是竞赛展示，涂图都可以从容不迫地侃侃而谈，就算是饭桌上刚认识的学弟学妹，只要她想，故事玩笑都能娓娓道来。

可在这里，涂图感觉自己被施了禁言术。

"是，我们俩以前认识，以前在同一所高中上学。"陆之晔和涂图坐在同一侧，他看起来就像跟一个久违朋友吃饭，说谈有度。

涂图乖巧地点头，表示认同。

"那涂图你家也是在滨城啊？滨城哪个区？"陆妈的妆容和她笔挺的西装衬衫一样，透着冷冽。

不说话时的陆之晔，身上偶尔有类似清冷的气息。

涂图用力咽下还没嚼碎的排骨软骨，紧张得声音都带颤："和平，和平区，北……北灌路那边。"

"哦。"陆妈略带深意地应着，看着餐桌似乎在计量着什么。

那感觉，好像是涂图说了句谎话。

"那你爸妈是做什么的？"

涂图不住眨眼，来了，查户口环节。

涂图抬头努力让自己与陆妈对视，涂爸跟她说过，任何时候眼神不能飘，台风气场不能乱，只要你说得够自信，乞丐帮主都是连锁信息技术公司的老总。

"我爸做点生意，我妈在电网。"

"做哪一类的生意呢？"

涂图怕了，陆妈的问话让她有种踩在刀尖上的错觉。

涂爸早期创业失败，抵了房子，后来继续死磕，捣鼓捣鼓货运，用个高大上的词，那就是——

"从事物流业，大概就是盯着点港口货运的工作。"涂图面不改色，手里却暗暗掐着陆之晔的大腿。

陆之晔叫苦不迭，当然是在心里。

陆之晔抓着涂图发力的手，忍疼插话道："妈，行了，我去他们家，也没见问这些的。"

陆之晔说得颇有些咬牙切齿的味道，陆妈纳闷地看着两人互相使眼色，问了句："你们是觉得我啰唆了？"

"不敢不敢。"涂图脱口而出，连连摆手，然后觉得有些轻浮，沉声补充道，"不好意思，阿姨，是我今天太……太开心了。"

"开心得有点紧张，因为……"涂图看着耐心倾听的陆妈，尽管她看起来还是很严肃，但涂图觉得自己的言语能力似乎恢复了，"老听陆晔说起您，过年时照理我是该去拜访您的，但他急着回来报到，我们家活动也多，就耽搁了。今天能和您吃饭，我还是挺开心的。"

为了表示自己话语的可信度，涂图冲陆之晔挑眉，让他附和一下。

"对对对，是这样。"陆之晔心领神会，捧哏一秒上线。

陆妈来回看着两人，最终选择相信儿子，拿起筷子继续夹菜，疑惑地问道："涂图，你刚叫他陆晔？"

涂图心里剧烈起伏，她乖巧小心地看向陆妈，解释道："陆晔是同学们先叫的，我偶尔跟着叫。"

陆之晔的名字是陆妈取的，寄予的情感可不简单，要是陆妈知道大家因为喊之晔拗口而直呼陆晔，会不会生气？

尤其作为"儿媳妇"的涂图不能这么叫，篡改陆妈取的名字，那简直就是挑衅，"婆媳"关系岌岌可危了。

"我还是第一次知道你们这么叫他，以前他朋友都喊他陆敢。"

陆敢敢拔刀仗义江湖的事迹一下浮上脑海，随之而来的是陆妈被叫到学校挨批的事。

陆妈说完沉默，大概是因为勾起了一些记忆。陆之晔沉默，涂图猜他又开始气陆妈低成本高效率的处事态度了。

涂图跟着一言不发，是因为想象到眼前这个不掩风韵、凌厉利落的律师在办公室同老师道歉的模样。

那老师，不害怕吗？

涂图转念一想，又觉得大概陆妈是收敛起浑身光芒与冷刺，纯粹地以一个普普通通的母亲的样子出现在学校。

涂图伸着食指在陆之晔腿侧抠了抠，陆之晔深吸一口气回过神，冲她扯出一个不算走心的微笑。

"真丑。"涂图小声说道，但气氛被成功调动，陆之晔转着转盘给涂图夹了菜。

陆妈一一看在眼里。

涂图捉摸不准陆妈对她的态度，吃得心虚，就是那种乘人之危偷偷把长熟的果子摘走的感觉，作为礼貌的十八世纪美少女，她应该跟主人说一声的。

"妈，涂图挺好的，你看，长得多标致，成绩也好。"饭局渐入佳境，陆之晔说得认真，"我们俩在一起很好，你别担心了。"

陆妈怔了一下。

天下的儿子都是不善言辞的，当他们突然学会关心父母，表露情感时，如果不是因为一些变故，那就是恋爱了。

有人提醒他们父母的生日，规劝他们少抽烟喝酒。儿子们应该谈谈恋爱，不管结局如何，至少能学会怎么照顾人、疼人。

饭后，陆妈结了账。涂图和陆之晔在陆妈身后走着，像总经理的两个小跟班，还是初出茅庐懵懵懂懂的应届毕业生的那种小跟班。

出了饭店，陆之晔骑着小电驴带涂图回学校，陆妈目送他们离开，慈爱地看着小情侣挨着取暖的样子。她站在门口，觉得冷风太过萧瑟，让人忍不住从回忆里抽出最甜的部分，汲取御寒的糖分。

陆妈是二十六岁时生的陆之晔，那年她刚硕士毕业。

那个年代，她这样的高知非海龟华裔都配不上。只不过，她还没毕业就被花言巧语的陆爸哄回了家。

和陆爸相识是在一个寒冬的晚上，她从学院出来，碰上在楼下打电话的陆爸，陆爸那时已经是个中层领导，政务繁忙，那次是忙里抽闲过来和人约球。

陆爸气宇轩昂，相貌不凡，套着件长风衣，显得身形更加挺拔。

电话那头的人很快下楼来，是陆妈的博士师兄。

相识之后，陆爸三天两头往学校跑，陆爸陪她看星星看月亮。研究生搞学术总要到十一二点，陆爸等在楼下，然后带她去吃夜宵。

一月深冬，她有次忘了时间，下楼已经一点多了。外头小摊的点心卖完了，只剩下一家烤地瓜，陆爸让她在背风的墙后等着，然后将剥好的香喷喷的热气腾腾的烤地瓜放到她手里。

呵气成冰大概有些夸张,但她记得陆爸头发上染着重重的浓霜,他的鼻尖冻红了,嘴边的乌青胡楂若隐若现。

"小煦,跟我回家吧。"

陆爸家庭背景优越,陆妈家境亦不可小觑,两家一拍即合,强强联手,锦上添花。

一切都很好,如果没有越来越多的应酬酒局,没有七大姑八大姨家的破事杂事,如果陆妈在财政局当处长的母亲还在世,如果陆爸依旧将陆妈当作唯一……

母亲去世后,两家力量的天平开始倾斜,陆妈厌倦了权力勾当,从检察院辞职,自立门户,借助亲哥的商界人脉,在律师界立住了脚。

她越来越忙,陆爸与她越来越远。

她没想离婚,直到陆爸跟她说:"合作继续,资源依旧共享,我只是想要那个孩子,那女人想有个名分,所以,离婚吧。

"小煦,你是个明白人,咱们两家是绑在一起的。"

一生都活成了交易,她只短暂拥抱了爱情。

在追名逐利的世界里,是她自己放不下,选择用经济数字来引领方向,她逃不掉的网,希望陆之晔能避开,她留不住的平凡幸福,希望陆之晔能一直拥有。

3

第一百天,涂图没想到竟然是和陆妈一起吃了顿惊心动魄的晚饭,这与她的设想不一样。

上半学期的兼职费已到手,她给陆之晔的礼物还没送出去。

那天陆之晔送她回来,在宿舍楼下抱着她不撒手,说什么太难过了太感动了，十年终于修得同船渡了。

涂图一本正经不通人情地纠正他，是六年，而且算不上同船渡。

陆之晔有点失落，眼尾耷拉着，从兜里拿出一个小盒子塞到她手里，说道："我是认真的，渡不渡你看着办。"

涂图打开盒子，里面是一副银闪闪的耳钉，是她喜欢的风格，简洁明亮又清新可爱。

涂图不掩喜爱，真心道谢。陆之晔俯身看她，把自己的脸送过去，眼里讨赏的意思涂图看一眼就明白。

"谢谢陆之晔。"涂图害羞地撇开脸，站远了打趣道，"这其实就只够跑腿的，给你拿了那么多快递，你是不是就等着找个人这学期帮你上课拿快递呢。"

陆之晔实习，大半时间都在外面，校内的事情都是涂图帮忙处理的。

当然，在校外涂图只负责带自己就可以了。吃饭看电影，逛街看风景打卡小吃店，陆之晔就是人形地图，涂图跟得很安心。

那天涂图把累积的快递拿给陆之晔，却忘记了本来要拿的纪念日礼物，她在七楼，就懒得再走一遍。

周三上课，陆之晔那边的"形策"课点完名，他就跑来涂图的"形策"课。还是倒数第三排的靠窗角落，因为下午有课没法午睡的涂图趴在桌上，陆之晔坐下，她才勉强抬起眼皮瞄了他一眼。

"太困了。"涂图小声嘟囔，一只手不安分地勾着陆之晔的衣服扣子，"晚上不出去了，我想吃二食堂的鱼粉。"

"嗯，睡吧。"陆之晔握着她的手。

大概因为室内温度高，涂图的手热热的，软软的，指节分明，手掌不大，可单看是细长如葱，越看越好看。

陆之晔把她的手握在手中，注视着闭眼睡觉的涂图，她头发散在一边，鬓边的碎发盖着恬静的脸，陆之晔绾了两次没成功，涂图倒是睁开了眼。

涂图皱着眉头，缓慢地坐起来，揉着刚垫在桌上的手臂，又生气又无奈："麻了。"

说着，涂图困意不散，靠着陆之晔的肩继续打瞌睡。陆之晔一手被她抱着，一手玩手机，自得其乐。

两百多号人的大教室里，举动不算嚣张，不玩不闹，涂图睡了一节课，把陆之晔的肩都枕麻了。

"哪，给你的。"睡醒后，涂图从书包里拿出一个手掌大的纸袋，里面有个礼盒，盒里是块表，和霍尔沃兹城堡乐高差不多贵的表。

有些时候，涂图算得挺清楚的。

陆之晔戴表，平时他会戴卡西欧的表，硬邦邦的总磕着她的手。

"涂，没看出来你是个小富婆啊。"陆之晔开玩笑，拆礼物的表情没那么兴奋，但表他肯定是喜欢的，涂图问过大脸了。

涂图斜趴着看他，一块表她倒是买得起的，心不心疼是另一回事。斟酌一二，她觉得值得。

谈恋爱能有几个一百天啊。

课间休息，周围的人来来往往，陆之晔搭着她的腰，凑近了盯着她的嘴唇看。

"一边儿去，室友在看我们。"涂图说道。

"看呗，宿舍楼下的时候又不是没看过。"

涂图笑起来，冲他隔空"啾"了一下："行了，我得再睡会儿。"

说罢，涂图转头朝窗，趴着没了动静。

陆之晔放在她腰上的手捏了捏，自己玩自己的了。

　　"形策"和"大职"一样，除了选课的学生，还会有其他学院的学生慕名而来。

　　这"形策"老师从不点名，期中为了完成任务会提前通知，点一点人头，这堂课，之前没来的都来了。

　　"同学，你好。"隔着走道，陆之晔旁边的人叫了他，"这老师之前留作业了吗？我之前没来。"

　　陆之晔打着游戏顾不上，随便瞟了她一眼："不知道，我没听。"

　　"哦哦，好，谢谢啊。"

　　陆之晔打得起劲，没再回答，这个小插曲一晃而过，像没发生一样。

　　陆之晔打完两局游戏，临近下课时间，他放下手机抬起头听了会儿"形策"老师讲课。

　　上节课还是老生常谈的中美贸易战，现在倒是贴近时事，拓宽不少，变成美国大选后的区域自由贸易了。

　　"同学，可以加下你微信吗？"随着老师声音的落下，耳边的声音悠悠响起。

　　陆之晔疑惑转头，那女孩染着奶茶色头发，过肩及腰的长度打着卷儿，面容白皙，陆之晔一下就想起了大二下学期的那个女团小姐姐。

　　"我不是这节课的。"陆之晔坦言，婉转拒绝。

　　"加个微信呗。"小姐姐并不在意，目的很强。

　　旁边的涂图一动不动还没醒，陆之晔正要开口，老师喊了下课，教室吵闹起来。

　　小姐姐借机走了过来，站在桌边。涂图迷糊抬头，一眼就注意到小姐姐看向她的眼神充满了不可置信。

"不了，这我女朋友。"

气氛有些微尴尬，涂图伸了一半的懒腰憋了回去，揉着趴麻了的脸，机警的目光在两人之间转，非常欠扁地说了句："他微信好友满了，小姐姐加 QQ 吗？"

事情不了了之，陆之晔拎着涂图的书包走在前面，涂图乐呵呵地跟在后面。

"陆晔，你怎么不加呀？"涂图不是讽刺，而是新奇，第一次碰见上来加好友的，还是挺漂亮的小姐姐。

陆之晔转头看她，反问道："男生加你微信，你加了？"

涂图一脸可惜："没人找我加啊。"

"意思是，有，你就加了？"

涂图很快点点头："那可不，加个微信不妨碍什么。"

陆之晔眯眼，站住等她，显然是要做点什么。

涂图绕开他走，使坏使得很开心，笑着跑远了。

食堂在教学区，虽然便利了刚下课的学生，可下课后的高峰却不是开玩笑的。涂图想吃的鱼粉尤其火爆，排着长长的队，陆之晔也没不耐烦，站在涂图旁边静静等待。

陆之晔就是这样，熟人局里是说话机灵，调动气氛一套一套的，在外面则一副生人勿近的样子，看起来非常吸引人。

涂图就不一样了，一堆人坐下来聊天，她总是挨着能说会道的 C 位，占据 VIP 座位静静看戏，一个人在外面也是静的，尽管心里可能在想这个路人穿得好逗，这个店怎么还在最后三天大减价。

和朋友一起出去时，她会负责说话，跳脱地抖机灵。

"所以，你到底被加过几次？"涂图排得无聊，又不想玩手机，和陆之晔掰扯起来。

　　陆之晔不回答，涂图就猜："三个？"

　　看到陆之晔毫无波澜的表情，涂图进一步猜测："六个？"

　　"不记得了。"

　　"呵，看来是六个。"涂图心里吃起小醋，嘴里依旧没边地开玩笑，"不对不对，不止六个，多得你都记不住了。

　　"啥感觉？你加了吗？列表给我看看呗？"

　　"没加，加了的也没聊。"

　　涂图眯缝着眼睛打量陆之晔，不相信且不友好。

　　队伍缩短，陆之晔往前挪挪，挥了下手，示意涂图往前走。

　　涂图继续打量他，然后一边往后退，退过了头撞到一位同学。

　　"不好意思。"涂图回头道歉。

　　那男生回身看了一眼，似乎有点不耐烦。

　　"不好意思啊，不小心。"陆之晔搭上涂图的肩，朝那男生点头挥手，补了一句。

　　陆之晔说得客气，男生摆手道："没事没事。"

　　涂图躲在陆之晔臂弯里，冲他做了个鬼脸，说道："你说我怎么今天就这么想吃鱼粉呢？"

　　"因为我上周说过一次？"

　　"自作多情吧你。"

　　"不是为我？"

　　涂图眯眼笑，换了话题："下周篮球赛你真要回来打？"

　　一年一度的篮球赛进行到现在，已经到最后的晋级赛八进四环节，陆之晔向来是篮球场上的靓仔，学校的比赛，他必打。

　　"打，你没事不是？"陆之晔一直都想让涂图去看她打球，"周末练一练，都是以前一起打过球的，默契还是有的。"

"行吧，我下周考试就不去看你了。"

"？？！"

涂图抱歉地眨眼："雅思，我之前忘了，我老记成下下周，时间过得太快了。"

陆之晔不掩失落，不死心地问她周几考、几点考完，时间刚刚好，完全撞上。

这确实没办法，雅思考试是涂图这学期的规划目标，她准备得差不多了，前半学期尽读英语了。陆之晔实习，她读英语，陆之晔回来上课，她读英语，步调节奏保持得死死的，就是单词越背越多，文章越看越长，怎么都学不完一样。

"陆晔，话说，我去看你打球，你不会紧张吗？"涂图发出疑问。

假设她做一个演讲，她会希望下面没有她认识的人，成功了最好，失败后的狼狈她倾向于自己默默承受。篮球赛挺隆重的，她怕给陆之晔压力。

"不会，你来了我肯定赢。"

涂图一度很好奇男生的自信从哪里来的，他们怎么能这么自信满满铿锵有力地认为自己不会输。

是心理暗示还是口出狂言，结局总得等事实露面。

等了半小时，终于吃上了心心念念的鱼粉，涂图一小口一小口慢条斯理地吃着，透着橘猫懒懒的风范，但又少了几分讲究。

"涂，你喜欢什么猫？"陆之晔突然问道。

涂图嗦了一口鱼粉，一边咀嚼，一边说道："机器猫。"

"猫！活着的猫。或者，你更喜欢狗？"陆之晔想起涂图曾说起的她姥爷家养的小土狗。

"问这个干什么？"学校不让养宠物，涂图见陆之晔问得认真，很怕他哪天搞只宠物给她，"算了算了，猫呀狗啊都差不多，我比较喜欢……

"陆之晔。"

4

周末，陆之晔和室友练球，打电话叫睡得正香的涂图起床去看。

陆之晔不知道涂图为什么觉得睡觉比较重要，明明下周考雅思了，这周她的安排却是休息，明明下周她要考试不能去看他比赛，这周她也不来看他打球。

涂图总错过他的比赛。

"嚯，陆之晔又要上场了？友谊赛一场不缺啊。"

"陆晔，老子跟你说，球场上没兄弟，我不会手下留情的。"

高二那场10班和12班的篮球赛，10班选手有大脸、谢哲、齐天等，12班首发陆之晔。那一年12班的球赛，陆之晔一场不缺，从头打到了尾。

比赛开始前，两班各在一个角落做赛前战略布置。陆之晔拿着球耍着，砰砰砰击打地板，目光不善地盯着对面的一个人。

大脸注意到，环视了球场一圈，观众席上没有那人。

他有点担心，陆之晔最近很火大，尤其知道了那件事后。大脸其实也火大，文希女神怎么就喜欢上他兄弟了呢？

比赛开始，两方各自站位。

陆之晔站在阵首，在哨声响之前又迅速看了眼观众席，她没来，最后一场，她还是没来。

"咻！"

陆之晔先拿到球，边运球边狂奔起来，风驰电掣，势不可当。今天，陆之晔打得很凶。

"疯了吧。"齐天是个佛系选手，三番五次被陆之晔溜球，不由得上头了，"谢哲，你倒是拦啊。"

谢哲背脊发凉，看着怒发冲冠的陆之晔，硬着头皮顶了上去。

篮球不断在地面击打，咚咚咚的沉闷声音像是破晓的前兆，在一阵鞋和地面摩擦出的刺耳声响中，谢哲被陆之晔撞开，摔在地上。

"咻！"裁判吹哨，罚球。

陆之晔猛地把球掷到地上，面色阴沉着走到队后。

10班得分，球从篮板下掉落，一群人蜂拥而上。来回传球，球又回到了陆之晔手上。

这回，谢哲直接拦了上来。

"能不能好好打？"谢哲明言，有眼睛的都看到今天陆之晔犯病似的。

陆之晔冷眼："轮不到你说。"

一个假动作，陆之晔直接上篮。

中场休息，两队开紧急讨论会，改变策略。

队友同陆之晔说了两句，陆之晔勉强舒展了眉头。

可这眉头很快又皱起来，一层一层皱成水面波纹了，越灌水，越不平静。

陆之晔队友被针对，破口大骂。

10班接连不断的小动作都处在犯规边沿，裁判没吹哨。

陆之晔黑脸，盯着谢哲打，大脸也来拦，劝了句："打球不要太难看。"

陆之晔没管，依旧锐利似剑，浑身带刺，硬冲上去。

没人挡得住发疯的人。

陆之晔运球上篮时，耳边幽幽飘过一句话——

"难怪涂图不待见你。"

球落下，谢哲也应声倒下。

"你说什么？给你脸了？你算老几！"陆之晔将他按倒在地，两拳揍出了血。

陆之晔拽着谢哲的衣领，咬牙切齿："你说我喜欢文希？有病吧！"

"会不会打球！会不会打球！撒手！"裁判带人将两人拉开，场面一度非常混乱。

陆之晔脑子也很乱，不知道队友跟他说了什么，也不知道比赛结果怎么样了。谢哲去了医务室，他去了教导办公室，待了半天，三千字的检讨一字没写。

大脸中途过来看了他一下。

"大哥你火了，打球变成打人。"大脸语带惆怅，叹了几口气，"我对你没意见，真没意见，你把涂图当第一，我不一样，文希在我心里没你重要。"

"真肉麻。"说完，大脸又自我找补，"这次没拦你，是因为谢哲这孙子欠的。

"陆之晔，下次咱斯文点，你把谢哲打了，10班都知道你暴力了，女生真不喜欢这样的，她们喜欢的是陌上人如玉，无双公子哥。

"你好自为之吧，我走了。"

比赛没赢，涂图没来，谢哲嘲讽他，大脸不管他。他用尽力气追逐的，如水中花镜中月，抓不住，从指缝中流掉了，和原本的一家三口一样。

分开了，各自落地了，组不起来了。

陆之晔和谢哲不对付，可他就是要去10班晃，谢哲看他不顺眼，乱嚼舌根，他就去10班盯着，盯得谢哲没机会说。

除此之外，兴许是大脸的话起了作用，陆之晔发现涂图在躲他，眼神飘忽，似乎没他这个人。

如果说涂图的慵懒笑容是黎明光熙，那她防御的目光就是寒夜里的幽深，无论它如何变幻莫测，深邃无底，他都忍不住陷进去，寻找消失的明亮。

【我下午还在这儿打球，你傍晚来找我，晚上一起吃饭吧。】休息时间，陆之晔给涂图发了消息。

陈老狗和队友聊得火热，看到陆之晔拿着手机一脸严肃，喊道："嘿，干啥呢，我们到时候得攻击，听到没有？"

"陆哥打球太温柔了。"

"通信的打法太拖了，到后面我们都没体力了。"

"那大块头一站，我们就别想了。"

陆之晔敛敛神，给涂图连发的几条微信都没回，于是收起手机，回到了场上。

日渐西沉，球场上的人多起来。陈老狗他们打累了下场去吃饭，陆之晔不知道哪里来的力气，和几个学弟一起拼场，在球场上跑来跑去。

随着天际最后一抹残阳消失，篮球场的照射灯亮起，仰头的时候，光线有些刺眼。陆之晔觉得眼花头晕，慢慢停了下来，撑着膝盖，大口喘气，汗水滴在地上。

"歇会儿吧。"学弟关心道。

陆之晔抬手示意了一下，直起身扫了球场一圈，带着一丝希冀，他回到篮板下拿手机。

【不去了，待宿舍。】涂图两小时前回的。

看到信息的第一秒，陆之晔骂了一声，抵了抵腮帮子，忍了忍，拨了语音通话。

涂图没有接。

拥有后总想奢求更多，陆之晔发现他找涂图挺难的。涂图不怎么找他，似乎她的生活里一直有其他重要的事。

陆之晔拨了电话，打了三个，走到涂图宿舍楼下时，她接了。

她懒散的声音，若有似无："怎么了？"

"在睡？"

"嗯。"

陆之晔皱起眉头，说道："涂涂，我在你楼下等你一起吃饭。"

电话那头一片安静，安静得陆之晔觉得涂图挂了他的电话。

"不想吃。"

"你怎么又不想吃？！"陆之晔带着怒气，难得的周末，涂图拒绝了他的所有请求。

电话那头的人沉默了。

陆之晔拿开手机看了看屏幕，确实在通话页面："喂？说话。我在你楼下，你现在下来，别说什么减肥不吃饭，我没嫌你。"

啪嗒一声，这回是真的挂了。

陆之晔不确定刚才挂电话之前是不是听到一个轻得呼吸一重就会错过的"好"。

夜幕降临，不断有人回宿舍，逆着人流，涂图裹着衣服看见门外熟悉的身影。

陆之晔只穿着件短袖，手里拎着外套，立在那儿，笔挺笔挺的。刚下楼时，她磨蹭了很久，陆之晔一动不动地站着，没有一丝不耐烦。

"陆之晔。"涂图少见地直呼其名。

陆之晔看到她，凉薄的目光瞬间升温，关心取代了满胸口即将爆发的窝火。

"脸色怎么这么不好？"陆之晔伸手去握涂图的手，冰凉冰凉的，"生病了？发烧没？"

涂图胡乱卷着头发，睡衣外面披着件外套就出来了，看起来更加憔悴疲累。

"吃药了，睡会儿就行。"涂图蹙眉，头疼得厉害，下床来一番折腾，更难受了。

"你……"陆之晔张嘴动了动，突然不知道该说什么。他今天一天都在气涂图不来找他，他现在既觉得自己是个傻子，又觉得涂图不把他当男朋友，生病了一句话没说。

"我跟你说了不去找你了，你怎么还不去吃饭？"涂图捂嘴咳了咳，看着陆之晔一身模样，猜得七八九。

打球打到现在，来找她一起吃。

"我不去了，有点累。"涂图气若游丝，捂着衣服，脸色苍白。

"怎么回事，前两天不还好好的吗？去医院看看吧？"陆之晔抬手摸涂图的额头，温度不低，"你怎么不跟我说？换个衣服，我陪你去医院。"

涂图攥在原地，一言难尽，简单地说："吹风吹的，昨天还吃冰激凌了。"

"我肚子疼，上去了……"说着，涂图难受地捂着肚子，小腹的绞痛感又涌上来了。

　　大概是疼痛边缘最后的反抗，涂图突然用力推开陆之晔的手，皱着脸往回走："我回去躺会儿。"

　　陆之晔望着她踽踽的背影，顿时生出一种无力感，无边无际，发出的声音一下被风吹散了："涂涂……"

　　有的时候，两个人近得无话不说，世界只有彼此；有的时候，又远得即使在眼前，也像隔着千山万水，沟壑纵横，伸手够不着；还有些时候，像极了陌生人，无所适从，不知道该怎么做。

　　陆之晔后来才知道涂图是来例假了，他原来不曾注意到这个，更不知道她会那么难受。陆之晔同无头苍蝇一样，不知所措，在宿舍给涂图发消息，她偶尔回两句。

　　陆之晔实在坐不住，跑出了校门，去药店买了一堆药，又去超市买了涂图爱吃的零食。他提着两袋东西托何婕带上去给涂图时，还是觉得少了什么。

　　陆之晔看着女寝门口的"男士止步"牌子，仰头望着楼宇，担忧掩藏不住。

　　"帮我……

　　"好好照顾她。"

　　陆之晔诚恳而认真，托付终身般地说道。

Chapter 6
/ 风里雨里，楼下等你 /

1

喜欢分阶段，初时是萌动心痒的向往，之后是毫无道理的偏爱，抱在怀里宠在手心，继而是平淡舒服的默契。再之后，或是厌恶，或是深入骨髓的噬咬。

陆之晔感觉有点煎熬，他喜欢涂图，但似乎还没到深爱的地步，就是至今为止，他一直喜欢并且最喜欢涂图。

喜欢可以轻得像一句晚安，也可以重得让人连呼吸都痛。

涂图的喜欢很轻，他的喜欢太沉重。

大脸跟他说："真好，你俩终于在一起了。"

谢哲跟他说："你俩在一起我发挥了很大作用。"

陈老狗说："为啥是她呢？"

陆妈说："负责点。"

贺喜的、疑惑的、阴阳怪气的、祝福的、提醒的……来自外界的声音杂乱无章，但陆之晔不太纠结具体的内容，他比较在意涂图的想法。

就像那句"难怪涂图不待见你"，陆之晔害怕他喜欢的涂图，没那么喜欢他，然后离开他。

在一起之前，他从没想过分开的问题。

吵架闹别扭的时候，陆之晔完全没脾气，无条件低下声来哄涂图，他告诉自己，不能让涂图跑了。

陆之晔会想未来，会思考生活，规划里都有涂图。他可太喜欢她了。

所以，偶尔涂图不在的时候，或是在办公室待着盯着跑动的代码时，他很迷茫。他一个人吃饭睡觉，上班下班，一个人过得很好，涂图是不是也这么觉得？

实习两个月，陆之晔在公司和学校之间来回跑，常常回来不是为了上课，而是为了和涂图吃饭散步。

有时候，他说着实习时候的逸事，好笑的残酷的肮脏的，涂图说着学校里的八卦，无厘头的逗比的苦恼的。

有时候，他们牵着手挨着走没有说话。

有时候，他们各自走着，很少说话，偶尔的一两句都是无关紧要的废话。

好几次，陆之晔很忙，时间很紧，不太方便回学校陪涂图去吃饭逛街，但已经约好的，他还是会陪着去。陆之晔知道两人不同学院，课程不同学期安排不同，在一起的时间很少，所以他会调整时间在学校多待会儿。

比如篮球赛，陆之晔认为涂图一定会来的。

周六下午场，通信学院和信管学院的啦啦队都到位了，选手们穿着队服一一上场，裁判吹哨后，比赛正式开始。

陆之晔穿着外套站在场外边沿的树下，四五月的天空飘着柳絮，挠人鼻尖，让人心烦。

"看到了吧，那大块头往前一站，凉凉。"

"陆晔，待会儿你还是避开大块头，从 13 号下手。"

陆之晔默然，看着场上的对手，研究着他们各自的打法。手中空荡，他从兜里摸出一盒烟，颠了一支出来叼在嘴边，突然想起什么一样，拿下烟，朝观众席扫了扫。

不会来了。

"待会儿奇哥你盯 7 号，他很会投，别让球到他手里。"陆之晔说完又叼着烟，低头点燃。

飞絮乱飘，大家头上或多或少都落了白点，陆之晔想起去年下雪的时候，涂图跟他说，她不喜欢雪，会弄湿衣服。

那她肯定也不喜欢柳絮，会弄脏头发。

陆之晔上场了，手臂肌肉紧实，线条有致，起跳投球的动作干净利落，腹下肌肤一闪而过。观众席的讨论热烈，不知道在谈那个三分球还是在谈这个出众的 5 号。

"陆晔，小心防守。"

球落到 13 号手里，对面也是一个漂亮的三分球。

两方拉锯起来，分咬得很死，几次进球后，对面顶死陆之晔，几乎让他抢不到球，尤其大块头像个坦克一样，只是站在他面前，都觉得身体有被撞的冲击感。

通信学院打球确实很有方法，陆之晔他们渐显疲态。

十来度的气温，大家跟从水里滚了一圈一样，汗流浃背。

中场休息时，大家咕噜咕噜喝水，被对方激得窝火，边喝水边商量对策。

"陆晔要不继续替补，大块头太厚实了，咱让胖子跟他撞。"

"学长可以先休息一下，等最后十分钟的时候上场追球。"

"可以可以，那天陆之晔打的时候比现在凶多了，现在应该是累了吧？"

陆之晔下场休息，注视着比赛的进程，时不时计算着比分和时间。

比赛容易刺激肾上腺素的产生，场上热烈的加油声与喝彩声中，观众席上一个妹子被推搡着下来，妹子拿着一瓶饮料朝陆之晔走去。

"学长，辛苦了。"女孩红着耳朵递上饮料。

陆之晔突然退后一步，吓得女孩立马收回了手，瑟瑟缩缩的，像受惊了一样看着他。

"骗子。"陆之晔似乎没看到妹子般，盯着她身后的观众席，拿起衣服手机钥匙就往那儿走。

涂图背着帆布包刚到篮球场，左右打量着观众席就近挑了个角落的位置。

"涂涂！"陆之晔的声音大得像是朝着涂图天灵盖吼的。

涂图抖了两下，看到陆之晔朝她走来。他穿着荧光黄边的黑白队服，身材匀称颀长，身后跟着个妹子。

涂图没说话，浅浅地抿了下嘴。

上次她发烧痛经，陆之晔天天往她宿舍送东西，她那周真的犯懒，总是睡不够，整个人都是迷糊的，有几天甚至忘了回陆之晔消息。

"你不是不来了吗？"陆之晔一扫阴沉，整个人都阳光起来，站在涂图旁边，开心得像变了个人。

涂图略尴尬，因为旁边的啦啦队都看了过来。

"提前交卷出来了。"涂图努力忽视大家的注目，"你打完了？"

"没……"

"陆晔，上场！"

最后十分钟了，目前通信领先3分。

陆之晔把衣服手机丢给涂图，掩不住看到涂图的惊喜，低头飞速在她脸上亲了口："赢给你看，坐这儿等我。"

陆之晔动作很快，在啦啦队对刚才的亲亲起哄声停下时已经跑到了场上。他的好心情抑制不住，眉梢眼角都溢出了欢欣。

"陆晔，严肃点，咱打比赛呢。"

陆之晔笑开，朝着涂图，食指中指并着在眼角一指一挥抛了个信号："不碍事，我媳妇儿给我点技能了。"

"待会儿你们闪开点，只要球到我手里，他们就等着输。"

队友很信任他，陆之晔刚上场一分钟就接到球，大概是为了炫技，线外直接起跳远投。

没进，连筐都没碰到。

涂图咬着嘴，努力不笑出声。

陆憨憨自知玩脱了，老老实实地冲防线，假动作忽悠对面，靠灵活的走位逼近篮板下。

"好球！"

"可以，加油啊！"

"守住！"

陆之晔连投两球，比分拉平，还有三分钟。

涂图不太懂篮球，高中的时候学校有篮球杯比赛，她会和同桌一起去凑凑热闹，那时候随大流很欣赏高年级的篮球队队长，其他的就不太关注了。

高二的时候，班级有比赛的话，她偶尔会去看。谢哲是他们班体委，阳光帅气，小麦肤色，笑起来眼神带电。谢哲是班级篮球赛的队长，为了振奋士气，老跟涂图打赌，涂图输了就要去当啦啦队。

陆之晔打篮球，她没看过，只听过。

"这人太损了，不像打球像打架！"谢哲曾经如此评价。

受伤那次，谢哲直接说道："陆晔是个狠人，疯了一样，我哪儿招他惹他了，就盯着我打。"

那时的涂图锁着眉，想起陆之晔平日和人打闹时盛气凌人的模样，附和着。尽管多数时候陆之晔挺明朗的，谈话时喜欢挑眉，黑黑的眼睛炯炯有神。

"好！"人群一阵欢呼，篮板下的替补大声呐喊。

通信又得两分，时间不多了。

涂图不懂篮球，便只盯着陆之晔。在一众选手里，陆之晔很耀眼。不知道是不是情人眼里出西施，涂图就觉得陆之晔面容清俊，动作干脆，身材不错，连头发的长度都刚刚好。

头上落了白色的柳絮，像踏雪奔波的良人。

陆之晔手里击球，大块头在前面挡着，几番冲击都没能突破防线，陆之晔无奈将球传给队友，他往外跑了两步。

队友两个假动作，又将球传给了陆之晔。

倒计时十秒。

陆之晔接住球，连运球都省去了，原地起跳，单手一掷。

涂图看着篮球丢出的抛物线，在接近球框的时候不自觉捏紧了拳头。

"咚！"

线外，三分球，领先一分，信管学院赢了。

球场沸腾，涂图跟着鼓掌，输赢她不太注意，提前交卷就是为了回来看陆之晔比赛。陆之晔在人群里同队友拥抱，熟络地互相庆祝，然后离开那片喧闹，下场了。

"厉害。"涂图开口称赞，笑眼弯弯。

陆之晔整个人神清气爽，精神焕发，看着涂图笑得灿烂。

陆之晔的眼里满是涂图，又直接又坦荡，喜欢遮不了，开心藏不住，惹得旁人注目。

"你朋友叫你了。"涂图顶不住，缓解紧张一样推了陆之晔一把。

"晚上想吃什么？"陆之晔可不管涂图的举动，接过她手里的东西，勾着涂图的肩，"那些都是同班同学，带你认识一下。"

涂图止步，犹豫不前。

"就打个招呼，好吧？"陆之晔贴着涂图的耳朵，低声说着。

起哄声里，涂图挥手浅笑，算打了招呼。

陈老狗对他们比较熟悉，叫道："涂图，晚上一起吃饭啊，他们订了位置。"

算是庆功宴，毕竟陆之晔没回来之前，信管学院没想过能赢通信学院，而且陆之晔加入后，赢的概率也不过是一半一半。一分险胜，这一场比赛不容易。

"涂涂？"陆之晔询问她的意见。

陆之晔握着她的手，握得很紧，不想分开的意思很强烈。

涂图抽手，拿掉他头上落下的柳絮："你们聚会，我就算了吧，只有我一个女生不太合适。"

"你少喝点，吃完饭回来再找我。"

2

"涂图，你和小晔最近怎么样？

"课多吗，暑假什么时候放假啊？"

自从陆之晔见过涂爸涂妈后，涂图和父母视频时，二老难免会好奇一下他们的感情。

"就那样啊，今年可能没那么早回家，这学期有个小学期，估计要七月中旬才能放暑假了。"涂图回答。

"那小晔呢？他什么时候回家？"涂妈对陆之晔很关注。

"你们俩有一起出去玩吗？

"最近学业忙吗？

"小陆对你怎么样啊？"

涂图努力让自己相信这是父母对她恋爱的关心，可耐不住一次又一次的试探。

"你见过他妈妈了？后妈吗？"

涂图蹙眉，视频里的涂妈抬头和涂爸对视使着眼色，敏锐如涂图，她意识到有什么事发生了。

涂妈被提醒，转移了话题："陈阿姨家的杨梅可好吃了，改天给你寄点。"

涂图看着涂妈，纠结几许，点点头，假装无事发生。

涂爸涂妈不该知道陆之晔家里的事的。

她辗转反侧，担心父母背着她联系陆之晔，又担心双方父母已经见过面，她更担心，涂爸涂妈欲言又止背后的话语。

他们知道了多少，最终得出了什么结论？

"涂图，你小刘哥哥到你那边出差，到时候可以一起出去吃吃饭，玩一玩。"

在收到刘正浩消息的时候，陆之晔正在被灌酒，庆功宴涂图还是陪着来了，因为陆之晔听到她的话后嘴角就耷拉下来了。

陆之晔生气的目光，像是要将她刺穿，她扛不住。

大多数情况陆之晔不会对她生气，平日里拌嘴闹别扭，陆之晔不会给她甩脸色，他最多留下一句不痛不痒的话离开，第二天就会和颜悦色重新出现，边道歉边哄她开心。

涂图觉得其实陆之晔大可不必什么事都自己消化，可她现在觉得，要是陆之晔认认真真和她摆事实论道理，她确实会心慌。

就像惴惴不安地跟着他上了车来到庆功宴，安安静静坐在他旁边，不知道该怎么弥补那句拒绝给他造成的打击。

【小涂，最近课多吗？】刘正浩发了微信消息过来，【我这两天过来出差，要是你有空，给我推荐推荐当地的美食啊。】

不是开门见山的邀请，这种隐晦的询问反倒让涂图卸下了防备。

陆之晔还在喝酒，尽管他中间对涂图说了几句关心的话，但涂图还是能感觉到他在赌气。

"我去下厕所。"涂图疲累地离开宴席，在洗手间洗了三次手，洗完之后撑着洗手台，很烦躁。

宴厅的热闹声此起彼伏，浪一样一阵阵涌进来，涂图觉得它已经涌到她的脖子，快要将她淹没了。

嘟嘟声里，涂爸接了电话。

涂图有的没的聊了两句，还是涂爸戳破了纸："我就说你妈不靠谱，瞎搞。"

小刘哥哥固然不错，一表人才，可涂图不喜欢啊。

涂爸叹气，打着哈哈："不是什么大事，就是听说了小陆家的事，你妈觉得咱们普普通通的就和普普通通的人家谈着就行，小陆这孩子挺优秀的。"

涂图有点蒙，涂爸继续解释："谈谈就好，你不小了，知道恋爱是什么滋味，以后出来也不一定就能碰上什么好小子。"

"爸，你们什么意思？"

"你俩有个度，别撕心裂肺要死要活，以后可以好聚好散，彼此不太难堪。"

"啊？"

城市说大不大，说小不小。同一所高中，同一个城市，中间几个亲朋好友，打听到对方家的信息，不难。

陆之晔家也许不算是声名显赫，但也是住在一片达官显贵之间的，即使他们并不是高不可攀，可差距总有，无法达成门当户对。

涂图的心情低落到家了。

小时候，在涂爸涂妈的爱护下，她感受到的是人人平等，后来，她知道社会总是不平等的，不然核心价值观也不必一直强调公平。

当自己不幸成为弱势的一方，矛盾愈加激烈，每个看起来平平无奇的问题都成了难以攀登的高山。

涂图懒散，她一瞬间想要弃权。

现在弃权，她可以保证自己能够全身而退，体面离开，甚至高昂着头颅，雄赳赳地扬长而去。

但，又舍不得。

涂图倚着窗台给小刘哥哥回消息，厅内的气氛很喧闹，她有些厌烦了。

"涂涂。"陆之晔走过来找她，颀长的身影远远站着，声音不咸不淡，听不出感情。

涂图心虚地关上手机，应了一声。

"怎么这么久？"陆之晔走过来，"走吧，结束了。"

某刻，涂图以为陆之晔说他们之间结束了，心跳漏了一拍，她觉得好难过。

"涂。"陆之晔朝她勾了勾手。

涂图立在原地，害怕般拒绝过去，仿佛这样就能拒绝那句结束了。

"怎么了？"陆之晔停了脚步，又勾了勾手，"过来。"

涂图害怕，可她不知道自己在怕什么。

陆之晔挑起眉头，又问了句："怎么了？"他站在她面前，走道绰绰灯光下，涂图看起来很憔悴。

"怎么了？"陆之晔抱紧她，抚着她的脑袋，贴着她的身体，明明是他在问涂图怎么了，他却一副失魂落魄狼狈取暖的模样。

涂图艰难地开口，干巴巴地说："我没事。"

陆之晔喝了酒，酒味烟味混杂着，涂图觉得他刚才肯定背着她去抽烟了。

"涂涂，你哭了……"陆之晔抱着她，歪头亲了下她的头发，声音不知道是抽烟后的沙哑，还是太过沉重的暗哑，"宝宝，我错了，以后你不想来，就不来，我也不来……可是，我想见你。"

泪眼婆娑里，涂图恍惚看到有人进出厕所，他们还瞟了这边两眼。

"涂，你别生气了，好不好？"

她没生气，她不生气，明明是陆之晔在生气。

很多时候，陆之晔就是个憨憨。

胆小鬼，口是心非，小气鬼，幼稚鬼，超级超级黏人，特别特别……宠她。

"都叫你少喝点了。"涂图用力掰开陆之晔的手，可他还是搂着她。搞不清到底是谁哭，反正涂图抬头看去，觉得陆之晔的眼睛亮得晃眼。

一垂眸，一低头，涂图抹着眼角。

"宝贝儿，你怎么了？"陆之晔紧紧皱眉，酒后不掩戾气。

涂图哭笑不得，鼻音浓重："你别问我怎么了，搞得我……又想哭……"

陆之晔躬身认真地看她，帮她擦眼泪，擦了还是有，擦了还是流。

委屈止不住，又酸又甜，涂图含泪倔强地笑起来："我没生气，你别老给我扣帽子，人以为我是个作精呢。"

陆之晔微俯身看她，似在揣摩她话里的意思。

"真的。"涂图撇开眼，哭笑起来，"我又没缠着你，求着你别走……"

"我倒希望你缠着我。"

涂图眼泪更多了，吸着鼻子抱着陆之晔想埋进他怀里痛哭，半途看到陆之晔紧皱的眉头，心尖一缩一缩地疼。

涂图搭着陆之晔的肩，勾着他的脖子，仰头看他，踮脚亲他。

鼻塞闻不见烟酒味，可齿间的苦涩是真切的。

陆之晔收紧手臂，立马就转守为攻。涂图退后靠着墙，陆之晔追上来，呼吸很重，摁着涂图的脑袋不给退路，像林间横冲直撞的狼。

涂图呼吸不畅，抵着陆之晔的胸口想挣脱，唇舌躲避想缴械投降。

陆之晔不满足，愈加狠厉，蛮不讲理想将自己的气息送给她。直到涂图哼唧出声，咬他警告他，陆之晔才停下来，碰着她的鼻尖让出呼吸的空间，低喃道："是我求着你别走。"

涂图累了，瘫在他怀里，抽噎几下，被他的话又逼出眼泪。

陆之晔哄着哄着，心疼得又啃又咬，涂图嘴唇红得滴血，跟她哭红的眼睛一样，楚楚可怜。

有时候，欲望只是单纯的想要互相拥抱。

陆之晔和涂图先前闹别扭，情商高一点的都明白。

散场后，陈老狗来找他们，被陆之晔冷眼劝退，带着一群摇摇晃晃神志不清的队友们先走了。

陆之晔搂着涂图随后离开，这时门禁已经过了。

车上，涂图哭累了靠在陆之晔肩上不知道睡着没有，但一直抓着他的手，好像很紧张，很害怕。

开房之后，一间二十来平方米的大床房里，涂图肿着眼睛没看陆之晔。她爬上床，占据床边的一小块，带着鼻音十分傲娇地说道："我困了。"

陆之晔干咳两声，想说些什么，可又觉得欲盖弥彰："我出去抽两根，你早点睡。"

陆之晔关门出去后，涂图坐起来，发愣了一会儿，站起来在屋内走了两圈，心不在焉地刷了牙洗了脸，犹豫很久，脱了外套重新爬上了床。

涂图睡不安稳，一直在睡着的边缘徘徊，想到陆之晔还没回来就一下惊醒，撑着眼皮想再等等。

凌晨两点，门终于被打开了，涂图紧紧闭眼佯装睡觉。

陆之晔轻手轻脚地进来，放下东西，在床头站了会儿，然后一阵窸窸窣窣声后，洗漱间传来水声。

涂图意识渐渐模糊，感觉有人亲了她的额头。她努力想睁开眼皮，可太沉了，她陷入了黑暗无底的睡梦。

很重，喘不过气，动弹不了，像鬼压床。

厉鬼尖声怪气地狂笑，嘲讽道："你完了，你一个人，快来地狱吧！！！"

涂图奋力挣扎，她不要摔下深渊，厉鬼不能带她走，她不想走。

太重了，涂图控制不住下沉，哭得稀里哗啦。

"涂涂，别怕。"黑暗里，有人在喊她。

温暖的手帮她擦眼泪，被禁锢捆绑的身体逐渐回暖恢复自由，她似乎能睁开眼了。

"不怕，不怕，我回来了。"床头灯亮着，陆之晔撑在她旁边。

就只是这一眼，涂图不哭了，后怕得颤抖，委屈地咬住嘴唇，慢慢平静，翻身窝进陆之晔怀里。

"不哭了？"陆之晔眉眼软下来，温柔似水。

涂图点点头。

"还睡得着吗？"陆之晔躺下，让涂图枕着他的手臂。

"睡不着的话，咱们做点别的压压惊？"陆之晔捏着涂图的耳垂。

涂图抬头，陆之晔亲在她红肿的双眸上。涂图垂眸，看到光线幽暗的被窝里，陆之晔裸着上身。

3

陆之晔身材不差，可同他的脸比起来，没那么优秀，但足够令她脸红心跳。

床头灯挺亮的，涂图羞得捂脸，耳朵红透了。

相比之下，陆之晔很坦荡。

生理的需求没必要自欺欺人，陆之晔低头问涂图意见。涂图失了言语的能力，久久没有回应。

"那……睡吧。"陆之晔伸手关灯，怕多迟疑一秒，自己就会缠上涂图。

小屋重新被黑暗包裹，安静得只有两人的呼吸声。

涂图感觉到陆之晔深呼吸了两次，离她远了些。

涂图露出脸，小心翼翼地眨巴眼睛看着旁边，企图看清陆之晔的轮廓。

一片黑暗，陆之晔就在旁边，但她一点都看不到。

涂图缩着身子，胡思乱想着，思绪乱得很。

"睡了吗？"涂图躺了好一会儿，小声开口。

等了很久，陆之晔才哑声应道："没。"

涂图侧躺着，抠着指甲盖："你爸妈会喜欢我吗？"

陆之晔似乎愣了一下："你梦见他们欺负你了吗？"

他在说刚才涂图梦魇的事。

涂图回想起不好的梦境，蹙着眉头，没有回应。

陆之晔在等她，她在等陆之晔转移话题。

各怀心思，都在沉默。上一秒旖旎，下一秒冷漠。

"涂涂，我喜欢你就行了。"

涂图翻身朝着另一面，咬了咬嘴角平复心情后，才挤出一个不那么带哭腔的回应："哦。"

想那么多做什么呢？她和陆之晔真能走到见家长谈终身的那步吗？就算陆之晔说他待哪儿都可以，可万一他们以后就是没法在同一个城市工作呢？

职业规划？谁都知道，那只是自以为的步伐，真能实现吗？涂图不信，她相信陆之晔也不信。

说句难听的，陆之晔以后要是找工作失败，回去不愁没好出路。她呢，大概率就是做个普普通通的职员，做只井底的蛙，做个平凡的人。

谈恋爱，怡情；谈情，伤神。

涂图感觉自己失眠了，心脏不安地跳动，她的眼皮很沉，可精神紧绷着，放不下，松不开。

吊着，很难受。

痛苦间，背后有人凑过来，陆之晔将了将她散开的头发，从后面抱着她，蹭着她的脑袋。

涂图以为陆之晔会说话，僵着身子等着。

随着他的呼吸趋于平静，涂图没了念想。陆之晔抱着她，他胸口的炽热透过后背传来，颈间鼻间都是他的气息。涂图想起晚上的那个吻，像印记一样，陆之晔有时候霸道得让人没有拒绝的余地。

陆之晔喜欢她，这是确定的。

涂图吐了口气，像泄了气的皮球，没了任何叛逆的反抗能力。她躺在陆之晔怀里，在一次又一次的否定肯定中，找到安全感。

期中考试之后，该颓废的继续颓废。涂图考完雅思，一时不想折腾，八点的早课总是睡过去，选修课的作业随便凑一篇就交上去。

人总有丧的时候，涂图一丧，就完全隐归山林般，三天都不一定露个脸。

丧了几天，涂图突然就想出门走走，青协那边有个去隔壁学校参加讲座的活，她便自告奋勇参加，翘了课出门去。

陆之晔在他们部门群里，没冒泡，直接问了涂图，陆之晔知道涂图那天下午有专业课。

涂图出门的时候阳光正烈，初现夏季的炎热，搭乘公交车到了隔壁学校后，涂图看着百度地图，兜兜转转找到了报告厅。

扇形会议室里只有四十来个座位，台上主持人在调试话筒，有人在检查 PPT。

陌生的会议室、陌生的人、陌生的环境让涂图勉强产生了一些兴趣。生活久了，总需要一些新鲜事物调调味。

涂图突然想去旅游了。

她应该和陆之晔一起旅游一次。

"恋人一起出去旅游后有百分之五十的概率会分手。"

大概是很久以前在杂志上看到的话，涂图不以为意，又有些期待。

讲座开始，涂图心不在焉地跟着鼓掌，台上的主讲人是个负责学生工作的辅导员，今天的主题就是怎么增强大学城各大学青协组织的合作，发扬大学生的志愿精神。

总有这些有的没的讲座，涂图的意识逐渐涣散，一边无感情地记着讲座笔记，一边在纸上涂涂画画。

该去哪里旅游呢？似乎期末考完，在小学期之前的几天比较合适。

陆之晔原定实习两个月，但因为那个新兴公司缺人，而且他做得不错，协调后，他再待一个月，工资涨了一千，他们老板还算厚道。

如果要去旅游的话，去哪儿呢？

笔记本上画了很多柳树，依次临溪排开，盛夏的夜晚，秦淮河灯红酒绿，乌衣巷人来人往。

金陵城是大气恢宏的，有个冬天，涂图和何婕踏雪而去，雨花台白雪茫茫，烈士陵园沉重肃穆，总统府安然伫立，雪幕中，有位穿旗袍的女子倚窗远眺。

时光机可以回溯至某年某刻，却捕捉不住那一秒的苍辽。

涂图挺喜欢那种感觉，一次旅游就像一次穿越。她会更清楚地知道自己有什么，想要什么。

台上换了个主讲人，是这所学校的青协主席，他在倡议大家都凝聚起来，好好宣传志愿精神，营造好的氛围。

涂图不是优秀的课代表，如她所说，她本来报了红十，面试没进，所以来了青协。志愿活动什么的，有空时她才会去尝试。

"现在是自由讨论环节，大家有什么好的想法、策划，可以分享一下。"

有人起来发言说多组织一些义务捡垃圾的活动，涂图按了按太阳穴；又有人说举办一些捐赠衣物图书活动，构建一些可以长期维持的平台，涂图眨眼睛朝那人看了一眼。

话筒在席下传递，旁边有个妹子举手，涂图帮忙接了下话筒。

"麻烦了。"一个男生递话筒时说道。

涂图诧异又谦逊地点头，将话筒给了妹子。妹子说了啥没太听清，涂图整了整刘海，捱着时间等结束。

妹子坐下，主持人问还有没有人要发言，涂图顺势转头四顾，发现那个男生在她转头时迅速回了头看向前方，不知道是不是错觉，涂图感觉那人可能在打量她。

大概觉得她像谁吧。

会议散场，主持人招呼大家一起拍照，拍完照人便散了。涂图收拾完东西，给陆之晔发了消息，他说他今天回来得早，晚上一起吃饭。

不得不说，那晚之后，涂图看淡很多，在回家之前，在见陆之晔父母之前，他俩的感情没问题。

至于陆之晔怎么想，他那句他喜欢就够了。

涂图进电梯后，方才那个男生冲了进来，站在她旁边，迅速按了关门。

"你不是本校的吧？"男生说话了，不热络，不刻意，甚至有点冷淡。

涂图回头，确定他在看自己后才回答："不是。"

"哦，难怪，觉得有点眼生。"

涂图不知道该怎么接话，或者说不想接话。

电梯门打开，男生拦着门，侧身让涂图先走。涂图没客气，径直出门，径直往前走，她要回学校了。

"同学，同学，你好。"男生追上来。青空白日下，涂图看清了他的模样。

白白净净，不高不瘦，宅男风，戴着眼镜，斯斯文文的。

"一起走吧，你是哪个学校的？"男生的声音很清冽，可是不知道为什么，涂图觉得很刺耳，听得不太舒服。

冷冷的，聒噪，像黑夜里钢铁棍子摩擦地面一般。

"你叫什么名字？"男生又问道。

涂图出于礼貌，和男生保持着距离："我叫涂图，你是本校的？"

"对啊，法学院，我大三，你是大二吧？"男生很自来熟，和他安静的外表一点也不相符，"我送你回学校吧。"

涂图大体感觉到男生的用意，顺着他的意思，微笑着说场面话："谢谢，太客气了，很近的，你下午没课吗？"

"没课，我们大三没什么课……"男生跟得紧，离涂图很近。

涂图得半仰头看他，他头发乌黑浓密，衬得皮肤很白，明明他在笑，但巴掌大的脸透着说不出的冷。

"真的不用麻烦你了，我今天有点赶时间。"涂图打断男生的自说自话，她不想跟他一起走。

这种见一面就突然亲近的人，无非就是想加个微信，了解了解。

男生看着涂图怔了一下，马上又笑起来："没事，我没课，送你一下嘛。"

"真的谢谢，不过不用了，不好意思。"

涂图挥手告别，疾步往前走两步，不知不觉走上了教学楼间的小道。

她不认路。

背后很凉，涂图觉得有人在跟着她。

回头一看，那个男生跟在她后面，见她回头，还笑起来喊道："涂图，你等等我。"

林间的石子路蜿蜒曲折，树影斑驳，男生踏着草地，笔直大步走来。

"真的不用了，谢谢，我同学来接我了。"涂图一边摆着双手，保持着最后的礼貌风度，一边后退，往教学楼间的主路走去。

"你迷路了，大门在后面。"

"涂图，我送你，不用客气，我挺喜欢你的。"

"你别跑！"

男生追上涂图，伸手要抓她。

涂图手疾眼快抱着手躲开，直觉告诉她，这个人有点病态。

"大门在那边，我带你去。"男生没有硬上，指了指身后树丛中的小道，"我不是坏人。"

讲座上还能好好回答，一副文质彬彬的模样，言谈举止都和常人无异，涂图半信半疑，警惕地看着他。

"看，这边路标也是指着那边。"男生解释。

涂图拿着自己的手机，翻看地图，确实是那个小道对面，可是要和眼前这个人一起走吗？

"走吧，我送你。"男生拉着她的衣袖，带她往回走。

涂图坚持走大路，男生虽然妥协了，但是一路上话语不停，一会儿拉涂图的袖子，一会儿伸手要搭她肩。

涂图沉着脸，准备着随时逃跑，看到逐渐步入眼帘的大门，屏着气开始憋大招。

"加个微信吧。"男生拉着她的手臂，怕她跑了一般。

涂图脚步不停，不好拒绝，拿出手机给了二维码。

"涂涂！"

寻声望去，门外站着一个熟悉的身影，涂图觉得是自己太紧张以至于恍惚了，直到看到陆之晔挑眉肃目冲她招手才反应过来是真实的。

"你给我过来。"陆之晔一身挺立，目光盯着男生抓着涂图的手。

涂图心下一安，有了底气用力甩开男生的手，客客气气地丢下一句，朝陆之晔冲去："谢谢你带我出来。"

隔着门栏，陆之晔眯眼瞅那男生。

阳光下，男生脸色白得瘆人，幽深的双眸盯着抱着陆之晔的涂图，阴森得可怕。直到他们离开了，那个男生还在犯病般不死心地盯着街上的空白。

4

"他是谁？他怎么回事？你们怎么认识的？"

陆之晔发出三连问。

涂图自己也挺蒙的，不过是一起听了个讲座，那男生刚开始挺正常的啊。

"你给我发语音，听你声音怪怪的，我就直接骑车过来了。"

走在小道的时候，涂图给陆之晔发了消息说要回学校了。

坐上小电驴的后座，涂图想想越加觉得发怵，如果陆之晔没来找她，她还不一定能顺利回学校。涂图回头看着，抖了抖肩，心惊胆战。

她再也不想来这个学校了。

骑着小电驴回到学校附近，涂图随便挑了家常去的麻辣拌，照以往一样，她占位置，陆之晔挑菜。

涂图撑着下巴看着陆之晔，莫名就萌生出要是以后陆之晔不在，她要怎么办的想法。

舍不得是心情，离不开是事实。

"完了，你对我太好了，我觉得我得去找别人虐虐自己，让我时刻记住，这个世界是不友好的。"等号期间，涂图十分正经地说着，仿佛是经过深思熟虑后下定的决心。

陆之晔坐在她对面，朝她勾了勾手指："我告诉你真相是什么。"

涂图探头凑近，额头吃了个栗暴。

"邪恶是永恒存在的，你不去找它，它也会来找你，你不如跑来找我。"陆之晔说道。

涂图瞥他一眼，猜到他想说什么。

陆之晔同她对视，没说出来，帮她擦了擦筷子，等着上吃的。

"陆晔，你知道我在大门口看到你的时候我在想什么吗？"涂图转着眼珠，突发奇想。

"你肯定在想，这是谁的男人，这么帅！"

男生的自恋就是一种病，同瘦女生爱说减肥一样，屡说不厌。

"是帅，比那人帅多了，但我要说的不是这个。"涂图拧眉措辞着，像碰上一道棘手的题。

麻辣拌端上来了，她先动了筷子，许久才说道："我要是早说我有男朋友，他是不是就不会跟着我出来了？"

"涂涂，你是不是应该深刻反省一下，这难道不是一开始就应该说的吗？！"

"呃……"

陆之晔皱眉想了会儿，正色道："算了，这种人不能激他。

"你这两天别出门了，在学校尽量和室友一起走，周末的家教等我去接你。"

"好。"涂图自己心里有个度，听到陆之晔的话还是歪头比了个卖乖的手势。

俏皮得不像刚被骚扰过，陆之晔又担心又喜爱，望着涂图都不舍得眨眼，就觉得她每个动作都可爱。

回去的路上，陆之晔又啰啰唆唆地嘱咐了涂图一番，比涂爸涂妈还啰唆，这一点是在一起后涂图才发现的。

当然，涂图发现自己也变得婆婆妈妈起来。

热恋时，大家都相亲相爱，关心加倍，甜蜜加倍，纯粹坦率的示好与关怀都在让生活的幸福指数不断上涨。

"晚上早点睡，明早记得吃。"临分别时，涂图继续卖乖，可可爱爱地朝陆之晔比心，"幸好你来了，谢谢你。"

涂图的机灵抖得很对陆之晔胃口，他伸长手让她过去听悄悄话。

陆之晔其实也不知道要说什么，就是觉得想要跟涂图多说两句话，毕竟一天就只见了这么一面，有时候两三天都见不到一面。

"你要说啥？"涂图好奇。

陆之晔反问："你想听什么？"

涂图不屑："喊，您可真搞笑，你说有事跟我说的。"

陆之晔笑起来，营造出一种神秘感，招手让涂图再靠近些。

涂图挪脚又靠近了一些，陆之晔弯着嘴角，用气音在她耳边神秘兮兮道："涂涂，晚安。"

涂图脸色一滞，被耍了。

"你也晚安，晚上记得别看床底。"涂图用气音回他，带着骇人的语气低声道，"记得关窗，记得睡前上厕所，记得别看镜子，记得别盯着天花板。"

"不然会有人发现你，来吃你。"涂图瞪大眼睛，作惊悚状，要吓人般突然拍了陆之晔一下。

陆之晔确实被涂图的举动吓了一跳，至于鬼故事，他无感。

但"中二"媳妇还是得宠着的，陆之晔装作害怕，问道："是谁要来吃我？"

涂图思考起来，这她倒是没想到。

"是叫涂图的恶魔要来吃我吗？"陆之晔开口，认真道，"你吃吧，一点都别剩下。"

何婕被酸得牙疼，捂着半张脸，没眼看楼下秀恩爱的情侣。

涂图和陆大佬不算黏人的，但是经不住一次又一次的暴击。

数数日子，涂图和陆之晔在一起快五个月了，感情稳定，状态良好，即使偶尔感觉不像情侣，各走各的路，小手都不拉，但那么一两次的秀恩爱就甜得糖分超标，观众都想原地升天。

"涂涂，你俩发展到哪一步了？""单身狗"何婕尽管知道她的狗粮都溢出来了，还是忍不住问。

老二难得一见从她宝贝小说中抬起头，八卦地看向涂图："上周你有一天晚上没回来哦。"

"就赶不上宵禁而已，没发生啥。"涂图收拾着衣服，准备洗澡去了。

燕总回来了，何婕跟燕总复述了一遍刚才吃的狗粮，哀号不断，让燕总赶紧把傻白甜学弟的微信推给她。

涂图哭笑不得，之前脱单饭是两个宿舍一起吃的。陆之晔宿舍2号对何婕有点意思，但何婕完全没感觉，还跟人家喝酒碰杯称兄弟，转头2号跟她摊牌，何婕整个人都傻了。

找对象这事，被爱的就是有恃无恐。何婕和2号没联系了，最近想着找些奶油小学弟，转移转移注意力。

关于2号，涂图听陆之晔说，2号告白失败后出去喝了个酒，颓废了几天后，就跟没事人一样打游戏去了。

所以，能互相喜欢真的算是个幸事。

涂图和陆之晔提了旅游的事，陆之晔毫不犹豫就答应了，不过选的不是清风霁月诗情画意的金陵，而是灯火通明霓虹耀目的沪上。

陆之晔说："我想去城隍庙。"

涂图开玩笑说："不如回家去南普陀。"

陆之晔说："我是去还愿的。"

涂图以为陆之晔说说而已，可他煞有其事的样子让涂图琢磨不透了。

"三年一还愿，高中毕业时许的，三年一求，静待来日。"

不管怎样，地点定下了，就看时间怎么安排。

天际日月轮换，时间过得不慌不忙，学生们却越来越着急，总觉得追不上什么。

有些课程快要结课了，比如只上六次课的按单双周上的"大职"。陆之晔最后一周的实习与最后一次课撞上，涂图"贤惠"地把期末作业的要求一一发给陆之晔。

【五千字课程小结。】

【职业生涯规划，包括学业生活实践等等。】

【志愿活动，人生理想，创业灵感，创新想法都可以写。】

【结课前最后一周交。】

陆之晔回了句：【五千字？】

涂图斩钉截铁地回复：【没错。】

【晚上加班，别等我吃饭了。】

【OK！】

除"大职"，"形策"也留了作业，一篇时政论文，主题不限，贴合热点。

虽然作业不少，但没课的愉悦更大，往后一个月的周三下午都没课了。

涂图习惯睡午觉，上大学后最不习惯的就是下午有课，午睡时间只有三十分钟，尤其还是她加快吃饭速度后挤出来的。

十五分钟吃完饭，她觉得吃了个寂寞。

二十分钟睡个午觉，感觉一闭眼一睁眼就到点了。

涂妈说："涂图上学太幸福了，每月领着'工资'吃饭睡觉，主业是玩，学习是课余活动。"

涂图反驳说："大学生不容易，听不懂，睡不好，吃不下，关键是啥都没经历过就被赶鸭子上架，一脚迈入社会，半截身体就入了土，奉献岗位了。"

涂爸问道："不愁吃穿，还睡不好？吃不下？"

涂图翻个白眼："老爸，你认真审题啊，前提是听不懂。"

有的老师上课速度快得像开火箭，有的老师一学期都没说多少课本的内容。比较特别的是他们专业的老师，堪比早间新闻联播主持人，最新热点，永不错过，而且最后都会来一句"大家结合新闻背景对国际关系进行讨论"。

老师们最爱临场发挥，随机应变是学生在老师长长的套路中锻炼出来的技能。

拿涂图宿舍举例，老二是耿直型，以不变应万变。

"老师，这道题我不会。"老二厚着脸皮，从来不慌，就算老师更进一步，让她简单谈谈自己的想法，她也能做出一副苦恼思考模样，"老师，我再想想。"

油盐不进。

何婕则是观望型，站起来后嗯嗯啊啊一阵，等队友给她提醒。

燕总是百度型，当老师拿起点名册开始随机抽人时，她已经找到了答案，但是燕总有时会被愚蠢的自己坑了。

"你说的是利率的影响因素，我问的是汇率。"

"呃……老师，我再想想。"紧要关头，憋不出答案，就快逃！

涂图没老二那么虎，手速也没燕总那么快，她的观望比何婕高级一点点——她编。

管他对的错的，不管是经济学还是货币学还是金融学，本质主体都是市场，推动要素是供需，加上消费者行为偏好和经济环境，一套组合拳胡乱打出来，不至于尴尬。

老师很友好，就算牛头不对马嘴，也会善良地帮你找补："这些微观因素确实是其影响因素的一部分，还有人要补充的吗？"

这个时候，教室必然是沉默的，直到有人站起来打破寂静，解救这一群装死的人。

经管学院的课离不开文字，就连小学期的实践课都离不开文字。

小学期的安排下来了，课程名《跨国经营理论与实务》，时间7月2日至7月16日。

看完实务课的安排，涂图觉得明明一周就绰绰有余了，她有点想回家。

Chapter 7
/ 分手何必等旅行 /

1

陆之晔终于结束满满当当三个月的实习，圆满在实习证明上盖了章，实习的学分到手了。

接下来就是好好谈恋爱。

这是心里话，元旦的时候在一起，接着就放假回家了，然后陆之晔实习，涂图上课，两人之间仿佛总隔了一个世纪。

信管学院暑假也有小学期，时间和经管学院的重合，经过商量，陆之晔着手准备期末考后的短期旅游。

"双床标间还是大床？"

"两个晚上都这家？"

"想去的地方想一下。"

陆之晔动作很快，按照涂图想看外滩夜景，逛田子坊的计划，定了靠近地铁站的酒店，安排了三天，行程很松，第二天去迪士尼，第三天闲逛。

一切都挺顺利的，如果没有吵架的话。

事情是这样，陆之晔跟涂图去上课，跟她说考研找工作的事，两人聊得不太愉快，涂图问陆之晔打算，他说没定，让涂图按照自己的想法选。

大四很快就会过去，要找工作最好大四上学期参加秋招，错过秋招就真的错过一个世界了。如果打算考研，陆之晔的意思是这个暑假涂图就该开始。

涂图差个实习，她想暑假找个实习。

陆之晔认为这不重要，打算考研的话，实习混混就行，他有办法帮涂图盖章。

涂图沉默，不愿意。

"我自己想。"涂图不太高兴。

"我没打算影响你，你自己好好想。"陆之晔解释。

"那你告诉我你是什么打算啊？"涂图想要结合陆之晔的建议，作出她自己的选择。

陆之晔没有回应，目光坚定，他有确定的答案，但不告诉涂图。涂图不知道为什么死缠烂打撒娇威胁都不管用，陆之晔就是不说。

下课之后，涂图不痛快地上去交期末作业，陆之晔看到她手机闪了两下。

也不知道怎的就手贱拿起来看，陆之晔平时很少看涂图手机，他的手机倒是常在涂图那儿。

【还没下课啊？】

【我过来你们学校玩了，中午带我吃那家花甲呗。】

中午涂图肯定是跟他吃饭的，陆之晔不屑地关上手机，装作不知道。

涂图交完作业下来，收拾东西，拿起手机看了起来。

陆之晔瞄着她的神态，只见她皱起眉毛，说道："中午不跟你吃了。"

陆之晔一怔："你要跟谁吃？"

"不跟你吃，我打包回宿舍，帮燕总他们带饭。"

陆之晔松一口气。

涂图又说道："下次看我手机，至少跟我说下看了什么消息，错过重要通知，你赔我？"

"什么重要通知？"陆之晔才没有看什么通知，他知道涂图在借题发挥，但他已经没计较涂图和那隔壁学校男生还有联系这事儿了。

涂图瞪了他一眼，背上包先走出门。

陆之晔落后几步，被下课大军挡住前路，出教室后，涂图已经开始下楼了。

拌嘴正常，闹别扭不是大事，陆之晔不急不慢地跟上去，涂图看着手机离他远些，陆之晔默然。

下课人多，陆之晔拉着涂图往自己身边带，防止撞到其他人，涂图不想挨着他，又往旁边闪。

"你怎么回事？"闹了一路，陆之晔不想因为小事搞成这样。

涂图盯着手机，不做回答。

"涂涂。"陆之晔软了声音，态度却很坚决，伸出手去，"手机给我。"

"干吗？"涂图警惕地把手机揣进兜里。

"把那个人删了。"

"……"

"留着他干吗？成天聊天吗？"

涂图立马反驳："我没和他有联系。"

陆之晔似笑不笑地说道："都约你吃饭了。"

　　见涂图的表情有些迷茫，陆之晔又说道："这种人早就该拉入黑名单，你还留着干吗，留着过年？"

　　涂图不知道是什么感觉，陆之晔好像生气了，可是她也很委屈啊，她不过是想知道陆之晔的打算。

　　隔壁学校那个男生加她以后，倒也不是天天找她，偶尔两三天会发个微信。网络上的男生看起来挺正常的，涂图多少带着点好奇与诧异。

　　她和陆之晔说过这事，她以为陆之晔不在意。

　　"我没和他聊，一直是他在自说自话。"涂图解释起来，可惜略显苍白，说得她都没什么底气。

　　但是，涂图觉得这不是大事。

　　她甚至可以将完完整整的聊天记录打印出来给陆之晔看，她寥寥无几的回答，情况很明朗啊：她和那男生干干净净，啥都没有。

　　陆之晔今天莫名火大，揪着微信的问题，下了最后通牒："趁早删了他，你知道这人有多奇怪，留着很危险。"

　　说完，陆之晔心情不佳回了宿舍，两人分道扬镳。

　　互相埋怨的种子落地生根，冒出的萌芽探出绿色的脑袋，成为看得见的隔阂。

　　陆之晔不轻易生气，涂图不轻易认真。

　　还是喜欢彼此，但就是突然之间，哪儿哪儿都不顺眼。或许也是因为被偏爱，所以更放肆。

　　在赌，无理取闹都会被原谅，在赌，两个人都不想分开。

　　赌，喜欢没那么脆弱。

　　期末结课，交了作业，开始复习。

涂图还有最后一次家教，小杰已经进入中考倒计时了。

在图书馆复习了一天，涂图和陈豪一起吃晚饭，然后陈豪回图书馆继续学习，涂图便出了学校。

六月的天黑得晚，涂图出门还能踏着日落的余晖，走到小区门口，落日便完全沉下去了。一瞬间，涂图不知道这是黎明还是黄昏。

阿姨还是热情地招待她，大概因为是最后一次家教，阿姨还格外客气地给她塞了个红包，说是蹭蹭涂图的福气。

中考倒计时 16 天，小杰不仅看不出紧张，反而很冷静，或者说是沮丧。

阿姨走后，小杰跟涂图说，他分手了。

毕业季，大家分手快乐。

涂图愣住了，认真看着小杰，她教小杰一年多了，知道他没说谎。可能事情比她想的还严重，他的分手不是小打小闹，是认真的。

"哦……替我省了一顿必胜客。"涂图半开玩笑地说。

小杰平常测试做得不好时，她常开这个玩笑。

谈心归谈心，涂图还是恪尽职守按照上课计划给小杰进行最后的冲刺辅导。

辅导结束，涂图给小杰加了个心理辅导，小杰失魂落魄地问道："姐，分手挺正常的吧？"

这一问，把涂图问住了。

"正常。"涂图回答得敷衍，她现在得劝好小杰，"要长大，就得经历一次失恋分手。"

"可是我觉得我还喜欢她。"

涂图编不出来了，情感的主观因素太多，不像课本，爱情没有范式，所有都是它的影响因素。

可能因为对方一个眼神，就觉得自己没那么喜欢她了；可能因为自己犹豫了那么一秒，对方就离开了。

涂图没想到自己这么快就会做到分手这个课题。

那天陆之晔没去接她。

陈豪问了她，依旧在校门口等她。

宿舍楼下，陆之晔看到涂图在陈豪的注视中进了楼。

他们好几天没好好聊天了。

说来讽刺，陆之晔想好好谈恋爱，却谈得更糟。

大脸说："你用力过猛了。

"不要每天早上一起来就发信息，不要有的没的上课老打扰人家，不要天天占有人家，让她和室友脱节，不要给她太大压力。

"陆之晔，你生活里只要涂图，可你不能要求她把生活里的其他人都踢掉，只留下你。

"女孩子的安全感很重要。

"感情会有疲惫期，偶尔的惊喜能够充分调动生活的情趣。"

考试周，陆之晔依旧每天和涂图发些考试加油的消息，涂图只回道：【哦。】

陆之晔发消息让她早睡，涂图反问：【加油还怎么早睡，你觉得当代大学生期末时配早睡吗？】

陆之晔又发：【宝贝，晚安。】

久到陆之晔快睡着了，涂图才简短地回了两个字：【你也。】

万物复苏，草长莺飞，翻身农奴把歌唱。

涂图态度的好转就像定心剂，陆之晔庆幸他的酒店和门票没白订。

为了保证短期旅行能够顺利进行，考试一结束，陆之晔就约涂图第二天出去玩，吃饭看电影，电影都选好了。

但涂图说，她要补觉。

陆之晔憋着气打了一天游戏。

应该是晚上七八点左右，陆之晔边吃外卖，边等排位的时候，涂图给他打了电话，第一个没接，第二个都快挂掉的时候，陆之晔才看到。

"你在宿舍吧？下来一下。"涂图说得有些莫名正经。

陆之晔呛了一口，有些紧张："怎么了？"

"有事儿跟你说。"

陆之晔设想了一路，被分手的预感愈加强烈，连下楼都不利索了，下到一楼，深呼了两口气才走出去，上战场般。

涂图大概是等久了，蹲在地上逗门口的流浪狗。

涂图曾经说过她最喜欢猫啊狗啊的。

那他是猫，还是狗呢？

陆之晔清醒过来，甩开满脑子奇怪的想法，走过去蹲在涂图旁边一起逗狗。

"喜欢狗？"陆之晔先开口。

见涂图摇头，陆之晔明了："喜欢猫。"

"非黑即白，我就不能两个都不喜欢吗？"涂图一边吐槽，一边站起来，拍了拍衣服和手。

涂图应该是要说正事了，陆之晔低头看狗，心不在焉的。

"陆之晔。"

小狗被陆之晔用力捏了一下，哀号着跑远了，陆之晔冷着脸，抬头看向涂图，知道躲不过了。

"生日快乐。"涂图朝他伸出手,手心三颗大白兔,"农历的先到,新历时再给你补礼物。"

陆之晔没反应过来,倒是旁边小狗以为有吃的,蹿了出来。

陆之晔动作迅速地拉着涂图的手站起来,一时不知道该说什么。

他今年完全忘了生日将近,而且家人不怎么给他过生日。

"明天再看电影吧,今天先这样。"

涂图把糖塞到陆之晔手里,上下摸索着衣兜,拿出一张草稿纸,上面有一些乱七八糟的数字,说道:"数独解出来了,以前不知道九乘九的数独,每个三乘三里也是一组数。

"别跟我整什么密码,你是觉得没点智商都不能跟你处对象了还是怎样?"

涂图把纸翻到反面,字迹潦草,看起来十分愤怒:"涂图,你好,我是陆之晔。

"啥玩意儿,我也是闲的,解了一天。"

2

一学期转瞬即逝,所有考试结束之后,在小学期来到之前,正是犯野的好时候。

老二家近,和宿舍一起吃了个期末犒劳饭后,先收拾东西回家了,打算小学期的时候再回校。

何婕撺掇着涂图约陆之晔去游乐园,谁知道两人早就订好了短期旅游。

何婕鬼哭狼嚎着自己要独守空房时,燕总发慈悲道:"要不要跟我们去玩密室逃脱?还是那些人,老孟老齐他们。"

"我不会玩啊。"何婕摸摸脑袋瓜,中途的假期几乎有五六天,她真不知道要怎么打发，"算了，我宅宿舍吧。'单身狗'只配宅着。"

"大可不必，你可以约2号出去玩。"燕总冲何婕抬眉毛。

何婕脸一拉："放过我，也放过可怜的2号好吗！我们俩不可能，我还是喜欢小学弟。"

身边总有人想脱单，而且她们总有机会脱单，不过她们其实不想脱单。

何婕就是那个代表，一米六三的个子，肤白貌美，除了疯癫了些，完美小姐姐就是她。

考完试后的夜晚，宿舍灯火通明，涂图十二点多才去洗漱，洗漱出来，何婕和燕总还在聊天。

关于实习的。

兴许不眠的夜晚给话题带上了独有的怅然，何婕说她必考研，因为心底有个坎，她要考上研证明自己。

燕总已经在投简历找实习了，大概率想要留在这座城市，她说家里那边经济发展确实不如这里，她想试一试。

话锋一转，转到涂图和陆之晔的事了。

"大佬实习这么久，工作不愁了吧？是不是到时候下学期一过来就签就业协议了？"

"男生真好，找工作真简单。"

涂图听何婕和燕总一言一语，情不自禁又想起了那次不愉快的谈话。

那次陆之晔始终没说他的打算。

涂图猜测，陆爸陆妈会给他安排的。虽然不至于直接粗暴地走后门，但路径规划是肯定有的。

和陆之晔的谈话中，涂图感觉陆爸应该是个强势的人。

"我们大概都会回去找工作，我爸妈挺想我的。"涂图说着，眨着眼睛，声音落寞。

"那多好，毕业说不定就能喝你们喜酒了！"燕总激动道。

何婕不要太羡慕："哇哦，涂，看到你们俩，我又相信爱情了。"

涂图笑笑，没有回答。

爱情吗？

如果这就是爱情，那滋味似乎并没有她曾经以为的美好。

像过一条河，大家都独自撸着裤管蹚水，他们两个人同乘一条船，一人划一阵，走的不是直线，而是斜线。

花的时间多，这条船还进水。

有时候划得很顺畅，有时候划得很累，甚至想要下船直接徒步。

生活里突然多了一个人，他不由分说地闯入另一个人的世界，即使是自己主动打开了通道。

某刹那，会觉得被另一个人绑住了，走不动，脚步沉重。

心甘情愿也好，潜移默化也好，就是不知不觉地走上不完全从自己角度考虑的路。

涂图突然知道那次别扭的矛盾点了，她觉得陆之晔不坦诚，陆之晔觉得她太任性。她为什么要等陆之晔的回答呢？她想做的才是重要的。

在一起后，是不是失去了自己的独立人格？明明曾经都那么骄傲，引人注目，值得他人追随。

涂图回想起和陆之晔闹的几次别扭，她向来喜怒不形于色，可是在陆之晔面前似乎总会露出疾言厉色的一面，或者蠢的、不讲理的、戾气的一面。

陆之晔……也一样。

他们吵得比较厉害的一次是篮球赛那段时间，她犯懒不想出门，陆之晔孩子气一样偏要她出门，她回答：【很无聊。】

【那和别人聊就很有聊了？】陆之晔回复。

后来在去上课的路上，他们就这样吵起来。

"我跟谁聊了？"

"你自己知道。"

"拜托，我还不能有社交了？"

"我没这么说。"

"那你那话不就是这个意思吗？"

"不是，我就是觉得你没那么喜欢我。"

涂图记得那时她急着去教室，觉得陆之晔有些不可理喻："你爱怎么想怎么想。"

冷战了三四天后，陆之晔无事发生一样抱着奶茶在她家教的楼下等她。

分享所有快乐与有趣，同时恃宠而骄在分裂的边缘疯狂试探，初时的甜言蜜语后，随之而来的是更直接伤人的指责抱怨。

涂图依稀觉得他们在往不好的方向发展。

旅游前夕，涂图和陆之晔通语音，商量各自带些什么东西。

女孩子出门，卸妆护肤化妆品，睡衣内衣旅行装，夏天衣服总得换，得多带两套，涂图收拾出了一个小行李箱，陆之晔只带一个背包。

涂图昨晚失眠，这天睡到早上六点才起来，整个人都无精打采的，觉得身体被掏空。

陆之晔早就收拾好了，上午八点的高铁，计划七点坐上地铁，七点半到高铁站，结果七点二十才上地铁。

时间有点赶。

涂图自知自己慢了，主要是她起来后真觉得很累，站着刷牙仿佛下一秒就要睡过去了。

地铁上，陆之晔绷着脸，没指责，可让人怪心慌的。

"我下次快一点，我本来速度很快的。"涂图解释，看着陆之晔的脸色，小心认错。

"下次，我打电话叫你起床。"陆之晔不冷不热地说着，拉着涂图的行李箱，盯着地铁站表，时不时看手机页面，好一会儿后才松了眉头，"应该刚好来得及，这个点应该不是检票高峰。"

涂图撇撇嘴，跟着盯时间。

一到站，涂图就拉着陆之晔急急忙忙坐电梯往上走，一边顺着电梯往上爬，一边催陆之晔。

"我下次也少带一点。"见陆之晔拖着她的箱子，涂图不好意思地说道。

检票进站，离八点还有十分钟。

赶在列车出发前，两人找到位置坐了下来。

陆之晔直接买的 D 和 F 位置，涂图坐里边。

列车慢慢发动，陆之晔严谨地拿着铁路班次信息和车厢核对。一路赶过来，涂图松了一口气，不由得咯咯笑起来。

"怎么？"陆之晔拿出准备的面包和牛奶，放到涂图的小桌板上。

涂图不想气氛太闷，乐着说："我们赶上了啊，最后三分钟，其实我们很快了，还省了排队检票的时间。"

陆之晔跟着舒展了眉头，他习惯把事情计划得妥当，这种踩点上车的冒险事，他不太赞同："下次还是早点吧。"

"哦……"

涂图没了化妆的心情，捧着牛奶，吃了半片面包就再也吃不下。

"一片都吃不完吗？"陆之晔已经吃完了两片面包，结束了早餐。

涂图看着他，摇摇头，对视两秒，涂图伸着手把剩下的半片喂给了陆之晔。

"我困了。"涂图眨巴着眼睛，目光空洞无神，刚才坐下时的玩笑已经用完了她的活力。

陆之晔精神得很，正点赶上车他的兴致倒是起来了，戴起耳机分给涂图一只。

听到是聒噪的游戏抖腿音乐，涂图便把耳机还给陆之晔："我不听了。"

切换后的钢琴曲，涂图没听到。

涂图转头靠着椅背，也不搭陆之晔的肩了，闭眼佯装睡觉，瞬间有种心如死灰的感觉。

不是大事，可涂图觉得不高兴。

旅行不该是这样的。

涂图睡着了，醒来时，一入目就是陆之晔的手机屏幕上的美剧。

陆之晔揽着她，感受到晃动的脑袋，低声问道："醒了？"

他伸手把电视剧关了，看了下时间和当前位置："还有二十分钟，要再睡会儿吗？"

涂图靠在陆之晔的怀里，夏季单薄的衣服没什么实感，两人的肌肤都有点凉。

"我睡着了。"涂图迷糊着搓了搓手臂，高铁的空调总是开得很大。

"外面挺热的。"陆之晔捏捏她的肩头，放下手机，"待会儿先去酒店放东西，然后直接去吃那家店？"

"嗯。"涂图看着窗外陌生新奇的城市建筑，心情也开始渐渐苏醒："之前你是跟家人来的吗？"

涂图想起之前跟室友来沪上玩时，出了地铁站，一直在找东方明珠在哪儿，然后走出月台，一转身，就是高得仰头都看不尽的三大高楼。

她仰头看楼，帽子都掉了，东方明珠在高楼旁边显得娇小玲珑。

"我自己来的。"陆之晔说话时胸口的震动直接传到了涂图的后背，让涂图觉得闷闷的。

涂图咂舌，她忘了，陆之晔和家人关系不好。

抱歉说不出口，那样显得欲盖弥彰。涂图笑起来，惊呼道："哇哦，我也想自己出去玩。"

"我陪你啊。"陆之晔脱口而出，声音扑在耳边。

涂图回头看他，笑眼盈盈。

陆之晔伸手拨她的刘海，涂图甩头，又盖了下来："冒痘了，给我点面子。"

"哪儿呢？"陆之晔真没注意，伸手又拨开她刘海。

"呀，能不能行了，动我可以，动我刘海，不行！"涂图浮夸地伸出双手捍卫她的刘海。

陆之晔被逗笑，接下话头："哦？"

涂图透过指缝看他，不知道陆之晔这是什么反应。

陆之晔突然凑近，涂图立马捂嘴躲开。

陆之晔亲在她的眼角，抱着她，没松开。

"在外面呢。"涂图不好意思地说道。

"没人。"陆之晔把涂图揽到身边，揉乱她的头发，"你刚睡得东倒西歪，我怕你磕到脑袋，就把你拉了过来。

"你是真不老实，摸到哪儿了你知道吗？"

3

沪上，里子是优雅的佳人，外边是浪漫的诗人，综合起来就是台面上的绅士与淑女。

涂图挺喜欢这座城市，自由、时尚、智能。对大多数人来说，沪上就是机会，是无尽的可能。

这儿有太多奇迹，尽管前赴后继的尸骨堆积成山，也不妨碍大家相信明天。

陆之晔不相信明天，他只纯粹地活在当下，哪怕只活一秒。

"要不另外挑一家，那家店太多人了，排号排到两百了，下次再吃。"

涂图刚抹上防晒，不可置信地看向陆之晔："下车的时候，你不是说叫号了吗？"

"忘了。"难得一见，陆之晔竟然忘了，"下午我提早叫号，晚上去吃。"

"行吧。"涂图妥协，继续抹防晒，上底妆。

陆之晔准备妥当，饿得又吃了两片面包："涂，别化了，出去吃饭吧，反正没人看……"

"我自己欣赏不行吗？"涂图继续上妆，拿着美妆蛋在脸上拍。

陆之晔在一旁观看，倒不是没看过人化妆，就是真心觉得奇怪。

眉笔、眼线笔、眼影刷、高光刷、阴影刷……一张脸，为什么可以搞这么多东西。虽然，化了妆的妹子眼睛大点，脸色好点，但作为男朋友，他真觉得没必要。

近看，像长熟了的大冬瓜，表面一层白粉。粉下，还是它原本的面貌。

涂图化妆和素颜不能说没差别，素颜是清纯灵气型，化了妆颇有种甜美的感觉，挺不一样的。

亲起来也是，化了妆亲了个皮毛。陆之晔希望涂图跟他单独在一起的时候是素颜，那像剥了皮的山竹，细嫩酸甜，可以掐出水来。

男人总有占有欲，他们想要挖掘最真实的第一手的高质量的宝藏，这让他们很兴奋，也很满足。

涂图化完妆，拾掇一下，俨然变成一个花季少女了，一身连衣裙，白色帆布鞋，头发编成了鱼骨辫绑着个流苏头绳，金鱼姬眼影增添了几分妩媚。

很不一样。

"怎么样？"涂图配了个白色小皮包，斜跨着。

陆之晔脑海里闪过校园里涂图穿着校服背着双肩包的模样，一时恍惚。

"陆晔，问你呢。"涂图对着他摆造型，"怎么样，好看吗？"

"可以，走吧。"陆之晔站起来，带上手机房卡，便走出门。

涂图在后面一边往包里塞东西，一边念叨："纸巾，口红，充电宝，手机……齐了，还有伞！"

六月初夏，室外就已经达到30℃了。

涂图一出门就蔫了，陆之晔撑着伞，倾向她那一边。

"太阳在那儿，你得朝那边。"涂图纠正，热浪下，脾气跟着火热起来，"快到了没？"

"可能走错了，刚才那个没有红绿灯的路口就得右转了。"

涂图拿出手机，一面想完全跟着陆之晔走，一面又想自己调出地图，看看到底现在走的方向对不对。

陆之晔说他们走过了头，涂图站住打算原路返回。

陆之晔拉住她说："直接右转，再右转，一样的路程，还能看不同的风景。"

可没料到，走了半个小时，还没到第二个右转的路口。

他们横穿居民区狭窄的道路，发现又走过了头。

"我们的目标，是踏遍沪上每一个角落是吗？"涂图用手扇风，感觉糟透了。

她不喜欢夏天，尤其是烈日似火的夏天。

中午两点，终于吃上了午饭。

一家日式简餐店，乌冬面加炸物的组合。涂图灵魂出窍等着上菜，陆之晔开始百度去田子坊的路线。

"哦，我好了。"超浓的番茄肥牛乌冬面，几乎是纯番茄熬制的汤汁浇在上面，乌冬面劲道，肥牛是她喜欢的精瘦。

到底是旅行治愈还是美食治愈，这很难判断，反正，涂图吃得舒服了，心情立马就舒畅了起来。

"绝了，好吃呢。"涂图赞不绝口，一边心满意足地吃，一边朝陆之晔比心，"这家店都叫随便的话，以后我说随便，你就知道我啥意思了吧？"

"懂了懂了。"陆之晔伸手擦了下涂图脸上掉落的睫毛，继而不缓不慢地吃起来。

陆之晔吃得不快，可是不一会儿就吃完了，反而一开始就狼吞虎咽的涂图还剩大半碗。陆之晔吃饱了，把另外点的洋葱圈天妇罗挪到涂图面前。

"慢慢吃，不急。

"慢点吃，不急，咱们休息会儿。"

在陆之晔的哄说下，涂图按照自己平时的速度，继续吃了二十分钟。

酒足饭饱后离开，走回原来出来时的地铁站，转乘一趟，到了田子坊。

热闹如斯，炎夏都染上了令人愉悦的色彩。

田子坊就像三坊七巷、烟袋斜街、步行街，繁华顶不住，涂图就想来看看。

饮料店里有含住喷雾的食用冰，经过的男男女女都捧着一杯，云雾缭绕的，从街头流行到街尾。

涂图和陆之晔都挺好奇，但一致认为好玩不好吃，涂图选择去买两杯加冰奶茶。

"快五点了，我叫个号。"等奶茶期间，陆之晔想起这事。

涂图完全忘记了这回事，凑过去瞧："要不我也约一下，如果来不及过去，还可以等我的号。"

"75号，奶茶好了，打开还是打包？"

涂图回到原位："打开。"

第一杯是陆之晔的金橘柠檬，涂图尝了一口，清爽。第二杯是涂图的抹茶冰沙，涂图看着认真看手机的陆之晔，说道："你的。"

陆之晔忙着回消息，眼都没抬，伸手要接。

"我帮你拿，你先喝两口。"涂图十分"好心"将吸管送到陆之晔嘴边。

涂图饶有趣味地看着陆之晔的眉头逐渐皱起，艰难咽下那口冰沙，瞪眼瞅她。

涂图装作不知道："咋了？"

陆之晔不喝抹茶，不喝冰沙，不是喝不得，而是不喜欢喝。涂图很喜欢，总会神不知鬼不觉调换饮料，然后看他丰富的表情。

嗯，熟起来后，涂图时不时会逗对方。

"你真是越来越嚣张了啊。"陆之晔扬着下巴，眉梢挑着，看起来凶神恶煞的，手上接过伞撑了起来。

涂图乐呵呵地吸了一口饮料，装无辜："什么？我干吗了？别乱说。"

"'大职'五千字，我还没找你算账。"陆之晔把伞往自己这边撑，惩罚似的不给涂图遮凉。

本科"大职"作业五千字？就算学生写得出，老师也不敢这么为难学生啊。

陆之晔那时候实习最后一个项目，夜里加班完开始赶作业，五千字，好家伙，虽然没多久就写完了，可人家规定两千字就够了。

陆之晔确定那时候他问了涂图，是不是真五千字，涂图斩钉截铁地说："没错！"

要不是他交作业给陈豪时，豪哥说了句"您老真牛，真优秀"，他不明所以多问了两句，不然还不知道涂图坑了他。

涂图没想到陆之晔知道内情，被戳穿后丝毫不尴尬，理直气壮地伸手抢遮阳伞："我看你有科研天赋，给你创造机会呢。"

吵吵闹闹，几乎不像旅游逛街，只是换了个地方继续谈情。

从田子坊出来，两人内心毫无波澜，感觉逛了个寂寞。不买纪念品，没有打卡拍照，一路叨叨，从何婕的辉煌过去说到陈老狗的卑微苦恋，最后话题从大脸初中的丑事到齐天转学。

排号的时候，陆之晔意犹未尽地跟涂图说齐天那家伙高三转学后，网上冲浪差点签了平台搞直播。

　　涂图听得津津有味，齐天高一时就和她同班，高二开始一直坐她前桌，小正太，那张脸上学时就很优越，同桌给齐天的排名是第十名，甩了陆之晔三条街。

　　齐天因为爸妈工作的原因转学，转学时还请他们几个人吃了哈根达斯。

　　齐天另外给涂图送了份生日礼物，因为他没赶上她高三的生日。

　　其实，10 班里有几对绯闻情侣，高二时是"谢涂"，高三是"齐涂"，另两对不算绯闻，他们实际上在一起过。

　　上学时总会发生的，前后桌亲密无间的异性朋友似乎都该有些"勾当"。

　　"齐天微博的粉丝都二十万了，现在好像在做自媒体。"闲来无事，涂图就着话题说下去。

　　"哦？你很清楚啊？关注了？"

　　涂图抬眉，刚好在刷微博，大方地点开关注的人，然后给陆之晔看。

　　陆之晔接过手机划拉了几下，没什么表情。

　　"不评价一下吗？"涂图以为陆之晔对齐天挺感兴趣的，见他反应不大，探身过去就要拿回手机。

　　陆之晔迅速抬手，涂图扑空。

　　涂图扶着陆之晔肩膀找回重心："你不看就还我呗，你自己关注他去。"

　　"我有病才关注他。"

　　"……"涂图觉得自己没招惹到陆之晔啊。

　　"175 号，请到前台准备用餐。"

　　"175 号，请到前台准备用餐。"

"175 号……"

听到前台的提示音，陆之晔把手机还给涂图，迅速站起身，气势汹汹地冲前台走去："来了！"

涂图愣在原地。

分手何必等旅行，吃个饭就成了。

陆之晔真够事儿的！滚犊子吧！

"陆之晔，聊聊？"气氛安静舒适的日料店里，涂图压抑的怒火好似被空调冷气冻结。

寿喜锅的热气蒸腾而上，挡住了对面闷不作声的陆之晔，涂图不知道他的表情。

"你俩互关了。

"你们还有联系。

"涂涂，你考虑过我吗？"

高三一次晚自习的真心话大冒险，涂图被抽中，打电话给齐天说："我喜欢你。"

4

黄浦江上有灯火阑珊的游船驶过，对岸的高楼大厦耀眼夺目。

有人会想那是能满足所有美好生活向往的天堂，实际上，每一个亮着的窗口内，每个用冷漠线条框出来的格子间里，都是失去了自由的机器。

它们一边背负着人类复兴的艰难使命，一边欺骗自我成为默默无闻的垫脚石。

江边，一对沉默的男女朝对岸的城市幻境站着，人来人往里，他们久久未动。

陆之晔想伸手牵涂图，被她拒绝了。

陆之晔跟涂图道歉，涂图仿佛没听到。

夜市里人流穿梭，忙忙碌碌，两人岿然不动，像顽石在等万物变迁给出永恒的答案。涂图努力看清江面倒影里高楼广告彩屏上的字，终于看得眼睛酸涩。

涂图想：干巴巴的，还不如哭一场呢。

舒雨好像同她说过，不知道怎么面对吵架时，哭就是了，因为陆之晔会低头的。

不用她哭，陆之晔已经低头了，可她拉不下脸，一次一次，都是卡在不痛不痒的小事上。

陈豪、谢哲、齐天、学弟、隔壁学校的男生，还有刘正浩。

那次刘正浩过来出差，她说要出去一起吃饭，陆之晔垂着眼无声抗拒。

涂图实在忍不住从最无聊的角度想，陆之晔难道是因为家庭的原因，所以控制欲这么强吗？

她起初倾向于自恋地相信是陆之晔太喜欢自己，可又真的觉得过了些。

她蛮不讲理，陆之晔同样是幼稚的。

繁华似梦，涂图略带悲凉地看完了心心念念的外滩风景，坐上回酒店的车，也许是心理作祟，觉得路上的风不如江边的风。

在那儿提些严肃的事，也许还能透着几分绝美的浪漫、体面和坦然。

两人一前一后进了酒店，时间不过才九点。

"想吃夜宵吗？要不要点外卖？"陆之晔还在挽回，尽力缓和气氛。

涂图坐在桌边开始卸妆，她看着镜子里的自己，自嘲地笑了一下。

妆容虽没花，但不精致，卸下假面，看天意了。

"吃什么，烧烤吗？"在陆之晔几乎要失去耐心的时候，涂图开口了，她极力想说得轻松一点，可嗓子喑哑，声音不合时宜变得脆弱委屈。

"好。"陆之晔应得很快，掏出手机，"再点杯奶茶？还是小杯涓豆腐？"

涂图扎起头发，拿上衣物往浴室走："喝点吧，我怕我睡不着。"

浴室门咔嚓关上，里面久久没有声音。

陆之晔坐也不是，不坐也不是，在屋内徘徊了两圈，敲了敲浴室的门："我先出去买喝的。"

涂图应了一下，然后响起了水花声。

一天很短暂，陆之晔抽一根烟就回顾完了。

点第三根的时候，涂图给他发了消息。

【别去太远的地方买。】

【路上小心。】

陆之晔爱惨了涂图不经意的温柔，偏偏她对谁都这样，他受不了。

大脸说得对，同等的付出是不可能的，更别去计较回报了，会伤心。

陆之晔一直不愿意承认自己是个感性的人，站在楼下抽第五根烟的时候，他还没想通。

念头零零散散，陆之晔能明确肯定的只有他不能和涂图分开。

情感依赖，比实质依赖更致命。

陆之晔已经记不清和涂图在一起之前他是怎么过的了，他不想回忆很悲惨很颓废的过去，可是所有人，包括涂图，可能觉得他是个呼风唤雨的风云人物。

其实他不是。

陆之晔有洁癖，精神洁癖。酒桌上很容易就跟人混成一团，吹牛皮掏心窝子，酒桌下，他必定一个人。

睡不着，没了呼吸一样，就觉得挺没意思的。

陆之晔努力做个上进的人，因为他以前就是借此吸引涂图注意力的，更何况，他不蠢，甚至有点强。

他会同小区里的哥哥姐姐们玩，会玩的太多，过年过节，来往的都是些大富大贵的纨绔。

不过估计是人都有连坐的通病，他看不起老陆，跟着看不上那些人。

他向往路边人家的柴米油盐酱醋茶。

他喜欢涂图那样低调平凡的生活。

她很有趣，他逗她时，她又总憋着装无感。

陆之晔知道，他俩在一个频道，至于分歧在哪儿，这是个待解决的问题。

陆之晔从楼下便利店拿了十瓶啤酒，等外卖送到酒店，他一同取了。准备好一切，陆之晔站在房间门口，突然没有勇气去伸手开门。

涂图应该会继续冷脸坐着吧，然后冷眼瞟他，像陌生人一样。

陆之晔歪头骂了一句，后悔自己管不住嘴，偏要去挑涂图最不爱听的说。

门卡在锁上刷一下，"咯嘟噜"识别成功的提示声后，陆之晔硬着头皮一鼓作气推开门，走进去，反手带上门。

克制着调整好的温和表情不崩，陆之晔抬眸扫视屋子。

灯没开，只有电视亮着。涂图盘腿坐在床沿，头发半干，垂在身前，小脸被头发挡了大半，在电视蓝白光下，冷白冷白的，如果涂图没有傻呵呵地跟着电视里的综艺边拍腿边笑的话，陆之晔应该会觉得惊悚。

身穿白衣披头散发的女子幽幽笑也挺骇人的，可陆之晔丝毫联想不到贞子，主要原因是涂图的笑声过分欢乐。

"咯咯咯。哦哦，你回来啦？"

最后的语调扬起，蓝白光亮突然变得暧昧。

陆之晔第一反应是涂图心里那道坎过去了。她说过，不要问她怎么了，让她自己待一会儿，就过去了。

她打算装作什么都没发生。

涂图接过烧烤，看到另一个塑料袋里的啤酒时，稍稍低眸沉默了一下，随即就自然地开口："你快去洗澡吧。"

陆之晔到嘴边的道歉一下被涂图的这句话堵住，他站在原地踟蹰着想开口聊聊。

而涂图接下来的话，直接让他把深思熟虑后的说辞硬生生咽了回去。

"我先吃了，你要想吃就快点。"

嗯，情绪起伏挺大的，总是让人出其不意。

尽管陆之晔捕捉到了涂图看向电视的目光里有几丝冷寂。

陆之晔弯身换鞋拿衣服，进浴室时，像被刺激了一样，嘴欠地嘟囔了一句："不知道不能跟男人说快吗？"

涂图啃着鸡爪，慢了半拍才反应过来。

此时此刻，这个玩笑过分不合时宜。

涂图觉得鸡爪不香了，站起身踱着步子走到浴室门口，里边还没有响起水声。

"陆之晔，你说话考虑过后果吗？"涂图靠着墙壁，悠悠地说道，声音不大，但这门隔音不好，涂图确定陆之晔能听到。

"我以后不会让着你了，每次我们吵架都是你先恶言相向，就算你跟我道歉了……"

"可道歉有用的话……"涂图深吸一口气，她又气得牙疼了。

里边刚响起的水声一下又消失，隔着一扇单薄的门，两人出奇一致都在沉默。

涂图不说话是因为她还是委屈，今天吃饭的时候陆之晔直言怕她出轨。

听听！听听！这是人说的话吗？

出轨对象还是莫须有的张三李四王五，涂图就想反驳一句，没看出来，陆之晔你竟然这么自卑？

可这话挺不严肃的，涂图的教养不允许她在两人正色吵架的时候说出这么嘲讽的话。

有时恋爱中，女方总是莫名其妙表现出超出一个段位的宽容海量，男方抓住一个点，女方就选择沉默，缴械认输，觉得理亏。

明明两人都有问题。

涂图被陆之晔的话伤到，基础的信任没有了。她开始怀疑，其实两人不太合适，不能长久，这样的关系，怪累的。

涂图心里的念头又冒了出来，深吸一口气。

"是我错了，道歉是必须的。"浴室里，陆之晔的话来回飘荡，显得很空旷，像自带音响效果，不真切，不像他，"你想怎么罚，你说了算，只一点……

"涂涂，你先让我洗完澡，衣服都脱了，你这样站在旁边，让我有点……扛不住。"

"呸,流氓。"涂图被刺了一样,条件反射般弹开,不再靠墙,朝浴室瞪了两眼。透光的磨砂玻璃门映出模糊的人影,其实什么也看不清。

涂图尴尬地咳了两声,打算回床边坐着继续看电视,余光瞥见雪白墙壁上的白色开关。

"啪"的一声,关掉了。

"我看那防滑垫挺好的,在里边跪着吧。"涂图丝毫不客气,淡定自若地吃烧烤,任陆之晔在里面闹腾。

过了好一会儿,浴室门打开,陆之晔从里面出来。

"我跪完了。"陆之晔边擦头发边走出来,"灯关了就算了,居然把排气扇也关了,大热天,涂涂你考虑过我吗?"

涂图抬头瞪他,一下目光像被烫到般,迅速转回了头,闷闷哼声:"呵,今天带错路,39度的室外温度,你考虑过我啊?"

"说得我当时在室内吹空调一样。"陆之晔对着空调又擦了擦头,凉爽了会儿才捞起手肘上搭着的短袖套上。

浴室灯没开,屋内大灯没开,唯一的光源是播放某个谈恋爱综艺节目的电视。

"要不开个床头灯?"陆之晔有些不习惯,拿床头柜上的手机时,顺便开了床头灯。

涂图哼唧了两声,吃着东西说话含混不清:"关了吧,营造一点睡意。"

陆之晔犹豫片刻,弯腰关了。

涂图盘腿坐在床尾,宽大睡衣下的身板单薄。他在学校的时候天天都盯着她吃饭,怎么也没吃胖一点呢。

陆之晔冒出一个念头：我不在的时候，涂图肯定又没有好好吃晚饭。

"好吃吗？"陆之晔在涂图旁边坐下来，中间隔了半个人宽的距离。陆之晔看涂图的时候，顺便留意到了小桌板旁，她那边地上倒放着一个易拉罐，空了。

小桌板上还有一瓶开了的，涂图放下签子，抬手拿起了啤酒瓶。

陆之晔嘴角的线条有点紧，他伸手从袋子里拿了一罐打开，在涂图即将要放下罐子的时候，朝她举了一下。

涂图看他，透着些迷茫。陆之晔伸过去同她碰了下杯："涂涂，我错了。"

Chapter 8
/ 至此终年，一生挚爱 /

1

陆之晔的错了，说实话，不值钱，多少带着哄的成分，涂图听得太多了。

涂妈涂爸吵架时，涂爸从不说自己错了，而是会出门散个步，然后带一些吃的回来，承包那天的晚饭。

涂妈说，涂爸结婚前可太会花言巧语浓情蜜意了，承认错误的觉悟非常高，哄她的方法可以出本书。结婚后，拌嘴闹别扭，成为生活的调味品。

涂爸不走虚头巴脑的形式主义，而是靠行动表达诚意。

或许是受家里影响，涂图要是觉得自己做错事了，也会敛起尾巴，千方百计表示歉意。

陆之晔勉强算及格，错题不更正，下次考试又是一团糟。

"对不起，我下次不说了。"

涂图心凉，尽管陆之晔诚恳无比，可她莫名觉得无力。

但，又能怎么样呢？

"我们，玩个游戏吧。"涂图忽略掉陆之晔的道歉，觉得现在纠结的问题根本不是本质，"我们打个赌，谁先忍不住和对方甩脸子，谁就当那个提分手的，对方不可以拒绝。"

陆之晔半口啤酒难以下咽，顿了片刻，默默地又灌了一口。

涂图在针对他。

掐准了他的弱点，还让他做恶人。

"不玩。"陆之晔拒绝。

陷入僵持，涂图撑着下巴看陆之晔，如果不玩这个，那总有一天又会吵架，没完没了。

感情是个让人头疼的问题，涂图觉得期末复习都没这么头大。

"那怎么办，删好友不可能，我没插手你的好友，你也不能涉足我的私人领域。"涂图沉默了一会儿，"我就这么不可信？"

这回轮到陆之晔盯着自动播放的电视节目发愣，黑眸里映射着光亮，映着一幕又一幕恋爱的苦辣酸甜。

涂图拍了下陆之晔的手臂，希望他能给予一些反应。

"我跟你商量呢。"涂图拉着他衣角，平心静气地同他沟通交流。

涂图越冷静，陆之晔越觉得难受，心口像压着巨石。

涂图可以云淡风轻说出这样的玩笑，他说不出，就算心里设想过数次，他也没法轻而易举地说出来。

"玩不玩？"涂图最后问道。

目光似剑，几乎是架在陆之晔脖子上逼他。

"不玩……"陆之晔话未说完，涂图拿起酒瓶咕噜咕噜两口下肚，陆之晔抬起手，慢了一步，没拦住。

涂图将他的小动作尽收眼底，不给机会反驳："这挺好的，真到那时候我们就不用纠结了，时间到了就散了，别纠缠。"

"保持点距离，你看你去实习那阵我们都不吵架，你一回来就……"涂图发觉自己推锅的意思太明显，马上收了嘴，又喝了两口啤酒。

她不喜欢啤酒。

不好闻，还容易打嗝。

涂图刚放下，陆之晔就又拿了一罐，讲究地擦了下边沿，拉开环开了口："我知道了。"

烧烤在空调房里放了二十分钟，早已凉了。陆之晔挑了几串配着酒吃，看得人一点食欲都没有。涂图跟着吃了两口，实在吃不下，便纯喝酒，像喝水一样。

涂图的酒量不错，喝完了三罐，陆之晔解决了四五罐。

时间不早了，涂图重新简单洗漱一下，爬上了另一张床。

"待会儿你关电视哈，我定了八点的闹钟，起床过去刚好开园。"涂图缩进被子里，枕着高高的枕头，歪头说着。

陆之晔越喝越精神，秉持着不浪费的宗旨，竟然解决完了烧烤，手机显示时间到了十二点。

借着电视微弱的亮光，陆之晔放轻动作去了厕所点了支烟。

谁甩脸子，谁提分手，谁当恶人。

涂图真是洒脱自在无牵挂。

居然还说对方不能拒绝，那要是涂图不爱他了，随便找个由头甩脸子，他还得答应？

陆之晔突然想起涂图的话——"我就那么不可信"。

赌吧，赌输了，至少有个人是解脱了。

陆之晔回到屋内，收拾了残渣，关了电视，上了另一张床。

隔壁床上窸窸窣窣的有动静，陆之晔没来得及按灭手机屏幕，就听见对面传来涂图迷蒙的声音："说话算话……你别耍赖………"

陆之晔喉咙干涩，没把握判断涂图是睡了说梦话，还是没睡跟他做最后的约定。

"嗯。"陆之晔终是答应了。

对面没声响，陆之晔等手机屏幕自动熄灭，屋子一片黑暗。

"晚安，涂涂。"

涂图喝了酒一夜安睡，陆之晔辗转反侧睡得不太安稳。第二天闹钟响，涂图立马就摁掉了，行云流水一气呵成。

陆之晔醒了，先起来洗漱，出来后，涂图的第三次闹钟响了起来。

"涂涂，起床了。"陆之晔刚起的嗓子自带沙哑，尤其昨晚还睡得不怎么样。

涂图没反应，陆之晔保持绅士风度继续远远地站着喊了两声，床上的人这才渐渐有了意识般动了动，然后像团懒虫，慢悠悠地一点一点坐起来，下一秒就弯腰埋进被子。

"八点半了，我叫了早餐外卖，你今天要化妆吗？"陆之晔换了衣服，已经收拾得差不多了。

涂图在床上磨磨蹭蹭许久，皱着眉头一副很不爽的样子，睡不好时她会有起床气，可昨天她睡得挺早的。

陆之晔坐在床沿，边刷手机边看她。

眼神对视时，涂图立马捂脸，抓了抓头发，奶声奶气地嘟囔："我太困了……起不来……昨天走了一万多步，我好累啊……"

陆之晔闷声笑了笑，也不知道在笑什么。

涂图用力抹了抹脸，双手撑开眼皮自我清醒，坐了好一会儿，然后下床有气无力地趿拉着拖鞋，像没骨头一样佝着身，脚步虚浮地往浴室走。

陆之晔忍不住瞥了两眼涂图，打趣道："涂，你能在我面前注意点形象吗？"

涂图在浴室门口停下，边打哈欠，边回头瞟他一眼，讽刺技能点满："没必要，昨天咱俩的形象都好不到哪里去。"

陆之晔顿时无言以对。

涂图动作很快，陆之晔拿早餐回来，她就洗漱完了。陆之晔吃完早餐，她已经化完了妆，大概昨天受的刺激太大，今天她选择只简单打个底，万一今天再出状况，不至于哭花。

出门坐地铁，转11号线，他俩很幸运找到了两个座位。

"话说，小学期后，我就回去实习。"涂图重提旧事，这回她有了心理打算，"纯粹体验生活，我爸帮我找了教育机构的英语助教。"

"明年回来，我想……"涂图停了几秒，似乎是给自己也给陆之晔缓冲的时间，"考公务员。"

涂爸涂妈想她待在身边，家里就她一个孩子。什么世界很大她想去闯一闯，前提是在她喜欢的条件下，实际上，涂图习惯了慢节奏的慵懒生活。

陆之晔想待哪里，她不管了。

"要报班吗？考公务员不简单。"陆之晔握着她的手，偏头看她。

"都不简单啊，试试呗，考不上还有别的选择，大不了赶春招。"涂图看得豁达。

陆之晔思考了一阵，语重心长显得成熟老套："好好准备。"

涂图没憋住，笑弯了眼。

或许是这个话题本身太沉重，或许是昨天那个约定束缚了陆之晔，今天的陆之晔莫名绷着，似乎生怕自己一个不小心拉下脸来成为恶人。

幸好，这种略微别扭的气氛没有持续太久。

随着站点越近，车厢内人越多，有很多漂亮的小姐姐和帅气的小哥哥，穿洛丽塔的小姐姐们尤其多，点缀得车厢都有了几分罗曼蒂克的味道，出游的气氛被调动起来。

看，多好看。

瞧，大家都一样。

到站后，一车厢的人鱼贯而出，陆之晔牵着涂图，免得走散。

走了十来分钟，到了园区门口，两人排了个"普普通通"的普通票的队，入了园。

一入园，大家像脱缰的野马，不约而同狂奔到游玩点。涂图和陆之晔显得格外突出，他们在人群中慢悠悠地从入口逛到打卡点。

主要两人是奔着散心来的，如果为了玩的话，就不是八点起床，六点起床都不过分。

女生天生对可爱的东西没有抵抗力，进了园区，涂图拉着陆之晔直奔旁边的饰品店，嘴角没下来过，新奇开心地看看这个，摸摸那个。

陆之晔暴露出直男属性，在涂图看着穿人偶服耍宝的工作人员喜欢得又蹦又跳的时候，毫不留情地拉着她去排队。

在漂流和飞跃地平线上纠结了许久，两人选择去玩"抱抱龙"，因为就在旁边，队伍只排了十来米，比"飞跃地平线"蜿蜒曲折的五十来米大长队能接受一些，至于漂流，两人都没备衣服，可能会湿身。

排了半个小时，涂图摩拳擦掌跃跃欲试坐上了位置，在初始"抱抱龙"维持在三十度倾斜的时候，涂图还是开心得"哈哈哈"笑出声。

四十五度之后，涂图小脸皱成了包子，像被挟持绑架的人质，掐着陆之晔的手呜咽："我能下去吗？"

周围人惊呼的声浪一层盖过一层，陆之晔没听清涂图的话，回答道："行啊，待会儿再排一次。"

这个没良心的！

涂图被风眯了眼，眯着眼睛，惶恐不安。"抱抱龙"冲天赛车，赛就赛吧，往前向上冲就算了，但顺着轨道下滑向后冲九十度是闹哪样？

陆之晔玩得挺开心的，越刺激，笑得越开怀，还拉着涂图死死抓住护栏的手："别怕，不会掉下去的。"

这个没眼色的！

风声欢呼声里，涂图眼角被吹出泪花，颇有泪洒空中的气势，好家伙，幸好没化眼妆。

2

看完《杰克船长》的舞台剧，出来正是饭点，涂图从背包里掏出零食，拉着陆之晔就地开始野餐。

天热得很，需要饮料续命，即使知道不划算，也只能在园区花比外面贵两倍的价钱买下一瓶平平无奇的可乐。

涂图被赛车甩得头晕，看完舞台剧勉强恢复。逛园子挺耗时间，尤其排队最磨人。一个上午过去，坐在椅子上，涂图丝毫没有挪动的想法。

"下午看个'加勒比海盗'，傍晚看个花车巡演，晚上去茶餐厅吃饭。"陆之晔口嫌体正直，来之前觉得迪士尼没意思，来了之后兴致却很高。

涂图眨眼表示认同："哦，明天下午两点退房，咱们去完城隍庙再回去退房吧，不然拖着行李挺麻烦的。"

夏季闷热，园内无高楼遮挡，几株绿树根本于事无补，骄阳似火，那几片叶子都不够遮阴的。

陆之晔拿纸擦汗，顺手递给涂图一张。涂图一手拿薯片，一手拿饮料，看着人来人往，没反应。

"困了吗？"陆之晔抬手帮她擦掉嘴角碎屑。

"有点。"涂图中午的困意特别准时到来，不管早上几点起床。

"睡会儿？"

"在哪儿睡？"

出去玩，没那么讲究，涂图单纯习惯了回嘴。

见陆之晔拍拍他自己的肩，涂图乐了，嫌弃地戳着陆之晔："就这？"

结果涂图还是没休息，坐了一会儿便去排下一个项目。迪士尼的项目还是值得，就算不玩项目，一路逛着打卡拍照点，也能拍许久。

涂图拍照技术不如何婕，但也不赖，陆之晔人高气质好，涂图拍得很有成就感，就是陆之晔的表情不够迪士尼。

换成陆之晔给涂图拍，涂图的镜头感不强，胜在底子好，慵懒劲里带着不问凡尘的淡漠。陆之晔选择抓拍，涂图看到成品，久久不说话。

"这是我吗？"涂图发现自己也很不迪士尼，"我怎么觉得在外面随便找个地方都比在这里好。"

"这真的是我吗？我没发现自己这么……御。"因为身高问题，涂图对自己的定位就是软妹。

陆之晔站在旁边，看看照片，又看看弯眼笑的涂图，说道："你不知道自己有时候脾气挺大的吗？"

"那是气场。"涂图立马解释，末了不忘甩一句，"你才脾气大。"

拍照间，园内响起音乐，花车巡游开始了，大家都在寻找最佳观赏位置，涂图和陆之晔往前走了一段，在拐角处静待巡演。

等待的时候，旁边像是家庭出游的游客抓住时间在疯狂拍照，其中一个小姐姐拜托他俩帮忙拍个照。

涂图挺乐于助人，半蹲下来帮忙拍还帮忙指导："往回一点，笑一下，比个动作，自然一点，好看！"

小姐姐看了照片很感谢，便说道："这边取景很好，要不要我帮你们也拍几张？"

涂图愣了两下。

她和陆之晔还没有正式的合照，只有出去玩时的几张自拍合照。

别说，还挺害羞，涂图站在陆之晔旁边，莫名梦回刚在一起的时候。

陆之晔总是一副理所当然的模样，堂堂正正把喜欢昭告天下，对她的特别毫不掩饰，明目张胆。

其实，一直都这样。

像是感受到涂图躲闪镜头而看向他的目光，陆之晔转头看她。

"怎么了？"陆之晔站近了些，伸手揽着她的腰。

涂图面上止不住笑意，颇为在意镜头："有点别扭。"

"刚那张特别好，你们互动就行，我抓拍。"小姐姐摄影师上线。

涂图和陆之晔一起看向小姐姐。小姐姐按下快门时，他俩刹那的疑惑、询问和回应如出一辙，表情自然有趣。

接连拍了几张，两人同小姐姐道谢完，对着照片一通笑。

陆之晔挺满意的，催促着涂图把照片发给他。

涂图笑得花枝乱颤，指着照片里的陆之晔评论："大爷，您老就一个姿势，累不累？"

"一个姿势吗？"陆之晔倒是没发觉。

旁边小姐姐抿嘴笑着，瞅准时机补了句："除了第二张，就没一张正脸。"

俗称望妻石，观众不配拥有陆之晔的正脸。

涂图听完更乐了，当事人陆之晔却丝毫不受影响，无事发生一样拿着涂图手机自行发送。

花车巡游，几乎把所有漫画人物都请出来溜了一遍，涂图狂拍照，一天下来五百多张照片，去吃饭的路上不断清内存。

晚上去的是一家靠近迪士尼的广式餐厅，评价不算高，只等了十来分钟就有位置。

两人点菜不太好点，点了两三个招牌菜就够了。点完菜后，涂图便坐着开始思考朋友圈发什么。昨天刚到沪上时其实拍了不少照片，不过因为发生了一些不愉快，所以完全没有"营业"的心情。

女孩就是这样，喜欢分享喜乐，而委屈少在人前展露，愤怒戾气自有某博可供无限吐槽。

涂图对着图库精挑细选，终于抉择出九张。

【大爷不愿露脸，随便看看。】

涂图的朋友圈文案什么风格都有，今天就是简洁干脆风，图片是重点，三张陆之晔的帅照，三张合照，三张风景照。

在涂图认真选照片的时候，菜已经上来了，偏偏涂图开始经营朋友圈，回复评论，回私信，忙得无暇理会陆之晔。

"等下，我先回下信息。"涂图动筷子尝了一口之后，立马就又放下筷子。

大脸：【爷青回！陆之晔！】

舒雨：【陆晔，快把手机还给涂涂！】

大脸：【你俩背着我去玩？】

数数日子，涂图已经有一个多月没发朋友圈了。

涂图抬头看对面的陆之晔，问道："你多久没发朋友圈了？你们班那些人都跑到我这里评论。"

"大概……半年。"

元旦在一起前，陆之晔常发朋友圈，其中借此在涂图的朋友圈混眼熟的可能性很大。

不过陆之晔的朋友圈全开放，不妨碍别人了解他。

"大脸问你怎么都不找他打游戏。"涂图正和大脸聊着，成了传话筒。

陆之晔拿出手机看到了涂图的朋友圈，点了个赞，不紧不慢地吃着饭："没空，他单独找你了？"

"嗯？"

"私聊你了？"陆之晔问道。

涂图点点头，反拿手机屏幕给陆之晔看。

陆之晔瞥了一眼，不客气地戳穿大脸的话："他已经放假回家考驾照去了，还好意思跟我说打游戏。

"吃饭吧，大脸待会儿肯定要跟你说把我账号借他打游戏的事。"

涂图抬头，目光里的惊讶溢于言表，再次把手机递给陆之晔看。

大脸：【帮我跟陆之晔借个账号呗。】

陆之晔骂了一声，接过手机，按了语音："你个孙子，哪儿都有你，我跟涂涂吃饭呢，你有点自知之明行不？"

涂图呵呵笑，边吃饭边揭大脸老底："上次我们吵架的时候，他就跟我提过这个事，我随口答应了，刚找我要说法来着。"

陆之晔闻言呆了两秒，像被抓住了尾巴一样收敛起表情。

涂图有滋有味地吃饭，时不时抬头看陆之晔，敏锐如她，完美截获到陆之晔细微的神情变化。

怎么说他们在一起半年了，即使不是看对方一眼就知道对方在想什么，但直觉里还是能意识到对方隐瞒了某些事。

陆之晔有事瞒着她时，就会眼皮下垂，眨一下眼睛，好一会儿不看她，然后说些好听的话。

"要喝奶茶吗，楼下好像就有一家奶茶店。"陆之晔给涂图续上饮料。

怀疑的种子落地生根，会让人越来越不自信，陷入自我怀疑的困境，非常不利于身心健康。

涂图抿了抿嘴，抓耳挠腮，还是伸手拿起手机问了大脸。

回酒店的路上，陆之晔牵起涂图的手，从地铁口到酒店门口的几百米里，盛夏的热浪裹得人快快的，手心都捂出了汗。

"行，跟你赌，他俩要能在一起，我二话不说上交所有打火机。"

"打火机？逗我呢。"涂图抽出手，在陆之晔衣服上擦了擦。

陆之晔提拉起衣摆，对涂图的举动无奈又纵容，边说话边朝她伸出手，修长手指勾了勾："两盒，给我留两盒，你当戒烟这么容易？"

"打赌不就是这样，容易的我还不赌了。"涂图一掌拍掉陆之晔的手，勾着背包带，看着前面倒计时的绿灯，慢下步子。

"你输了的话，怎么办？"既然要认真，那规则必须说好，陆之晔低眸看涂图，一副胜券在握的模样，他已经想好赌注了，"满足我三个心愿，怎么样？敢不敢？"

涂图很喜欢打赌，并且不经激。

"行啊。"果不其然，涂图满口答应，不过这回理智得很，讨价还价道，"一个心愿吧，三个我太吃亏了。"

"好意思吗，我不赌了。"红灯亮，陆之晔停下。

涂图凝神思考，认真权衡许久，拍着陆之晔做最后的谈判："玩大一点，你输了上交所有的烟，我输了就满足你三个愿望，可以吗？"

他们赌谢哲和文希会不会在一起。

"好。"陆之晔爽快答应。

3

"陆晔，你输定了。"

回到酒店，涂图瘫在床上一边和朋友聊天，一边同陆之晔实时转播聊天情况。

"目前的情报是，他俩一起回家了。"

谢哲和文希在同一所大学，这几年一直有联系。涂图没有文希的微信，但是谢哲的朋友圈里常出现文希，她本不记得文希是谁，那次陆之晔跟她提起，她才恍然大悟。

涂图的第六感一向很准，即使曾经文希喜欢的是陆之晔，即使听说谢哲曾经喜欢过她。

这事挺复杂，高中时的少男少女们的青春萌动挺模糊的。涂图某次和陆之晔吵架后跟同桌谈心，终于搞明白了当年的事。

首先，"涉案人"10 班的班长大脸（陆之晔死党）、涂图、谢哲、12 班陆之晔、文科实验班 16 班的班花文希。

陆之晔常去 10 班找大脸，醉翁之意不在酒，他对涂图有意思谢哲当然知道。

但那时候，涂图和谢哲关系很好，晚自习坐一起写作业，分享同一副耳机，涂图打赌输了还去篮球赛现场给他加油。据涂图的同桌作为旁观者分析，那段时间，他俩的箭头是双向的。

之后，文希出现了，班花对赛场上荷尔蒙爆炸的陆之晔春心萌动。

老朋友谢哲跟文希说："陆晔喜欢你的，只是有个绯闻女友，她叫涂图。"

文希相信了，因为大脸常常出现在她面前，时而问她喜恶，时而问她兴趣，还总说起那个球赛上光芒万丈的陆之晔。

班花自信满满，挑个时机告白，被拒绝了，便气急败坏地去找涂图。涂图当时不认识文希，只知道文希是大脸喜欢的姑娘，然后就看到文希和谢哲吵起来。

"你和她很熟啊？"涂图曾问过谢哲，估计是带着试探的心思。

谢哲露出招牌笑容，让人不会产生任何怀疑："挺熟的，我和她以前在一个初中读书，你猜她跟谁在一起了？

"陆晔，那天体育课两人吵架了，她刚跑来问我送男生什么礼物比较合适。"

"这件事暗地里传了一个多月，后来，陆之晔不是天天过来找齐天瞎扯吗，还老撑谢哲，剑拔弩张的，再后来就打架了，陆之晔跟谢哲真是冤家！"同桌感叹不已，"涂涂，要不是当初班长这个灯泡够亮，你和谢帅指不定就早恋了。"

如果不是大脸，其实可以等同于如果不是陆之晔。

如果没有陆之晔，她应该能够早恋。

涂图抱着手机仰望天花板，有些惆怅。

"叹什么气，可惜他俩一起回家？"陆之晔对涂图的思想活动一无所知，还不断得寸进尺，"谢哲和班花在一起挺好的，太般配了。"

涂图愣了两秒，又蹭了他一脚，可惜腿不够长，他不痛不痒。

"涂涂，我问你件事。"陆之晔拍拍屁股，往后仰着，手肘撑在床上，转头盯着涂图，“你说实话，你和谢哲在一起过没？”

“你猜。”涂图盘腿坐起来，头发别在耳后，神情幽怨而冷漠。

陆之晔努力琢磨涂图的表情，得不到任何信息，便开口说其他：“以前谢哲跟我说过很多关于你的事。”

大概是一次课间，陆之晔照旧到10班串门，涂图趴在桌上睡觉，陆之晔望了她许久后便出了教室，谢哲随后跟着出来叫住他。

“陆晔，你怎么老来我们班，是不是看上我们班文艺委员了？”谢哲故意问道。

陆之晔觉得有点奇怪，又跩又凶地反驳：“怎么，不让进？”

谢哲和善地笑着：“没有，就是你老过来，有点影响我和涂图。”

陆之晔第一次感受到脑子和嘴都失去运转的功能。

“你知道涂图吧？很萌很可爱的那个。”谢哲贴心地指了指那个趴着睡觉的身影。

陆之晔的第一反应是谢哲搞错人了，涂图有时是挺萌挺可爱的，可她大多数时候不是恬静淡薄美少女吗，只是偶尔古怪逗乐鬼机灵。

不管怎样，谢哲说，他喜欢涂图，涂图也喜欢他。

“啊？”多年后，从陆之晔口里得知这件事，涂图震惊得合不拢嘴。

陆之晔抬手捏她下巴的肉，被涂图甩开了。

“陆之晔，你赔我初恋啊！”涂图把自己摔进被子里，悔不当初，呜呜咽咽地哭号，可惜得捶胸顿足。

陆之晔看得一脸蒙，觉得头顶有一片青青草原。不过，陆之晔智商上线，捕捉到一些令人心情愉悦的事实，语调不由自主上扬了一些：“所以，你俩没在一起过？”

“我不是跟你说过是第一次谈恋爱吗……我可太亏了……气死

我了！"涂图抓着头发，真心觉得自己亏大了，陆之晔硬生生插足碾碎了她的桃花。

涂图突然发现自己实惨，桃花被糊里糊涂搞黄了，然后罪魁祸首美滋滋地转头找了另一个女朋友，她惨兮兮地单身二十年，最后又被罪魁祸首骗入囊中。

世道艰险，没爱了。

涂图翻脸把陆之晔赶到旁边床去，盖上被子，气呼呼地玩手机。

陆之晔得了便宜见好就收，他想到最坏的结果是，涂图确确实实喜欢谢哲，并且和谢哲在一起过。

每次这么想，他都酸得不行。

至于涂图曾经喜欢谢哲这件事……

"没在一起，不算初恋。"陆之晔倚着枕头，调着电视节目，"你的初恋是我。"

一个枕头飞过来砸在陆之晔身上，对上被窝里涂图露出的恶狠狠的目光，陆之晔爽朗笑出声，下意识哄睡："乖，闭眼。"

涂图瞪了他好一会儿，瞪累了，凶巴巴放狠话："别跟我说话！"

涂图翻身卷起被子，攥着手机，其实没那么气愤。

后来的后来，涂图对谢哲的好感很快就转移了。她青春时期的心动，静悄悄地来，轻飘飘地走，没有同桌的指点，她几乎不会意识到她曾经对谢哲暧昧过。

微信里，大脸的回答字字珠玑。

文字放大了所有细节，留下的痕迹像要刻进某个地方。

大脸：【的确是陆之晔让我找你聊聊，他想知道你到底生气没，有多生气。借游戏是我的主意，我想你要是主动找他，他准三七二十一立马哄好你。】

【就怕，你不找他。】

【你好像确实没找他。】

涂图习惯一个人先消化掉没营养的负面情绪，之后再理智地同人商量讨论后面的事情。她觉得有些小问题她一个人就可以想通，过去了也就没事了，不必兴师动众。

世界不是围着她转，陆之晔也不是围着她转，她觉得这样最好，不会浪费彼此太多时间。

【我不知道你们怎么想，我觉得那样挺好。】

【小问题说着说着就会吵起来，不如冷一下，我不找他，是因为不想烦他。】

大脸：【作为朋友，我问你一句，不告诉陆之晔。】

大脸：【你是因为陆之晔喜欢你，你才喜欢他，还是你真喜欢他？】

电视声叽叽喳喳的，主持人不知道在笑什么，观众欢呼声一片，涂图忽然感觉电视声变小了，小得几乎听不到，旁边床上发出一些声响，随后床头灯被关了。

涂图立马把手机盖下来，眯眼假睡。

过了好一会儿都没有动静，涂图小心翼翼睁眼，电视还在播放，屋内光亮一闪一闪，蓝白橘粉交相辉映。

【喜欢就是了。】

【我不知道从什么时候喜欢上的，可能是很久以前，也可能是在一起之后。】

【我没有像喜欢他一样喜欢别人。】

【感觉之后也不会有。】

此时此刻，涂图内心的这种预感特别强烈，就像她预感到方阵六号男生有点意思，预感到毕业宴后还会与陆之晔再见，预感到陆之晔还会追她，预感到她会喜欢上陆之晔。

涂图想，他们应该会走得很远，远到涂爸涂妈会同意他俩继续在一起，远到有一天她会去见那个传说中很严肃的陆爸。

如果他们毕业后还在一起，会不会异地呢？会不会厌倦呢？

分手会是谁提的？

涂图睡意蒙眬，思绪驰骋飘荡在梦里的操场上，大榕树下，沿着跑道跑了一圈又一圈，她困得打哈欠，突然看到一双熟悉又陌生的黑眸。

发现只有几面之缘的陆之晔看着她，她收回伸了一半的懒腰，礼貌地浅笑。

众目睽睽之下，陆之晔竟朝她飞吻，然后走出人群，走向她。

绿油油的草地上，白衣少年单膝跪地，真诚地说道："涂图，你好，我叫陆之晔。"

电视右上角显示时间是十二点，陆之晔却没什么睡意，熬夜熬惯了，清闲下来无端觉得时间很漫长。

陆之晔轻手轻脚下了床，瞄了瞄握着手机睡着的涂图，站了一会儿，陆之晔还是弯下身，把手机放到了床头柜上。

刚放下，手机屏幕亮起来。

来自大脸的微信通知。

大脸：【等吃你们喜糖／恭喜／恭喜／恭喜。】

陆之晔双眸深沉，将记录看得清清楚楚，心里某块地方像决堤的水坝，感动泛滥。

涂图说话挺实诚的，玩笑和真话分得很开，正经的事她会正经地开场。她回大脸的话，挺正经的。

没有像喜欢陆之晔一样喜欢过其他人，以后也是。

那么，是不是可以理解为，至此终年，一生挚爱？

陆之晔很想截张图纪念一下，但毕竟是私人问题，他还是决定储存在脑子里自己细细回味。

关于告白，有时他纠缠时或涂图撒娇时，她会胡说一气，那些他尚且觉得够了，现在这一出意外收获让他激动得更睡不着。

黑灯瞎火的，陆之晔是真的不困。

在厕所点了两支烟，陆之晔反复看着涂图的朋友圈，乐此不疲。

回到屋内，陆之晔挣扎了很久很久，大概有十分钟，然后轻手轻脚上了床，睡熟了的涂图很自然地靠了过去。

陆之晔僵着手摸着涂图的脑袋，头发被她压在身下，陆之晔抚着她的后背，心猿意马。

夏季的衣服过分单薄，女孩肌肤的细滑完全暴露在他手中，陆之晔低头隔着细碎的头发吻在涂图的额头。涂图往下缩了缩，埋进他的怀里。

陆之晔分辨不清鼻尖是洗发水的味道还是沐浴露的味道，或者是涂图身体的味道，淡淡的、混着薰衣草味道的奶香。

"涂，睡了吗？"陆之晔挨着涂图的耳侧，忍不住低哑出声，他没刻意用最轻的气音，潜意识里，他希望这一声能把涂图叫醒。

4

陆之晔玩弄着涂图的手指，咬咬指腹，一轻一重，他就是想把涂图叫醒。

半梦半醒的涂图眯着眼，昏暗里看不真切，手心酥酥麻麻的，热热的气息扑在指缝，亲吻由手背到手心，有小猫舔舐的感觉，接着指尖一紧，被夹了一样，她皱起眉头，指尖便置于温热之间。

　　不像触电，涂图觉得怪怪的，收回手顺手要擦在陆之晔衣服上，却被他反手箍住。

　　陆之晔话中带笑："又来，你当我是行走的擦手布？"

　　涂图眯眼笑，困得又闭上眼，嘟嘟囔囔的："你……是不是想图谋不轨……"

　　陆之晔喉咙动了动，眼里多了两分深邃。

　　陆之晔亲着她手臂内侧，女孩的手臂劲瘦中透着柔软，不盈一握。他半撑着，将涂图拢在怀下。

　　涂图醒了三分，感受到陆之晔的炽热目光后，贴紧的身体与旖旎的气息让她彻底醒来。

　　涂图不知道手该放在哪里，陆之晔亲她额头眼角，把她亲得晕晕乎乎的。陆之晔身上有很重的薄荷烟味，像他的侵袭一样浓墨重彩，让人在意每一个动作。

　　"知道……我们要做什么吗？"陆之晔捏着涂图的腰，若有似无地咬着她的嘴角，脸贴脸蛊惑般问她。

　　被子不知道去哪儿了，涂图满目都是陆之晔索求的眼神，她当然知道事情在往哪个方向倾斜。

　　"嗯……"涂图没想好，只是无措局促地嘤了一声。她有些喘不过气，转过脸去寻找更大的呼吸空间。

　　"我轻点。不疼。"

　　涂图羞得说不出话，宿舍里大家都说荤话，可真到这个时候，仍不可避免感到紧张。

　　"你怎么知道不疼……"涂图都没勇气看陆之晔，低喃，拉住了陆之晔的衣服。

　　"不做到底，不疼的。"陆之晔顺着涂图的头发吻下去，出奇温柔又耐心。

　　涂图疑惑这话是什么意思，当然她问不出，想相信陆之晔。

　　"那个……没……那个啥……"涂图揪住脑海里的最后一丝清醒。

　　"什么？"陆之晔低下头，又听涂图说了一遍后，回道，"有。"

　　陆之晔心虚地摸了下鼻子："我带了。"

　　"你为什么带了？"涂图满脸震惊。

　　陆之晔没回答，直直地看着涂图，答案显而易见。涂图失去了语言，一时不知道还能说些什么。

　　陆之晔目光下移，盯了盯涂图的嘴唇，又抬头看她的眼睛，喉结滚动了下。

　　涂图承认，是她思想开小差觉得陆之晔很帅很性感的时候，让他有了可乘之机。

　　开始以后便一发不可收拾，男性的绝对优势似乎在这件事上发挥到了极致，陆之晔抱她深吻她，上下其手，不算轻柔。

　　黑暗里，羞赧和生涩都被完美掩盖。

　　涂图被陆之晔带得呼吸急促，意乱情迷的竟然也去扯他衣服。

　　陆之晔熟悉了涂图的每一寸肌肤、每一个细胞，轻车熟路骚动她的痒点。

　　涂图记不得自己是睡了还是醒着，一夜哭哭闹闹，陆之晔老问她问题，她又累又困，已经没了多余的精力。陆之晔执着得很，不让她睡。

　　酒店的窗帘遮光效果太好，涂图一度认为他们还停留在深夜。

　　"三点多一点，最后一次。"

　　"你求我。"

"乖，快了！"

涂图觉得这个通宵比以往任何一次通宵都醉生梦死，像是先乘飞机在云朵上玩耍，然后直直坠下来，突然被人拉住，捂住口鼻，绑架到了荒无人烟的沙漠。

金黄细沙漫天里，向阳奔跑，热得烫人。

即将融化之际，陷入温暖的怀抱。渐渐有小雨淅沥，有人帮她擦脸，这时她发现原来是自己哭了。

她哭着抱着陆之晔，很快认输："爱，我爱你呀，不要了……"

他们错过了日出，错过了闹钟，也错过了还愿——陆之晔唯一想去的地方没去成。

涂图醒来时已经十一点了，陆之晔睡得死沉，涂图起床他都没反应。

耕耘的老牛，也会累啊。

洗完澡的涂图没有叫醒陆之晔，点了外卖，趴在床边晃动着脚丫。

陆之晔侧躺着，睡着的样子看不出攻击性，眉毛同双眸一样黑，平着扬到眼尾外半厘米，睫毛掩住眼睑，只有几根不羁的向上撇着。

他半张脸陷在枕头里，剩下的半张脸顺着面颊轮廓向下收，衬出明显的下颌线。

涂图盯着陆之晔细细看，熟悉的脸，此刻却有不一样的感觉。凝神想了想，涂图掩嘴轻笑了一声，红了耳垂。

不知道出于什么目的，涂图面朝陆之晔躺下来，眨巴着眼睛继续瞧着。

陆之晔的嘴唇不薄不厚，没表情时嘴角是平的，有些冷酷，偷笑时，常常扯着一边的嘴角，让人觉得嘲讽而嚣张。

涂图再凑近些，近到可以看清陆之晔鼻翼的毛孔。

"呼——"涂图朝他吹了口气，吹得他额前的头发丝晃啊晃。看到陆之晔蹙起眉头，涂图得逞地笑了笑。

外卖到了，陆之晔也醒了。

说好的早餐变成了午餐。

下午四点的车，他俩不慌不忙吃了饭退了房，慢悠悠地提早两个小时到了动车站。

陆之晔还是拎包担当，一手推行李箱，一手伸着要拉涂图。牵了一会儿，涂图觉得太麻烦，本来就没手拿东西了，为什么还要浪费两只手呢。

两人一前一后到了候车厅，涂图拿着手机信息负责看检票口，找空位。

"坐这儿吧。"涂图找到一排空位，和陆之晔坐了下来。

刚在酒店吃完早午饭，涂图开始日常犯困。她一打哈欠，陆之晔就知道了，伸手揽她，换了一只手拿手机。

还是那部美剧，一人一只耳机，涂图靠在他肩上，迷迷糊糊地打了会儿瞌睡。毛茸茸的头挠得陆之晔脖子痒痒的，伸手顺了顺她的头发。

涂图半睁眼抬头看他。陆之晔半垂眼皮，下意识低下头，涂图往后仰了仰。

小鸟啄食般，涂图先侧开头，继续阖眼睡觉，舔了舔嘴角。

也许是有了底，也许是被陆之晔影响，涂图发现自己竟然坦然接受大白天在外面亲热。一个人会尴尬，两个人好像怎么样都没有关系。

何况，陆之晔还是那种被撞见亲热，淡定自若就算了，有时还会横眉竖目冷眼瞥人。没记岔的话，有次吃完饭等车来的时候，陆之晔跟她腻歪，陈建超过来说话，被陆之晔瞪走了。

"我做啥了，你这么恨我？！"陈建超哀怨地跑开，又去跟其他人一通控诉。

情侣似乎都这样，形影不离，黏黏糊糊的。

涂图以前不喜欢情侣，总觉得他们无时无刻不在撒狗粮，每时每刻都在说甜言蜜语。她曾经很鄙视。

到自己身上，发现原来是真的眼里只有对方，没想恶心别人。

离不开的时候，就是真的动心了。

车上，涂图跟着陆之晔看剧，两人换着拿手机。非常独特的美式幽默，陆之晔偶尔勾勾嘴角，涂图则开心得很简单，咯咯笑两声。

可有可无的吐槽，和剧情完全无关的讨论，他们就算意见不同，也是在一众相同喜好中筛出来的个别。

小学期的节奏比平时上课舒服得多，对于涂图来说，文字类的东西不难，所以熬了两天把老师给的资料捋一遍后，涂图就把小学期的结课作业搞定了。

剩余的时间，她要么去图书馆读读写写，要么跟陆之晔去实验室。

说是实验室，其实就是机房，上学校内网进入学院的实训中心跑程序。实验室的电脑都有些年代了，老师点完名后，很多人会溜去宿舍或者其他教学楼登内网。

实验室很空，涂图过去了有时玩蜘蛛纸牌，有时趴在旁边等陆之晔做完题一起去吃饭。

七月份，天闷得很，涂图睡着了。隐蔽的角落成为空调死角，吹不到冷风，她额角逐渐布上密密的细汗，越睡眉头皱得越紧。

涂图迷瞪着，在醒来和继续睡之间挣扎徘徊。耳边传来碎碎的说话声，她努力竖起耳朵，想要听清他们的谈话。

"坐这儿干吗？"

"还没做完？不难啊，做这么慢？"

声音陌生，显苍老，涂图揉着眼睛渐渐醒来。

"下次坐前面点，这犄角旮旯多热啊。"任课老师是个小老头，背着手趿拉着拖鞋往前面讲台走。

涂图愣了一会儿神，突然抖了两下激灵，鲤鱼打挺坐起来："老师下来了？说什么了？"

"醒了？"陆之晔操控着鼠标，哒哒哒的，似乎做完了。

"嗯，老师刚下来了？"涂图还是比较在意这个，有种被抓早恋的紧张感。

"下来了，让我们下次坐前面一点。"陆之晔关了电脑，收拾了东西，"走吧，饿了吧？"

"坐前面点？"涂图没反应过来，刚恍惚中没听到这个啊。

"陈老喜欢跟前有人，方便聊天。"陆之晔下巴朝前勾了下，陈老背着手正和第二桌的人聊着，"七大姑八大姨，没有他不想知道的。"

"哦。"涂图跟着陆之晔出了实验室，闲得很，继续说着，"那这老师还挺有意思，不过聊天就算了，下次还是坐后面吧。"

傍晚的学院楼过分安静，两人一前一后走在无人昏暗的走廊。

陆之晔慢下来回首等涂图跟上来："没有下次了。

"你明天不就回家了吗？"

Chapter 9
/ 我们能不能不分开啊？/

1

盛夏，无风，浑身都汗涔涔的。

动车站门口，陆之晔松开行李箱杠，望着里面排队检票的人群，啰唆起来："找个车厢中间的行李柜放箱子，这么重不要放位置上的行李架。要是实在没行李柜，就让人帮忙搬一下。"

"到了给我发消息。"陆之晔看向涂图，白T恤短裙，白皙皮肤透着红，小巧的鼻尖氤着密密的细汗。

国贸专业的小学期实在有点水，涂图总不可能为了陆之晔在学校多待十天，再者，涂爸涂妈念叨了一学期，涂图该回家了。

"知道了，到了跟你说。"涂图早就做好了心理建设，即使这个建设过程只是她告诉自己，再等十天，陆之晔小学期结束就回家了，他们回家还可以约。

陆之晔见涂图低头没动弹，深吐了口气，捧着涂图的脸，然后用手背擦掉她额上冒出的汗，拇指抹着她的鼻尖。

两人谁都没再说话。

昨晚涂图收东西的时候就挺郁闷的，现在更不想多说腻腻歪歪的话来表达什么，她肯定要回家的。

"晚上收拾完了找我视频。"最后,陆之晔还是开了口,略用力地揉着涂图的头发,他知道涂图有离别的小情绪,找不到更好的语言,陆之晔敞开双手把涂图搂进怀里,"记得想我。"

七月中旬,乘坐高铁的乘客不多不少,陆之晔刚好能看清人群中往里走的涂图,她走得极慢。

陆之晔没动,隔着玻璃门,盯着那个身影,他会等到再也看不到了为止。

背脊被盯的感觉很明显,涂图心情复杂,感觉不论过了多久,她还是很难接受分开,长大了,情绪问题不再简单地依靠一个玩具就解决。

印象中比较难受的分开还是放寒假回家那次,然后便是这一次。

直至最后,涂图都没回头,径直走到列车对应的检票口候车厅,知道陆之晔再也看不见的时候,涂图停了下来。

南北广场的人穿梭不息,找位置的,去厕所的,来往瞎溜达的。涂图站在道路中间,一瞬间像迷路的兔子,茫然四顾,置身绿油油的草地上,她不知道该吃什么,要去哪儿。

涂图转了身,明知道什么都看不到,却仍瞪大眼睛在人群里搜寻,仿佛只要她找得够仔细,就一定能找到胡萝卜。

她不喜欢胡萝卜,只想找一起吃草的小鹿。

涂妈最近总跟涂图说,谁谁谁家的儿子女儿结婚了,这个那个阿姨叔叔抱孙子了,涂图毕业就业后,很快也要考虑自己的终身大事了。

涂图感觉不知道从什么时候开始,涂爸涂妈没再问过关于陆之晔的事,甚至避而不谈,仿佛没有这个人。

回家十天,如果不是每天晚上挂着视频,涂图觉得陆之晔几乎要从她身边消失了。

　　暑假的气温一天比一天高，待在家的涂图病恹恹的。

　　亲戚家有喜事，涂爸出差，涂妈带着涂图去参加喜宴。

　　人嘛，一旦接触一些真实的社会人生活事，就非常容易产生共情，内心经历一场说不出是激动感慨还是认命颓败的汹涌海浪。

　　涂图参加过的婚礼不少，大同小异，她最想不通的就是那不足十平方米的舞台似乎有魔力，让新郎新娘亲吻后总会流泪。

　　在一起了，为什么要哭呢？

　　涂图小时候觉得是新郎新娘看大家都安坐于席间品尝美食，他们却要在上面表演，而悲伤落泪。后来，涂图无厘头地觉得，大概是婚姻埋葬了一辈子，哭泣是对曾经的单身贵族和过去做最后的告别。

　　婚礼，束缚，尘埃落定，泯然众人矣。

　　上大学后，涂图对婚礼表现出了前所未有的无感，吃饭是正事，见亲朋好友是支线，送祝福是顺带的。她觉得这很残酷，因为他们没看起来那么幸福。

　　一个人的盛宴，听起来更高贵。

　　她承认她是因为没对象，所以一度对婚礼如此嘲讽和悲观，可经历了去年表姐的婚礼后，她觉得她一贯的想法没毛病。

　　外表上，表姐和姐夫相恋两年，水到渠成走进婚姻的殿堂。可实际上，表姐订婚之后有一次和她一起吃饭，说他俩分开了。

　　结婚前，表姐说，反正都这样了，婚都订了，父母都见过了，彩礼聘金都说好了，她怎么反悔。在结婚的前一天，他们都还在吵架。

　　"这男方有点矮，不过听说家里挺有钱的，外地好几套房。"

"不错啦，小青都二十八了。"

"都是介绍的，我前两年还给小青介绍过嘞，一米八的大高个男孩子，做外贸的，不知道那男孩子后面怎么样了。"

"这东西看两人，我们看怎么都是般配的。"

宴会上的场面话七分假、三分真都算是抬举了。涂图看着踩着红毯进来的新娘，值得一句貌美如花，反观新郎，贴身的西装让微隆的啤酒肚更明显。

宴厅浪漫粉白灯光下，单看新郎，勉强是个气氛帅哥。新娘伸出手，新郎接住了，弯身一个绅士吻。

"挺般配的。"涂妈赞叹一句。

涂图不敢苟同，他们嘴里说出的般配，大概率只不过是对这对新人的最大尊重。

宴会开席，涂图乖巧地帮在座的阿姨们倒饮料，被问时微笑着落落大方地回答。阿姨们常规性称赞涂图学习好性格好长相好，涂图半开玩笑着半推半就，突出主题："还是小青姐更厉害，我这都还没找到工作呢。"

"你不还没毕业吗？"

"哎，涂图啊，有男朋友了吗？"

涂图眉毛一抬，张嘴便要答。

"没有吧，没听她说过。"涂妈冷不丁出声。刚才阿姨们的一通赞赏，涂妈可一句话没说，笑眯眯地交由涂图自己应付。

涂图收起笑意，迅速瞥了眼涂妈。

"这个菜今天做得好吃，上次来咸得没法吃。"涂妈夹着筷子，轻描淡写地把话题带过了。

涂图放下筷子，面上维持着礼貌的微笑，边看手机，还边点点头，对他们的谈话施与一些附和反应。

　　不是错觉。

　　回家路上，涂图坐在摩托车后座沉默着。烈日刺目，涂妈让涂图把伞往左边侧一下。

　　涂图照做。

　　她们一路有一搭没一搭地说话，等绿灯的间隙，涂妈突然问道："小晔放假回来了吧？"

　　涂图拧起眉头。

　　"你最近怎么都没出门呢？在家都发霉了，下个月辅导班的课你是不是得提前准备准备？"涂妈似是在延续上个话题，又像是要转移话题。

　　绿灯亮，涂图闷闷的声音裹挟着热风，虽然懒洋洋的，可掩不住其中的不满："妈，你刚才为什么说我没有对象？"

　　她这个年纪处对象都不能说出口的吗？

　　"你才多大，桌上就别说了。"

　　"为什么？"

　　"涂图，你现在的正事不是谈恋爱啊。"

　　"……"

　　"那些阿姨们我们不熟，没必要说。再说了，才夸你乖，怎么能马上就打脸的。"

　　"什么打脸？"

　　不可否认，涂图火气上头，说话语气逐渐较真。

　　她很生气，不熟就不熟了，就因为不熟所以没必要在意啊。

　　"不是跟你说了吗，有时候不用问什么答什么，有些话题敷衍一下就可以。

"大家聚在一起，什么话都说，什么底子都挖得出来吗？

"你跟别人谈真心，别人转头只作谈资。"

年轻人谈恋爱要低调点。

借口也好，过来人的忠告也罢，涂图算是找到了涂妈突然对陆之晔闭口不谈的理由。

她没把这件不甚愉快的事告诉陆之晔，她知道陆之晔肯定会不高兴。

生活不咸不淡地过着，除了小学期结束的陆之晔没回家这件事，没什么大不了的。

陆家的传统，暑假家庭旅行，陆之晔曾经吐槽群体旅游是最无聊的事，何况每次出去他都是拎包。

那时涂图正在计划金陵游，闻言霎时黑脸，而陆之晔一句话便让她心软得不行。

"虽然不用带小屁孩，可是看着他们其乐融融才是最窝火的。"陆之晔凶巴巴地吐槽，涂图却只听到了不甘。

小学期结束，陆之晔直接飞首都是涂图没想到的。按他的说法，是家里突然通知的。

大暑已至，江南的大风大雨随之到来。

卧室的窗户被疾风击打，发出噌噌的冲撞声，雨珠落在玻璃上溅开，散成数不清的小水滴，轰隆隆的雷鸣从天空中呼啸而过。

陆之晔喜欢晴天，涂图喜欢冬日暖阳，他俩都不喜欢下雨天。

【我这边下大雨了。】夜深时分，涂图趴在床上被雷雨扰得心神不宁，于是给陆之晔发信息。

陆之晔很快回了消息：【嗯。】

涂图百无聊赖发了一句：【还在外面吗？】

见许久没有回应，涂图翻了个身，望着窗台上摆放的一对玩偶小人，他们似乎在风雨里摇摆，又问道：【你什么时候回来？】

涂图睡着了，第二天自然醒，一看手机，信息爆炸。

忽略掉班群发的一堆考研考公就业通知信息，以及宿舍群里因何婕失恋而爆炸的99+消息后。

通知栏第一个是小杰，他的中考成绩出了，英语138分，全市第一。

第二条是舒雨，说逛街碰到了谢哲和文希。

第三条是涂妈，让她晚上去姥姥姥爷家吃饭。

涂图一一消化完信息回完短信已经十一点了，在通讯录上滑了下，无比熟练地点进陆之晔的头像。

聊天停留在她提出的两个问题上，陆之晔一晚上外加一早上没回。

2

"你敢信！他俩真的在一起了！！！"

炎炎烈日霸占着天空，毫不收敛地炙烤大地，涂图躲在商场一楼的肯德基里吸着可乐，对于舒雨惊天动地的反应，不是很在意。

看吧，她的直觉一向很准。

以往，涂图一定会拍着桌子说"请叫我通天大师，我给你算算未来男朋友在哪里"。

此刻，她希望自己的直觉出现一些偏差，那么心里的某种不安就不会那么强烈。

"你猜他俩什么时候在一起的。"舒雨眉飞色舞地讲诉起从他人嘴里听来的文希和谢哲感天动地的爱情，说得栩栩如生，仿佛她亲身经历了那场宿舍楼下唱歌告白一样。

涂图连眼都懒得抬，趴在桌上看外面的车来车往。

江南多雨，一场雨连着下了一个星期，今日终于见晴，涂图却怀念起下雨天了。

因为上个星期陆之晔还是会每天和她通视频的，这周他家里给安排了实习，陆之晔在临市没回来。

聊天变少，话题变少，交集变少，离开了学校，他们几乎成了两个世界的人。

"你今天还回你姥姥家吃饭？"舒雨终于讲完故事，渴了般吸溜吸溜喝可乐，可乐见了底，伸手便要拿涂图的可乐。

涂图吃肯德基必点可乐，但她总喝不完。

涂图看着舒雨打开可乐盖往自己瓶里倒可乐，忽然想起以前和陆之晔在一起时，陆之晔发现她不怎么喝可乐，便把套餐里的可乐换成牛奶或咖啡，涂图生气，吃汉堡不喝可乐怎么能行！

她会把咖啡牛奶推给陆之晔，和他抢可乐，抢到了手喝两口就不喝了，陆之晔拿回来，牛奶还回去，最后变成她每次和陆之晔喝一杯大可乐。

他俩对吃的都不挑，俗话里好养活的那种，可两人对比起来，涂图就显得挑剔很多。

不喜欢太甜的，不喜欢太冰的，同她平时的样子一样不冷不热，涂图喜欢刚刚好。涂图的好养活不过是不把厌恶放上表面，慢慢咀嚼着粮食，自觉不再触碰那不喜欢的菜肴罢了。

陆之晔是真的什么都能接受，涂图不吃的糖果香菜胡萝卜，吃不下的烧卖煎饼炒米粉，咸的淡的辣的苦的，陆之晔全盘接受。

就跟他从不反驳涂图的责怪一样。

舒雨看着两人的聊天记录，惊得下巴都快掉地上了："你这么跟陆之晔说话，他真不打你？"

涂图不以为意地说："没那么夸张，只是嚣张了一点而已。"

舒雨吃了一栗子，叹了口气："又异地了，什么感想？"

涂图讨厌异地，可和陆之晔在一起后，他们一直在经历"短距离"异地，陆之晔实习结束后的那段时间算是两人在一起的高光时刻。

至亲密，至冷酷。

他们可以耳鬓厮磨浓情蜜意形影不离，也会有针锋相对斤斤计较火星撞地球的时候。

涂图是失控的火星，原因是分手梦。

白天思考得太深入，执念太刻骨。涂图在梦中不远万里去见陆之晔，酒店外面狂风骤雨，贵族陆之晔撑着伞从落汤鸡涂图身旁经过，目不斜视，也不给她打伞。

涂图喊他，跟他开玩笑，跟他告白。陆之晔却面无表情地把她送的表丢了。他挺直身躯，穿上黑色西装，意气风发，捧着一束玫瑰朝太阳走去。

阳光刺得涂图闭上了眼睛，她舍不得，盲人摸象往前跑，跌倒了后又站起来往前摸，她又哭又闹，再没人哄她。

涂图不是个爱哭的人，那天哭着醒来，她找陆之晔求安慰，陆之晔第二天才回消息，发了个抱抱亲亲的表情包。

如果她是当晚看到消息一定会破涕为笑，可她哭累了，心也累了，第二天已经心如止水。

一个表情包可以把人的距离拉近，也可以化身铜墙铁壁，冷着脸表示：我和你没话说了，又或者我不知道说什么。

涂图很喜欢陆之晔，这是无比确定并且不可改变的事实。

但他们的关系出现了一些问题也是真的。

　　和舒雨吃完午饭逛了街，涂图对衣服首饰怎么都提不起兴趣，舒雨倒是玩得尽兴，满载而归，最后两人去了高中附近以前经常去吃的一家小吃店。

　　"两份碗仔翅，一份鱼蛋，一份萝卜糕。"

　　每次放假回来都会打卡所有以前好吃的店，每次都点一样的套餐，坐一样的位置。

　　涂图分了神，想起陆之晔，最近他俩疏于交流后，她总是会看到什么就想跟陆之晔分享，然后突然意识到陆之晔在忙，他不在她伸手可以够到的地方。

　　就算有微信，仍觉得他好像远在天涯彼端。

　　"还是以前的味道，太好吃了！"舒雨赞不绝口，简直可以直接做个美食直播，看得人垂涎三尺。

　　涂图拿起筷子，有了些兴致，和舒雨聊起琐事。

　　下学期便大四了，舒雨毫不犹豫选择读研，她读的医学院，给自己定的目标很实际——报省医科大学的研究生。

　　这是人生中又一个分岔路口。

　　"我还在犹豫，可能会考公务员，海关或者税务局这些，先等今年的招录计划出来。"涂图慢条斯理地吃着，心里继续想着到底要去哪个城市。

　　陆之晔要么选择家里这边的公司，要么选择原本实习的公司。

　　陆爸一定会让陆之晔回来，那陆之晔会听从安排吗？

　　"陆之晔呢？不是才结束实习，怎么又实习去了？陆之晔怎么这么牛，过于勤奋了吧。"舒雨随口问道。

　　涂图垂着眼："不知道。"

"不知道？"陆之晔挠挠头，加班到九点回到住所，结果房东说不知道卫生间的水龙头为什么不出水！

临市最近暴雨不断，不向阳的三十平单身公寓里始终氲着一股霉气。陆之晔坐在老旧沙发上，清晰度极低的电视里播着当地电视台的探索美食节目。

陆之晔叼着烟，点了外卖，盯着墙角的灰绿潮斑愣怔出神。

手机亮了两下，陆之晔眼皮抬起，黑眸望着桌面的通知似在纠结，几秒后，指尖夹着烟嘴掸掉烟灰，移开眼，往下躺，瘫在沙发上。

天花板泛黄，有一处灰白潮色，好像楼上渗水，马上要有水滴下来般。

两个星期，长得跟两个月一样。

旅游的最后一天，陆凯走丢了，小妈急得团团转。陆之晔走在大队伍的最后只顾着看手机，陆爸神色严峻，骂了陆之晔两句。

就类似于"怎么不看着点你弟弟，成天只知道看手机"的话，没什么大不了的。

假如陆爸没说最后那句话，陆之晔兴许还能忍一忍，不至于次日直接来到这里。

陆之晔深吸一口气，按着揉着太阳穴。

陆妈中午过来跟陆之晔吃饭，说是想他了，想看看他，可谁不知道，大人的话里都是半真半假。

"工作怎么样？听说这个公司才成立两年，应该不太轻松吧？

"你这边实习一个月，下学期开学后还要在学校那边找实习吗？其实家里这边好公司还是挺多的，我有个客户……"

他们都一样，一样的自私。

放在四五年前，陆之晔很乐于接受他们抛出的所有解释，不论那些借口有多拙劣。

可假若现在他们开始想要插手他的人生，操控他的生活，用言语绑架他，逼他走他们期待的路，他拒绝。

既然有陆凯就够了，那放弃他就好了啊。

当初小妈带着陆凯搬进家里的时候，所有人是怎样的欢欣雀跃，陆之晔依旧记忆犹新。无数次想要忘掉，想大度地包容这些大家都喜闻乐见的和平结局，他努力了，但没成功。

没办法，他内心里还是不舒服，他离开就是了。他离开后，小妈也不必费心去营造和谐融洽的重组家庭氛围。

"嘟嘟嘟"，外卖到了。

陆之晔下楼去门口拿，门口保安办公室里热热闹闹的，挤了四五个人，听起来像是发生了痴汉尾随之类的事，时不时传出争执和谩骂。

浓浓的市井气息，像深浅不一的水坑，将生活最真实的凹凸不平模样展现出来。

陆之晔那时是临时找的住所，地段靠近市中心，但有老城共有的特点，楼宇老旧，治安不好。涂图曾说要来这里玩，被他糊弄过去了。

脏乱差，哪儿是玩的地方，何况他这个临时找的实习比上一个还折磨人，一堆的活，他自觉没精力照顾涂图。

另外，陆之晔有些不敢面对涂图。

回到逼仄的小屋，陆之晔打开外卖，千年如一日的黄焖鸡米饭，他快吃吐了，可他没有探索新店的心情。

涂图很热衷探索新店，每次点了一家新的外卖，就会惴惴不安搓手等外卖，等惊喜。她喜欢这样的小乐趣。

陆之晔不自觉勾起嘴角，只刹那，嘴唇抿回冷酷的直线，因为想起了陆爸的指责："没我们，你什么都不是。

"你有几年可以浪费。趁早走上正道，别玩了。

"听说，你早恋了？

"听小煦说，是你高中同学？"

陆之晔特别讨厌别人对他的感情指指点点。

临市的夏天比家里更闷热，可能也归因于一个人生活。陆之晔最近晚上总是翻来覆去睡不安稳，上班压抑，下班颓废。

冰冻效果不太好的冰箱里囤了两箱啤酒，陆之晔吃完饭，按照顺序往外拿。

十点二十分，他接通了涂图的语音通话，这是这两天的第一次联系。

窗户大开，楼下散步的人群的声音像开了扬声器，嘈嘈杂杂，衬得涂图的声音似乎是从悠远的时光机里传来。

跟高中那会儿一模一样，他恍惚还听见了下课铃声。

"周末我去你家呀，物理作业借我看看，我们老师说得太快了。"

"邱舒雨！你最好不要睡懒觉！"

那时，陆之晔坐在舒雨后桌，困得跟在泥里大战三百回合一样，趴在桌上睡得昏天暗地时，耳边只要飘过那慵懒软糯的声音，他就能立马从恶灵纠缠的地狱里爬起来，竖耳听舒雨和涂图的谈话。

"周末都不休息？"涂图的声音不紧不慢，沁人心脾，"我下周开始上辅导班了，上午辅导初中英语，下午上考公辅导课。"

涂图絮絮说着她的近况，陆之晔耐心听着，脑海中浮现出她所描绘的样子。

"对了，你知道吗，谢哲和文希真的在一起了。"

"哦？"

"所以，你输了，怎么样，是不是得愿赌服输？"

输了要戒烟。陆之晔瞥了眼指尖夹着的烟，闷闷地应了一声："嗯。"

他轻微吸了一口，答应是必须答应的，不然涂图会生气。

听到电话里呼呼的，涂图问道："你在哪里？风这么大？"

"对着窗户呢。"陆之晔下意识深呼一口气。

"最好是。"涂图不冷不热地说了一句。有时候她莫名的很敏锐，他不过犹豫了一秒，涂图就能揪到他的漏洞。

陆之晔抽了三四年烟，已经很依赖香烟了，他没法打包票说立马能戒掉，更何况，他现在真的戒不掉，一天就得半盒。

"陆晔，我们说好了的。"涂图认真了。

火光忽亮忽暗，燃到指尖，陆之晔摁灭烟头，商量道："给我点时间，我明天就开始努力。"

"真的？"

"……"

陆之晔的犹豫涂图抓个正着："陆之晔，我有事想和你说。

"你是不是在躲我？"

3

涂图在家待得很惬意，三餐有人管，下了课约朋友吃个饭散散步，晚上回家吃个冰激凌洗漱看剧。

涂爸出差回来会去买一堆大鱼大肉，涂妈像变魔术一样把那些原材料做成佳肴。周末一家子去姥姥家吃饭，姥姥拉着涂图看戏剧，高兴了还给她哼两句。

多美啊，天伦之乐不过如此。

涂图想好了，报老家这边的海关局，她要回来。

这个决定是众望所归的，涂图是独生女，涂爸涂妈年纪渐长，工作之外的念想就是涂图。

心中有了答案，涂图就跟打了鸡血一样，每天七点就起床看新闻，吃完早点去上课，自律得舒雨觉得她中邪了。

以前涂图最爱赖床，比舒雨还爱睡懒觉。

舒雨不知道原因，涂爸涂妈也不知道，只有涂图自己知道。

类似于面前有个大缸，涂图勤奋地搬运水桶将它填满，用忙碌麻痹自己，在忙碌中等时间过去。

而且涂图觉得两个人都忙的话，在某种层面上，两人就算是在一起的，那个维度里，他俩都在努力往前走，随着时间的移动，总会交聚。

她是这么想的，其他人却不是。

大三暑假大家都各忙各的，打算就业的在准备实习，打算升学和考公务员的在磕书本，疯狂读书。繁忙之余，老友聚会之类的一句话就能炸出一堆人。

先是大脸在班群里宣布自己终于拿到驾照了，然后又称群内大佬们业务繁多，哪会有人搭理他，最后，一个又一个的人冒泡表示自己都在家，于是这局就组起来了。

人不算多，联合其他班级凑了十几二十个人，一起定了两张大桌子。

涂图下了课后便过去，刚到餐馆门口，就碰到了两个人，正是那时班里名副其实的班对，在一起四年了。

"嘿，涂图。"丽姐先打招呼。旁边的老高伸手点头跟着打招呼。

几人一起往里走，少不了客套寒暄。上楼后，丽姐搭着涂图的肩，低声好奇地问道："陆之晔今天来吗？"

"不来，他在临市实习。"

"哦？打算在那儿工作？"丽姐说话一向直接。

涂图不觉得反感，因为谁听了都会有这种疑惑。她那时听到陆之晔暑假在那儿实习也是这么想的。

"没有没有，就是暑假实习而已。"

"哦，那你呢，打算在哪里找工作？"

"我应该会回来工作，家里挺好的。你们呢？"涂图说得随意，顺便问了他们一句。

丽姐笑笑，目光瞥了眼去找大脸说话的老高："我大概不回来，老高现在在实习，估计十月就转正了。"

落座后，丽姐迅速结束了这个话题，乐呵呵地和许久不见的同学们聊天。

不知怎的，涂图从丽姐的话里听出一些落寞，那种感觉跟自己压抑许久纾解不了的情绪不谋而合。

人齐开餐，热热闹闹的，大家仿佛还是当初学校里无忧无虑的书生。年轻人总喜欢喧嚣繁华，场子热了，气氛嗨了，就开始吹牛搞排场，面上意气风发，实际底下失意。

丽姐似乎说累了，转过头对涂图小声说道："我和老高分分合合太多次，这次估计不行了。我下周就回学校准备考研，异地太难熬了，还是算了吧。"

不知道是不是错觉，涂图看男生桌里老高似乎也很沮丧，大脸在旁边吹瓶吹得开心，老高却是一副心不在焉的样子。

"你们挺好的，倦怠期嘛，之后就好了。"涂图开解起来，觉得很可惜，两人明明都还互相喜欢的！

丽姐咧嘴笑起来，乐不可支，笑到后面露出苦涩："走不下去的感觉你大概还没体会过吧。

"不像跑步，它是那种，你活着，能跑能跳能呼吸，但就是觉得死气沉沉，连带着所有一切都让人绝望。

"累到无话可说了。"

"小陆，你把发你的文件打印十份，待会儿开会要用。"组长甩过去一个四五十页的文档，陆之晔暂时退出后台维护系统，打开文档快速瞄了两眼，然后点了打印。

是新的竞标项目，公司要扩展业务范围，一堆材料文件程序要准备。

陆之晔在打印机旁等着十份近五十页的文件打印，机器运行声不绝不尽，纸张源源不断地从缝里送出来。

陆之晔等得有点烦躁，指尖不停点着机子，随着它扫描打印送纸的声音深深呼了几口气，盯着旁边落地窗下的路，没有车来车往，但有很多提着公文包来去匆匆的上班族。

渺小的，陌生的，无意义的。

在临市，没有朋友，没有家人，不知道图什么。

某一刻，陆之晔觉得自己确实应该回滨城。

新创同它的名字一样，是个新创立三年的科技信息技术服务公司，和陆之晔先前实习的同样成立三年的公司相比，至少低了两个档，一方面是临市经济发展确实差了点，另一方面还是因为当地的科技信息服务产业发展太慢。

所以，老板致力于将当地所有有质量的项目都掺和一脚，通过增加量来增加营业额，这一个月单单就陆之晔手里整理的竞标项目就有十个之多。

订好开会文件交给老板，陆之晔回到技术部的位置上，继续盯着后台维护系统。

有了先前的实习经历，陆之晔上手很快，这个星期公司人手不够，组长直接给了他一个账号，让他负责某部分的数据库监控工作，拿着一天一百块钱的工资，做着正常员工的活儿。

满屏幕的程序，红的绿的，陆之晔出了神，他最近频繁出神，总是心神不宁，隐隐不安。

他搞不清源头，因为潜在原因太多了。

陆爸让他这周回家见见爷爷奶奶，陆妈让他放假回去姥爷家吃饭，前实习公司经理问他要不要回去。

宿舍2号床找人一起合租，谢哲这个阴阳人特地给陆之晔发截图秀恩爱，让他想起和涂图打赌戒烟的事儿了。

他想涂图了。

涂图前天发来消息：【大脸26号生日，请吃饭，他叫你了吗？】

他还没回复。

26号不是周末，其实就算是周末他可能也要加班，因为假如组长周末要带孩子去水上乐园的话，他得替组长值班，上周就是这样。

陆之晔拿出手机，点开置顶的涂涂，犹豫很久，退出打开日历，盯了一分钟。

涂图说，她下学期没课不会太早过去学校，甚至会直接在家里备考，论文开题答辩的时候再回学校一趟。

其实他可以待在滨城的，涂图备考，他工作。他的专业论文不难，不需要急着回学校准备。他俩可以两三天见一次，不用像现在这样，分隔两地。

三十四天没见面，十四天没视频，四天没语音，两天没说话，聊天框一滑就到十天前了。

"看什么呢，要回家了啊？"领座的孟哥伸懒腰，见陆之晔对着日历发呆，拍了他一掌。

陆之晔回神，仍有些魂不守舍："没，看看什么时候返校。"

"九月三号开学不是？还早着呢，你这才来三个星期。"孟哥从桌下便携保温箱里拿出一罐可乐，痛快地饮一大口，走到空调跟前对着吹，"陆之晔啊，咱们这儿办公环境不错，要不要留下来继承我的位置啊？"

孟哥是公司第一拨员工，合同到期，打算跳槽了。

"不了不了，我这个位置就挺好的，孟哥你的位置我可不敢坐。"孟哥算是副组长，是部门二把手。

"这有什么不敢的，我很看好你。"孟哥重重捏了下陆之晔的肩，单手作投篮状，重重举起，轻轻放下，隔着半米，手一松，易拉罐垂直掉入垃圾桶，孟哥自娱自乐地鼓掌，"好！"

陆之晔撇嘴笑："好球！"

"玩不腻呢，整个部门就小陆陪你玩，走走走，开会去。"对面的丹姐对两个"幼稚篮球男孩"很无语，光明正大地刷着微博去了会议室。

这次陆之晔也去开会了，组长的意思是让他多参与参与公司活动，虽然是实习生，但也算是公司的一员。

会议从下午三点一直开到了临近六点，散会后，办公室没什么事，大家就准备下班了。

陆之晔习惯性在位置上坐着蹭网蹭空调，打算等到下班高峰过了再走。

"小陆，你过来下，跟你说下明天的活。"组长陈工拿来两沓文件夹，招手让陆之晔过去。

说是明天的活，就那量堪比一个项目，陆之晔感觉未来一周都被安排上了。

"我估计做好这个，我就开学了。"陆之晔开着玩笑回到位置上。

组长听言笑笑，抬了下黑框眼镜，锁上电脑，提上包："做好了再放你走，做不完，不许走啊。孟翟你给我盯着小陆，不能让他跑了啊。"

孟翟说道："那不能，我还要让小陆坐我位置呢。"

"陈工，咱就这一个实习生，你把他吓退了，谁给我们带饭啊？"丹姐冲陆之晔抬眉，露出慈爱的微笑，"小陆别勉强，咱慢慢做，做到明年，等新一届的萌新们进来，你就可以功成身退了！"

陆之晔哭笑不得："好，我努力努力。"

一番打趣，大家纷纷下班，陆之晔翻着那两沓文件，脑子里习惯性地开始安排工作。

桌上手机屏幕亮了又灭，灭了又亮。

过了很久，手机页面持续亮着，陆之晔终于关注到了，不过伸手的时候，电话已经挂断了。

是涂图的电话。陆之晔眉间一抖，先看了下微信消息。

涂图没给他发消息，但大脸发了。

【你家涂图找我要你地址，我给她了。】

【你俩……怎么了？】

陆之晔没来得及回复，涂图的电话又过来了。

莫名其妙的，陆之晔紧张得咽了下口水，像被判刑等待凌迟的死囚，在他因为害怕而不敢回涂图消息的时候，他就应该知道他无处可躲。

是他放弃主动，胆小逃跑。

"喂。"陆之晔全神贯注地听着电话里的动静，涂图没有马上说话，陆之晔听到她那边传来细碎的说话声。

"孟哥你最好先把码写出来，陈工可说了，没做完不许走！"

"九月走就是九月走，一天都不多留。"

一定是他恍惚了，陆之晔不确定地开口叫道："涂涂？"

刚刚的说话声渐远，陆之晔听到涂图细弱的呼吸声，然后便是冷漠又不掩委屈的质问："陆之晔，你是想怎样？甩脸子吗？"

4

下班高峰期，电梯每层楼都要停，从十三楼下来，陆之晔火急火燎地冲出人群，奔向大门。

"陆之晔！"

大厅里的等候区，涂图穿着牛仔连衣裙，束着高马尾，面容恬静，神情淡薄，眉眼间隐约透着不耐烦和疲惫。

陆之晔迈开步子，往旁边等候区走去，舍不得眨眼，怕一眨眼涂图就会消失，他好惊喜，但同时也很紧张。

涂图背着书包，手里拿着水和手机，看向他的眼神很复杂，陆之晔感觉心被揪得疼。

陆之晔小心翼翼地伸手抱住涂图，她没有抗拒，陆之晔松了一口气，抱得紧了些，哑着嗓子呢喃："宝宝，我很想你……"

临市清爽很多，可夏季总是闷热，说实在的，涂图心情不算美丽。

今早太阳炽热，注定又是一个平平无奇的学习的日子。中午涂妈回来说临时要出差，涂爸前两天就走了，家里只有涂图一个人。下午她去辅导班，老师开始说下一期培训课的事，又是一番心灵鸡汤的狗血激励。

涂图看到"考公"两个字就不舒服，胸口像被捶了好几下，沉闷了一下午，回到空无一人的家里，有种颓废到虚无的感觉。

涂图自我安慰：暂且把它当作备考综合征。

但她抬眼看到屋内的乐高、窗台的玩偶和桌上的手环后，她不得不承认，是思念与埋怨到了极限。

陆之晔这个骗子，什么小学期结束就回来！

眼见再过两周就开学了，他还不曾回来一次，他是要在那儿定居吗？

坏脾气都是被宠出来的，涂图自知陆之晔情非得已，他有自己的想法，但她还是觉得憋屈。刹那间，她感觉自己要爆炸了，一个人过不下去了。

坐动车从滨城到临市需要一个半小时，涂图从家里出来后，在路边站了三分钟，翻来覆去再次确认自己是清醒的，并且非常想当面找陆之晔谈谈时，毅然决然打了车去车站，就算那时她连陆之晔住的地方和公司在哪儿都不知道，甚至连陆之晔在不在临市她都不确定。

"吃饭了吗？"走出大楼，陆之晔看涂图一直沉默，便拿出手机打车，"带你去吃牛蛙，有一家味道还可以。"

"我不想吃。"涂图不是来吃饭的，她严肃地看着陆之晔，动了动嘴唇。

涂图一路过来都在想要怎么和陆之晔谈，他俩之间好像有很多问题，又好像没什么问题。

涂图一时哑然，眨巴眼睛，觉得索然无味："我困了。"

陆之晔不太明白，看了她一会儿。

涂图反应过来，以为陆之晔自己想吃："你想吃吗？我陪你。"

陆之晔摇摇头，划着手机："我给你定酒店。"

这回轮到涂图蒙了，涂图抓住陆之晔的手腕，十分不解："你难不成金屋藏娇了？"

缺少交流，完全没法谈默契，涂图觉得他俩之间的沟壑越来越大了。

虽然陆之晔解释说租的房子太老旧，不适合两个人一起住，但涂图还是不理解，她不想深究，移开了话题。

"你一般都吃什么？"

"小区附近的，店里吃不用收拾。"

"有什么？"

"米线、黄焖鸡、鱼丸肉片，还挺多的，待会儿到了你看看想吃什么。"

公司到小区不远，但慢慢走还是需要一点时间。涂图心情不痛快，一路都在挑剔地看着四周的建筑物。而陆之晔对于涂图的突然到来显得很愉快，即使几次想牵涂图都被切断了机会。

他们挑了家福鼎肉片，店内位置不多，两人坐在同一侧。陆之晔顺手就把手搭在涂图腰上，涂图拍他一下没反应，最后用力地把他的手扒拉开了。

立场要坚定，目的要明确，她不是来贪恋温暖的。

一份肉片一份乌冬面，涂图本想只要一份肉片，但陆之晔愣是又给她点了一小份面，南方食物分量感人，小份就是拳头那么大。

"多吃点，这家和以前学校旁边那家的味道挺像的。"多吃点心情就会变好，陆之晔竭尽全力给涂图顺毛。

涂图充耳不闻，慢慢吃肉片，面是一口没动。

"这面真不错，你尝一口。"陆之晔点的同款，夹起一根放到汤匙里，然后送到涂图嘴边，目光柔和地望着她，愧疚和心虚使然，他无下限地哄着涂图张嘴，"乖，啊——"

饭来张口，涂图挺习惯接受陆之晔的投喂，即使眉头紧皱，内心拒绝，但行动上已经先一步，张嘴吃下。

"可以吧？跟学校那家一模一样。"陆之晔煞有介事抹了下涂图的嘴角，其实什么也没沾上。

涂图被带得勾舌舔嘴角："还行吧，没那么像，七分。"

"我觉得像。"陆之晔悠悠道，又夹了一汤匙。

涂图垂眼看勺子，抬手抓住陆之晔的手，才张嘴吃面。

像以前一样，喂她时，涂图总喜欢扶着他的手，然后像小猫一样细嚼慢咽，酸甜苦辣都是那样的神态。不过在一起久了能发现，食物不对味时涂图会皱皱眉头，对味时眉间绽开，眼尾也会扬起。

涂图扬着眉梢，见陆之晔盯着她看，舔了两下嘴角，抽纸擦了擦。

陆之晔眸色晦暗不明，也抽纸擦擦嘴，抬手按着后脖颈，继而靠着椅背，摸了摸喉结。

陆之晔有意无意地和涂图保持着距离，进了小区后就给她打预防针："房子不大，跟酒店没法比，我平时没收拾，你要觉得勉强，咱们还是住外面。"

"我不挑。"

楼里没电梯，陆之晔走前头，时不时侧身等涂图，楼梯窄又陡，生锈的围栏又破又旧，陆之晔却只看到涂图新奇的眼神。

　　密码开锁，大门尚且算是斥了巨资。进了门也不用换鞋，涂图在门口就能把里面看尽，一个十平方米左右的小客厅，旁边两扇门，一个厕所，一个房间。

　　"好空啊。"这是涂图的第一感觉。

　　玄关的开关控制客厅，门口这块显得昏暗，涂图放下书包打算往里走。陆之晔却不抬脚，愣在那边不知道想什么。

　　"我觉得挺好的，明天我还有课，明早就走……"

　　陆之晔猛地回身看她，涂图被吓得把后半句话吞了回去。四目相对着，涂图看到陆之晔紧皱眉头，极力控制着什么。

　　"涂涂，你别跟我说分手。"

　　涂图错愕，眼神飘忽着。

　　"行吗？"陆之晔眼睛一眨不眨地看着她，专注得几乎要变成蛮不讲理的固执。

　　涂图露出两分怯意，余光往门边瞥。

　　这举动在陆之晔眼里，成了无声的反抗。

　　语言无力，陆之晔往前一步，想拉近些距离。与此同时，涂图退后了一步，抵在墙上，玄关狭窄，无路可退。

　　"陆之晔，我想了很久，我觉得我们这两个月……"

　　陆之晔单手撑在墙上，眉头蹙得很紧，低头注视着涂图。

　　涂图别开脸："或许我们应该……"

　　话语没入陆之晔毫无章法的乱吻之中。涂图往旁边歪头，磕在开关上，"啪"的一声，屋内陷入黑暗。

　　两人都怔了一下，陆之晔先抬手抚着涂图的后脑，然后拉她入怀。

　　涂图丢掉了书包，双手抵着陆之晔："咱们好好谈谈。"

　　"不想谈。"陆之晔沉闷出声，摸着涂图的腰，游离至上，勾着她的下巴，像逗猫一样，"你给我一点时间，让我好好想想。"

　　黑暗里，纯粹凭借触摸和感觉来琢磨对方的态度。

　　炎热夏季，紧贴的身体都很热，僵持不下，涂图先缴械投降，伸手在墙上盲摸开关。陆之晔捉住她的手制止了她。

　　等到眼睛适应了黑暗，模糊间能看到眼前人的轮廓，涂图感到炽热，手指不安分地搅动，手腕扭动着，想要从陆之晔手中挣脱。

　　一反常态的，陆之晔禁锢得很紧，鼻尖蹭着涂图鼻尖，有一下没一下地亲她试探她。涂图看到陆之晔眼里氤氲的索求。

　　陆之晔拉涂图进了房间，月光照射进来，屋内不至于太暗。窗帘没拉，门也没关，陆之晔动作迅速又果决，把涂图吻得七荤八素后顺着她的腿就把连衣裙撩上去。

　　"先洗澡吧……"涂图有洁癖，心里总有疙瘩，不想继续。

　　陆之晔跪在床上，脱掉上衣，皮带解了一半，闻言顿了片刻，摸着涂图光滑的脚腕，欺身而上："醒来反正还要洗的。"

　　"窗帘……"涂图曲着腿，看着对面楼宇三五亮着灯的阳台。

　　窗帘唰地关上了，隔绝了视线，明明才七八点钟，却有种夜色浓重的感觉。

　　"门……"

　　陆之晔一一满足了涂图的要求，然后迫不及待地剥开衣服。

　　小别胜新婚，陆之晔卖力得很，像是禁欲很久的反噬作用，要将前段时间缺失的福利都补回来一样。

　　涂图却觉得，他在透支自己的身体。

　　总之，一向有谱的陆之晔没个分寸，汗水浸湿发梢，湿黏闷热得很，空气里尽是旖旎颓靡。

避孕套用完了，陆之晔意犹未尽，咬着她的耳垂，沙沙的声线很勾人："我下楼去买，别睡，等我。"

涂图抬抬眼皮，翻身躺正，面颊潮红，双眸清亮，瓷白的肌肤在黑夜里依旧蛊惑人心，让人上瘾。

"行了吧。"涂图懒懒地拉着陆之晔的手，尽管热得烦人，还是蹭过去蜷缩在他的怀里。

"涂，我怎么就觉得怎么都不够呢。"陆之晔躺平，一手揽着涂图，一手在桌上摸烟盒。

身体上，心理上，都不够。

涂图在，他觉得可以一夜不眠。

"几点了？"涂图闭眼养神，声音有气无力，半呢喃，"明早我十点的课……八点就得走……我得睡了……"

"快十一点了。"陆之晔歪头点烟，很精神，"你饿了吗？"

十一点的小区寂静无声，好似所有人都陷入了沉睡，整个世界都静止。

打包了扁肉蒸饺回去，陆之晔开门进去，小屋内涂图盘腿坐在客厅矮沙发上看手机，应声抬头看他的眼里布满温柔笑意。

从死了的世界里走过，来到暖灯照耀下的一隅。这一方地很小，却因心尖儿上的人的存在，而遍野开花。

陆之晔从没发现自己这么喜欢这间小屋。

他们挤一个沙发，吃一份扁肉，看一部电影。涂图变得黏人，没骨头般耷拉在陆之晔肩上，未干的头发染湿他的衣服，还调皮地推卸责任。

无厘头的电影结束，陆之晔都没记住这部片叫什么名字。

黑屏之后，频道开始播广告。涂图倚着他，先开了口："睡吧，明天还上班呢。"可她没动，玩着他的手。

"明早……我先送你。"

这下是真的夜深了，陆之晔拽着涂图去吹头发，涂图嚷嚷着困，撒开他的手回房间进被窝，一气呵成。陆之晔关了客厅的灯，关了房间的门。

"不吹的话会头疼。"陆之晔坐在床边，耐心地劝着。

涂图没反应，埋在被子里，睡了般。

陆之晔躺下，关灯，涂图就摸了过来："我不想上课了……不想……"

"嗯。"陆之晔生涩地应声，胸口一片湿热。

"陆晔，我们能不能不分开啊……"

陆之晔拍着涂图的背，喉咙涩得发不出声音，眼眶酸得很，他瞪着天花板，不觉咬紧后槽牙。

怀中人呜咽不止，抽噎起来。

陆之晔侧身向她，一边揉着涂图的头发，一边给她擦眼泪。

"涂涂，我想……娶你。"

Chapter 10
/ 老婆，造小陆吗？ /

1

一无所有的人哪儿来的勇气大放厥词？

年轻的我们只会说最廉价的喜欢与最虚无缥缈的承诺。

约定里，天荒地老海枯石烂，连上天都要为之哭泣，实际一地鸡毛。

涂图一人回学校，五六个小时的长途，由南至北，窗外呼啸而过的尽是这大半年的苦乐，过往四五年的羁绊。

日出日落，斗转星移，涂图适应着没有陆之晔的日子。

大四上学期虽没课，可她下定决心考公务员，大多数时间都泡在图书馆。涂图不是能一天苦读十二小时的那类人，状态不对时怎么都学不下，逼自己无果，就陷入丧丧的困境。

何婕考研亦然，两人暑假期间四舍五入都经历了"失恋"，同是天涯沦落人，坐在图书馆的楼梯间，怅然不已。

"他工作了！"何婕凄凉望天，"他们同居了。"

涂图抱着膝盖："大猪蹄子！"

"你俩还没结束，看开点。"

涂图幽怨叹气："吊着，拖着，最烦人的事。"

她舍不得分手，还想相信陆之晔。

明知没好结果，还傻傻地相信。陆之晔都不回滨城，她还有什么可等的！

十一月初论文开题，涂图的指导老师是出了名的魔头，她改了三个题目都没有通过，开题答辩的前一天才把最新的开题报告赶出来。

第二天的开题答辩，其他老师一通质问：你的数据来源呢？来源可靠吗？这个课题有创新性吗？权威的参考文献呢？怎么都是一些不入流的期刊？

考前两星期，涂图自闭了。

像是水逆期，什么都不顺。

开题答辩没过，学校安排了第二次开题答辩。涂图去找指导老师说换题目的事，被骂了个狗血淋头。

"周老就是有病！老孟都被骂哭了。"何婕破口而出，燕总也安慰着，"论文没事，学校又不会不让毕业，找到工作就行。"

工作……

考前一星期，涂图心慌得不行，从小到大她早习惯考试了，可这回她害怕得想弃考。

单纯是读不进去了。掐着表做模拟卷，涂图看了三遍题目，硬是不知道题目在说什么，拿着笔不知道下一步该做什么，趴在桌上，不知不觉在卷子上不断描摹着一个圈。

螺旋型旋涡，越来越深。

陆之晔说，他没有开题答辩，只交了开题报告，这学期不回学校了。

陈建超无意间透露，陆之晔和实习单位签就业协议了。

涂图打电话和陆之晔闹了一场，积蓄下来的所有不痛快倾泻而出，她边哭边质问，上气不接下气，全世界好像就她被抛弃了。

陆之晔在那头无措至极，说会回来陪她考试，涂图用指导老师那不留余地的骂人话术把陆之晔唬住。

考试那天，涂图淡然自若地走进考场，用她素来懒散的模样伪装自己，写完申论的最后一个字。涂图静坐在原地，坐了半个小时。

出考场，走在回学校的路上，涂图知道自己考砸了。

今年的树叶来不及记忆就都落下埋进土里，路边的树光秃秃的，在冷风中瑟瑟发抖。

涂图在就近的公交亭里坐下，抱着手臂，把手机开了机。

涂妈：【晚上好好吃饭／红包。】

涂爸：【什么时候放假啊，回来老爸给你炖猪蹄。】

视线逐渐模糊，涂图按着眼角，又哭又笑。信息一滑，她点开了陆之晔的聊天框。

陆之晔：【抱抱／】

陆之晔：【明天晚上我就到了。】

涂图点开视频，手指在按键上迟疑许久。

陆之晔：【？】

涂图看到陆之晔发来的最新消息，也回了个问号。

【看你一直在输入中，等你半天了。】

【回学校了吗？我现在加班，晚点回去找你。】

好像世界也没把她抛弃。

就是她自己迷路了。涂图收起手机，抹掉眼泪，迷茫地抬头看，不见星辰的天空。

秋招从九月起就拉开了序幕，十月份是高潮阶段。十一月末十二月初时已经没什么公司在校园招聘。

涂图觉得自己就是个碌碌无为的米虫。

何婕进入最后二十天的冲刺期，燕总的实习目前都挺顺利的。周围的人，大都有了去向。

陆之晔回来陪了她一周，吃饭散心，改简历投简历，招聘会宣讲会，用尽一切鼓励她重整旗鼓。

夜深人静的时刻，涂图开始失眠。

因为找不到工作惴惴不安，因为想家委屈难过，因为异地心烦痛苦。

涂图把所有求职网站都逛个遍，一个晚上投了二十份简历，手机调大声音，害怕错过任何一条短信，任何一个电话。

她习惯了接起电话，客气礼貌又希冀地开口："喂，您好？"

"不太好。"陆之晔惊呆，"微信消息怎么不看？"

不是通知面试的电话，涂图很失落敷衍道："没看到。"

"你有空的时候看下，记得回我。"陆之晔说道。

涂图挂了电话，查看消息通知，是陆之晔发的一堆酒店信息，元旦将至，转眼，他们在一起快一周年了。

元旦放假三天，陆之晔想和涂图去趟金陵。

放假三天，没找到工作，放假不放假没什么差别，涂图现在每天都在放假。

"我不配去玩……"涂图对旅游提不起兴趣，宅在宿舍闭门不出，写论文投简历。

有时收到笔试通知，涂图留出半天登录笔试网站做题，银行和事务所的网上笔试题最磨人——英语四五篇阅读，加上心理测试150

道，最后是国贸专业金融知识题。

有些国企的笔试题和考公务员的行测一样，涂图感觉又回想起了被考公务员支配的恐惧。

找工作一筹莫展，学期转眼结束。陈豪在班群里发学分核算通知，学分不够的自己想办法凑凑。

涂图本需要一个实习证明拿实践学分，但按通知文件，BEC 这类的证书也可以算学分，她捞了个清闲，否则寒假还得为实习证明的事发愁。

回家前，涂图去面试了两家公司。

一家外贸公司，到了才发现只是披着公司躯壳的精品代购店，地址深藏在不通地铁的荒芜商场背后的小巷，面试办公室就是店铺内的仓库。

第二家是个大型私企投资集团下的物业管理公司，她投的管培生职位，到了之后发现是群面，半结构化，同她竞争的另外两个小姐姐都是会计硕士。

在面试官问及做过的最有成就感的事时，两个小姐姐分别说出"加拿大交流生时期完成全英文辩论赛"和"从无到有将五人研究生会扩展到五十人团体"后，涂图故作镇定道："四年考试一路绿灯无挂科。"

为了找补一点优势，涂图补充："并且家教两年自食其力，丰衣足食。"

丰衣足食是夸大了，赚点零花钱罢了。

面试结束，尽管涂图觉得自己表现不错，气场掌控得刚刚好，可她了然于心，自己肯定是炮灰。

一个管培生职位，两年培训后直接升中层，她一个平平无奇的本科生确实有点异想天开了。

【我还是老老实实做个打工人吧。】涂图在家庭群里汇报工作进展。

涂妈最先回应：【我们都是打工人。】

涂爸：【女儿啊，实在找不到，咱们明年二战。】

涂妈：【不考了！考什么呀！考试多累啊！！】

涂妈：【老涂你周六回不回来，不回来就别说话。】

涂妈：【@涂北北 和小晔一起回来吗？】

涂图说：【我自己回。】

事实上，陆之晔已经回临市了，过年前的一个月是试用期的最后一个月，他说签了协议，转正前还是勤奋点。

很好。

涂图想口吐芬芳，可自己的事就挺头大的，无暇顾及这些琐碎垃圾事。

涂爸给涂图发了红包，让她别着急，人才哪儿都缺，要赚钱生存总有办法。

涂图在心里吐槽：现在人才挺多的，好公司不缺人才。

涂爸后面一句有理，可问题是她虽陪跑考公，但一般精品代购店的销售员岗位她是看不上的。

求职的战线无限拉长，回家后涂图乖巧无比，承担了所有家务，总不能真的做米虫吧。

涂妈下班回来和涂图一起看招聘网站，顺便聊聊白天上班时和其他同事打探到的情报，比如行政服务中心招人啦，医院学校招编外人员啊，又或者谁谁洗剪吹缺徒弟啦。

回家后，涂图听得最多的就是"别看人沙县老刘黝黑邋遢样，他那十五平方米的小店一个月赚四五万嘞"。

涂图知道这话潜台词是，三十六行，行行都可以赚钱，她尽管找就是了。

"本金多少成本多少，你得看净利润。"涂爸挑刺。

"至少赚百分之七十。"涂妈说，继续找例子，"卤香店，春节这段时间，一天就两三千，一个月就十万，成本按四十算，一个月六万，一年就是八十多万。"

"你都说了春节日进三千，平时没这么多。"涂爸反驳，小脑瓜转起来，"房租、人力、纳税，都得算吧，保守一点，一年净赚五十万。"

涂图在涂爸涂妈的唇枪舌剑中，捕捉到了令人心动的数字："打工人一边儿去，爸妈，我去开个店可好？"

一般工薪阶级一个月可拿不到三四万，本科毕业一万顶天，一般只有四五千。发家致富，还是得创业。

"别想了，老刘五年前天天没客人的时候跟我们家借的两千块，去年过年才还回来。"

……

"涂图，这些都是你投的吗？"涂妈翻着笔记本，神色逐渐凝重，"为什么这么多临市的公司？"

入夜，涂爸敛声屏气回了卧室。

涂妈走进涂图的房间，看看桌上杂七杂八的公司信息，摸摸书架上的漫画书，坐到了床边。

"涂图，你跟我说实话，小晔是不是在临市找到工作了？

"你……是不是要去找他？"

2

二月风，六月的雨。

下不绝，没尽头。

陆之晔说，等等，再等一等，他快要成功"篡位"了，孟哥搞完这个项目就走了。

涂图不知道她该等什么。

是等陆之晔带她回家？还是等陆之晔回来？青葱岁月，全部砸在一个人身上，难道要继续往坑里跳，陷到深处，然后远离他乡，颠沛流离吗？

四五月的柳絮跟冬天的雪一样大，呼呼地飘着，飘着，被草根绊住了絮丝儿，飞不上天空，摸不到鸡蛋黄的太阳。

涂图去辅导员办公室拿了三方协议，带上报到证，收拾好资料，这是最后的流程了。

篮球场在上演新一届的传奇，涂图不会停下脚步多看。

下课铃声响起，校园道上涌入人流，他们成群结伴，他们欢声笑语，他们还有时间好好玩耍打闹，打比赛看晚会，迟到通宵起哄。

涂图抱着档案袋，站在生活区与教学区的红灯路口。

来往的两拨人群分别站在马路两边，绿灯亮起后，人影攒动。涂图站在原地，看着对面的人一步一步走来，径直在她面前站定。

"去拿材料了？"

"嗯。"

"什么时候走？"

"和室友聚完餐整理整理，后天走。"

陆之晔垂眸点头，一时无言。

"你呢？"涂图捏着档案袋，盯着倒计时的红灯，心口发闷。

“明天。”

绿灯亮，涂图扯扯嘴角告了别，踩在人行道平行的白线上，僵着背脊，走得沉重。

“涂涂。”

陆之晔站在马路这边，涂图已经到了马路对面。她没有回头。

“涂涂！”陆之晔又喊了一声，几乎望穿了那个背影。

行人注目，跟着他的目光往前看，但没有人停下脚步，所有人都在渐行渐远。

毕业季，分道扬镳在所难免，离愁悲欢世间常事。

散伙饭吃得有点惨烈，燕总冷眼瞥着抱头痛哭的何婕和涂图，老二贴心地送上热水，被两个喝大了的“失恋者”拒绝。

大学的最后一晚，集体完成了宿醉夜不归宿。

四年喂了狗，未来成为社会狗。

跨出学校，就是进入各行各业的打工仔，经历捶打，有的人或许继续浑浑噩噩，又或者称霸办公室做个小中层。

涂图的野心被喂了狗，知足常乐，她顺利在二十五岁过上了四十年后过的生活。

毕业两年后。

滨城算是四季常春，一月到了才给面子降温降到十度以下，中午不然，好似叛逆的孩子，温度一下就反弹到二十度，像要朝着盛夏奔去一样。

腊月二十七，涂科员缩在办公板下，听到主任牛筋皮鞋跟在瓷砖地上发出的微弱声响后，轻轻探头露出两只黝黑眼珠，机警地扫了扫办公室。

主任的包不见了，大概是走了。办公室里一边玩手机，一边探头探脑搞小动作的科员都和涂图平级。

涂图把手机钥匙塞进兜里，站起来抽两张纸佯装上厕所，趴在走廊窗台等主任那辆香槟色的车离开后，坐电梯下一楼去车库开车。

四点不是下班高峰，可是街上车来车往，都是春运归家的人。上高速，一路往北。

"喂，妈，我已经在路上了。"涂图拨通电话就听涂妈开始唠叨，"知道知道，后天再回家。你跟我爸说一声，我跟他说，他又不高兴了。"

"行了，待会儿到了跟你说。"

绿化树蒙了一层灰，护养员开着水车喷洗，地上也染了一片水雾，朦朦胧胧的，像梦境过迁，穿越到另一座城市一样。

但这条路涂图快走烂了，知道错过这个红绿灯得等三分钟。

"我刚下高速，大概还有十分钟，你先点菜，晚上我回卡卡花园。"

通过两个路口，涂图慢悠悠地开进商场地下车库。开了两年，总算是习惯了，撞保险杠什么的再没发生过。

上到商场三楼，涂图轻车熟路往一端尽头走去。门口一堆排号的，万年海底捞，尽管涂图觉得这家店的服务越来越松懈，但吃饭时大家还是总来这家。

就像出去旅游，没什么打卡的那就肯德基麦当劳，冬天出来吃饭，没什么吃的就海底捞吧。

"这里，路上堵吗？"谢哲点好了餐，锅底是一半番茄一半麻辣，小菜都是常点常吃的。

涂图脱了外套坐下："正常堵。"

"要不要再点些什么？"谢哲问道，拿手机扫了菜单给涂图。

涂图划两下，还回去，笑道："每次都这些，就这样吧。"

每次他们都约这家，谢哲负责下菜，涂图负责吃。他们现在在同一个系统，很多信息就靠这顿饭。

涂图当初运气好，考公务员之后一顿操作猛如虎，通过了中铁的网上笔试，放假回家后两轮面试，不偏不倚最后一名通过。

最近系统内调动比较多，审计检查、质量检查没完没了，谢哲的部门业务不明朗，趁着涂图过来的机会，多聊聊，当然涂图也能得知很多信息，比如他们公司副总原来是从临市调过去的。

调任在中高层挺常见，不过像她这种小职员为爱调任的渠道都没有。

"唉，早知道你们都在这儿……"涂图停下筷子，擦擦嘴，惆怅几许，没说下去。

谢哲下午本来是出工地现场的，提前结束就直接约涂图吃饭了。

吃完饭一起下楼，谢哲目送涂图："过年再聚。"

涂图笑开，揶揄打趣了一句："文希同意吗，今天跟你吃饭我都没敢跟我家里那位说。"

谢哲开怀大笑，一半释怀，一半难堪："都多少年了，能不能记点同学的好，以前那档子事时不时就被大脸他们拉出来反复鞭尸。

"生活不缺反派，我充其量是个……"

注意到涂图隔着车窗看他，谢哲眉目微锁片刻，终还是勾唇一句带过："行了，路上小心，回滨城聚。"

卡卡花园其实有个洋气名字，叫"Kaisa"，据说老板是个有故事的女强人。这个小区占地面积不大，绿化率不高，不过胜在地段好，楼宇新，复式户型居多。当初涂图装修时下了一番功夫，充分运用日式收纳技巧，空间利用率百分百。

涂图指纹开门，入目还算整齐干净，放下提包和衣服，涂图叉腰扫视了一圈屋子，没忍住还是从最干净的厨房开始收拾。收拾出两袋生活垃圾，涂图趿拉着拖鞋就下楼丢垃圾去了。

坐电梯上楼，一个牵着三四岁大的小男孩的和蔼大爷看了她两眼，问道："你也13楼啊？01户的吗？平时没怎么见过你啊。"

涂图眨巴眼睛笑道："那见过其他人吗？"

"其他人？"大爷有点耳背听不大清般重复一遍，思考一阵，连连摆手，"没有没有，我过来帮女儿带孩子，大半年都没见过01户的人嘞。"

小男孩仰头看着两个大人说话，突然松开大爷的手，抱住涂图的腿："糖糖，白兔，糖。"

"乖乖，没有糖糖了，吃完了。"大爷弯身抱起小男孩。

小男孩咿呀念着，一边巴巴望着涂图。

"姐姐没有糖糖哦。"涂图友好地哄着，电梯到了，她按着开门键等大爷先走。

大爷抱着孙儿在02户门口叫门，等待间，朝旁边开门的涂图说道："哦，我想起来了，碰到过，一个戴眼镜的年轻小伙子，叫刘什么来着……"

"回来了，乖乖今天乖不乖啊？"

家门打开，灯火投射出来，大爷带着小男孩进门。铁门关上，伴着巨响隔绝了光亮，也隔绝了充满人烟气息的橘黄暖光。

涂图开门，觉得屋内的白炽灯有些晃眼。收拾过的屋子格外整洁，但愈显空荡，涂图疲惫地伸着懒腰，拿上衣服去洗漱。

时针指向十一点。涂图等得困倦，躺在沙发上一下一下地按键切换电视频道，按了一圈回到电影频道，正在放着不知名的电影，讲的大概就是因为爱上一个人，所以爱上一座城。

涂图对号入座想了想自己，觉得这是句伪命题。

两年了，她到现在都没爱上临市。

难道她不爱这个人？

不对，因为一个人爱上一座城应该有个假设前提，在那座城爱上这个人，所以涂图喜欢滨城。

夜深，人静。

指纹锁嘀嗒变绿，电视上轮播了三次旅游城市的广告，屋内大灯没开，归人只能借着电视蓝白光亮看到沙发上蜷卧的身影。

陆之晔放下电脑，轻手轻脚地脱下外套，歪头看这安睡的懒猫，小懒猫终于知道盖毯子了。他伸手披毯子，指尖不经意划过涂图的下巴，她的睫毛颤了颤，没醒。

陆之晔轻笑一声，进了卫生间，哗哗水声响起，过了一会儿停下。

冰箱里空空如也，明早只能在外头吃了，明天中午的饭大概得回滨城吃。陆之晔打开第二层饮料层，在排排列的啤酒上迟疑一刻，拿了一罐冰水。

"涂涂。"

涂图动动眼皮，抬手摸去。

"上楼睡吧。"

涂图伸着双手勾着他的脖子，嘟囔不满："没良心的……我是过来给你当保姆的吗？收拾得我都饿了……连个吃的都没有……"

他弯身拦腰把涂图横抱起来，小懒猫奶凶奶凶地继续控诉："隔壁大爷跟我说了，看到你带其他人回家了……"

"哪个大爷瞎造谣？！"

"有就是了。"上着楼梯，涂图搂紧了他的脖子，"我饿了。"

"待会儿喂饱你。"

"用啥喂？"涂图翻身滚进被子里，摘下手上的手环戒指，看着脱衣服的某人，"洗澡了没？"

陆之晔往上捋了下半湿的头发，眉梢扬起："没有。"

"……"

3

临市不是他们的家，但陆之晔在这里扎了根，这是他的坚持，涂图不好说什么。

第二天，两人轻衣简行上了路，到滨城刚十一点出头。涂图早上本想赖床，但被涂妈的电话叫醒，亲妈知道她的德行，催着他们回滨城。

陆之晔不紧不慢，毕竟被说的肯定不会是他。

"后备厢里有一些年货，待会儿记得提上去。"涂图坐在副驾自在玩手机看风景。

"你不一起上去？"陆之晔单手扶着方向盘，右手摸索着衣兜拿出手机给涂图，"看下有没有消息。"

"干吗，自己看。"涂图没接，继续看窗外。

陆之晔又递过去些，一本正经地说："我开车呢。"

涂图嗤一声，勉为其难地接过来。

陆爸发了消息提醒中午在爷爷奶奶家吃饭，小妈发了一条五十多秒的语音，涂图转文字没成功，瞄一眼陆之晔。

"小妈有条语音，听不听？"

"你放吧。"陆之晔没太在意，伸手在储物箱里翻来翻去，然后意识到什么，收了手，转而摸衣兜。

涂图没点，先把其他消息看了，公事公办小秘书般跟陆之晔转述完："综上，没了。所以，初六上班？"

"嗯。"陆之晔拿出烟盒颠了颠。

"我初七上班，昨天下午主任早走，我跟着就溜了。"涂图边说边划拉着陆之晔的手机，退出去看了看相册，截图居多，其他就是一些保存的图片，她朋友圈里的。

涂图继续划，发现里面还躺着几张原相机拍摄的她的图片："陆之晔，你的技术可太烂了。"

"啊？"

"这是什么？角度也太直男了吧。"涂图点开图片，应该是以前一起吃饭的时候陆之晔随手一拍，她正低头吃饭，他俯拍，"再有这种照片让我看到，你就完蛋了！"

"怎么了，有什么问题吗？"陆之晔探眼看，看起来还挺宝贝，"别给我删，删了赔我。"

"谁稀罕。"涂图骂骂咧咧地把手机丢回给陆之晔，打开自己的相册翻起来，好照片不多，他们很久没一起出去玩，存照大多是无聊的自拍，"咱们今年要不要去海北？"

"恐怕有点难，咱们办事那会儿我透支了两年的年假。"

涂图翻了个白眼，懒得听他胡扯。

透支有点夸张，就是那时候请了不少假，扣工资扣得多。尽管如此，陆之晔的岗位薪资还是比她高，凭啥啊？

"说得我的年假够用一样。"涂图蹙眉皱鼻子，"明年我就把年假攒到年底，天天请假在家看电影睡觉。"

"过来我这边睡？"陆之晔打岔着，等红灯的空隙点开手机，一条语音播放而出。

"嘻嘻……啾啾啾……"

先是一阵玩具车的警报声。

"小凯，跟哥哥说说话啊，哥哥今天要带嫂嫂回来哦。"

"哥哥！"由远及近，一声极为清脆的孩童声音，"哥哥在哪里啊？"

后面几秒都是模糊不清的呼呼声，像物品落地，像空气凝固，像时空撕裂到一半戛然而止。

涂图玩着指甲盖，后悔昨天没在海底捞顺便把指甲修剪修剪。上回过节去爷爷家吃饭，没来由觉得新做的猫眼色指甲太浮夸，吃饭夹菜都不自在。

涂图摸摸耳垂，发觉自己还是戴的那时常戴的猫眼石银耳朵，那次大伯母的小孙女说，姐姐的耳朵好好看，比姑嫂嫂好看。姑嫂嫂就在涂图旁边坐着。

童言无忌，但涂图纵使有千百般武艺，对待这种令人尴尬得抠脚的场合仍是手足无措。

还不如直接说她丑呢，她还能坦然接受一些。

陆之晔说："走吧。"

涂图回过神，车已停稳。

陆之晔的爷爷奶奶住在旧式大宅院里，虽旧，却是高干小区，一踏进去就是一大幅社会主义核心价值观的宣传栏以及先进党员表彰榜。

红彤彤的，跟过年气息相互映衬。

涂图真不喜欢红色，她想起去年过年陆之晔的小妈送她的红毛衣，依旧在衣柜里安安静静地躺着。

"我们待会儿吃过饭就回北灌路。"陆之晔关上后备厢，提着年货在前头开路。

涂图分担了两盒，她并不知道里面是什么，是涂妈准备的。想起涂妈为她声情并茂演示的那套说辞，涂图有点头大。

腊月二十八，严格来说不算正经的拜年吃饭，但是耐不住陆之晔这边的亲戚都是公职人员，不是一个小区也离不了两个街区，聚起来吃个饭太容易了。

况且，只要老大爷一句话，亲戚们手里有活都会推了过来的。

不用敲门，门就敞着，对门没人住，住这小区的大部分在花园式小区有房，住在这里的，大多是怀旧念旧的老派代表们。

涂图眼花缭乱，不管叫得对不对，问好就对了。

陆爸等人在沙发上坐着，涂图先朝爷爷问了好，然后依次问候大伯、小叔、陆爸。客厅不大，涂图没落座，径直要去厨房。

"姐姐，姐姐。"不知是谁家的小女儿拉着涂图裙摆蹒跚跟着。

"是嫂嫂。"姑嫂嫂从阳台过来，手里抓着两头新鲜的蒜，"斐建，把妹妹带过去。"

妹妹？哪儿来的妹妹？涂图蒙圈，面上保持微笑："真可爱！"

姑嫂嫂笑笑，先涂图进了厨房。涂图和在大人群里应付的陆之晔对视一眼后，进了厨房。

奶奶在厨房"指点江山"，涂图嘴甜地同奶奶聊了几句，撸起袖子把空余盘子洗了。伯母掌勺，涂图不敢添乱，负责擦桌子搬椅子。陆之晔应付完长辈，过来帮她。

"没事吧？"陆之晔跟她咬耳朵。

涂图扯扯嘴角，不动声色地叹口气，看看插不上手的厨房，又看看擦得差不多的桌子，实在找不到活，可又不敢坐下休息。

如果说同学聚餐是戴着假面半真半假地演戏，那去夫家过节，就是拿着空白剧本，围绕妻贤子孝的主题自由发挥。涂图不怕自由发挥，但这是一片没有硝烟的战场。

第一年，奶奶很喜欢她；

第二年，伯嫂嫂带着一儿一女回来，她感觉自己被嫌弃了；

今年，每个在屋内跑来跑去的小人都是隐形炸弹。

开饭，位置有限，涂图更不敢坐。小妈拉着她给她安排了个位置，她连连摆手，借口上厕所："没事没事，你们先吃。"

实际上，她心里一群草泥马奔腾而过，姑嫂嫂都没坐，她敢坐？不合适不合适，太不合适了！

狭小的卫生间里，涂图觉得终于可以呼吸了。

"咚咚咚"，敲门声响起，涂图一个抖擞，赶紧打开水龙头，连声音都在发抖："稍稍等一下。"

"是我。"

涂图松了一口气，打开门，看到陆之晔站在门边，餐厅里，大家已经各自入座。

陆之晔侧身也进了卫生间，搭着涂图的腰低声询问："饿不饿？早知道早上多吃点了。"

"幸好没吃多少，我一点都不想吃，反胃。"涂图耷拉着脸，洗洗手，对着镜子抿嘴笑，僵硬又虚假。

隔着门，外面一片喧闹，嘈杂得听不真切大家说的话，像画外音。

陆之晔捏捏涂图的腰，低眸看她，带着抚慰的意思，亲了下她没什么血色的嘴唇："待会儿大伯他们先回去，堂哥嫂子会一起走。辛苦一下，等下午爷爷午休起来，我们跟他们说一声再走，不然老人一看，屋里又是空荡荡的。"

涂图舔着嘴角，点点头。

饭是没能好好吃的，收拾好饭后残渣，涂图倒是终于有机会坐下来吃零食。

如陆之晔所说，大伯堂哥吃完饭就走了，还剩下爷爷奶奶、陆爸小妈和小叔大姑，小妈去厨房切饭后水果，涂图跟了过去抢活。

"妈，我要下去玩。"小凯没有一起玩的小妹妹，开始不安分起来。

涂图切着苹果块，正想说一句，小妈就开口："叫你哥哥带你去楼下玩。"

陆之晔一年回滨城的次数屈指可数，好不容易过来一趟，涂图本意还是想让陆之晔和陆爸他们增进增进关系的，毕竟当初陆之晔一意孤行在临市找了工作，并且单方面通知了他俩的事。

长辈虽然嘴上不说，但心里总是怨的。现在他俩日子算是走上正轨，陆爸没有劝陆之晔回来的心，难说其他人没有，以往，爷爷最喜欢陆之晔。

没有争宠的意思，虽然涂妈和涂图说私房话总提这事。涂图只是单纯觉得该给陆之晔和家人一些深入交流的机会。

"小凯，待会儿嫂嫂带你下去玩怎么样？"涂图拿出哄小孩专用语气。

陆凯仰头看着这两年莫名出现的人，又看了看妈妈，还是心向陆之晔："我去问我哥。"

"等等，等等。"眼见陆凯走出厨房，涂图手脚麻利一阵捣鼓，端着果盘跟了出来，"拿去给爷爷他们吃，我洗个手。"

小妈从厨房出来，担心不已："小心捽了。"接着接过果盘，自己一一插上签子，送到爷爷小叔面前。

涂图瞧着，默默走到陆之晔身旁，陆凯正缠着他要他一起下去溜达。

"自己玩去吧，我懒得挪地。"陆之晔从陆凯手中抽出手，握住涂图放在他肩头的手，歪头看她，小声问道，"坐吗？"

涂图摇头，两人使着小动作。

"小图啊，你那书记是李肖强还是薛雪丽来着？"

涂图突然被点名，愣了两下，老实答道："薛书记。李肖强好像是纪委那边的，我不太了解。"

"上回斐建跟我说，你们那书记要下调了，可能会去二线，现在副书记是谁？那个姓王的吗？"小叔对滨城的大小单位的领导都很熟悉，随便转个弯，仿佛就是一家人，"他岳父就住这儿，6号楼，几零几我忘了，那天门口还碰着了。

"爸，老王那人不错，他和丘老挺熟的。"

……

涂图尽管听不懂，还是陪着他们坐了二十来分钟，然后爷爷奶奶都去午休了。

小叔拉着陆之晔说的总离不开临市的关系人脉，然后话里掺点水，有意无意地开劝："你这专业简直太适合了，他就喜欢你这种工作两三年的。改日你们聊聊，滨城别的没有，就是单位多，要不是小图已经签了，东区那几栋楼打个招呼，好岗位少不了。

"考虑考虑，你俩还长着呢，异地是个什么情况。工作嘛，换着玩玩，又没让你换老婆。

"你爸跟你犟，不爱说，老头由你叛逆，小叔从小对你不错吧，我还能害你吗？啊，小图，你说呢？"

……

4

"哐当当"，碗碟碎了一地。

涂图吓得僵着手不敢动弹，比起发火的陆爸，涂图更担心陆凯。

下午从爷爷奶奶那儿回来，涂图能感觉陆爸心情不佳。

回了家，小妈开始忙活晚餐，涂图在旁边打下手。

客厅只有陆爸和陆之晔，以及窜来窜去的陆凯。

"毛手毛脚！今天作业写了吗？滚回房间，没写完不许出来！！"陆爸一向和善，少有疾言厉色的时候，偶尔的严苛话语就显得特别冷酷。

陆凯低着头畏畏缩缩地靠墙站，拽着裤子，手足无措。

涂图和小妈都应声出来。

涂图第一眼就看到陆之晔瞥来的淡漠目光，她睁大眼睛眨眨眼表示求助。陆之晔摸了下鼻子，转向另一侧置身事外，并不想管。

涂图咂舌，想等小妈打破这局面，可小妈站了一会儿，转身就回了厨房。

随后，陆爸的声音再次响起："让你回房间没听见？没写完别出来吵。"

陆凯的头垂得更低了，低到佝着身子，脚步挪着往楼上走，背影可怜兮兮的。

"一点都不上进，这么多年没少看着。"陆爸靠着椅背，拧眉叹气，很是头疼般，"闹腾得不行，比你还乖张。"

陆之晔似笑非笑："不见得，挺乖的，没多张。"

陆爸斜睨他一眼，只不咸不淡地念一句："任他折腾，要是以后有本事跟你一样造反，那就是命。"

"话不是这么说的，您老多上心，改命也不是不行。"陆之晔站起身，拿了烟盒打火机打算出门，"涂涂，要不要一起去超市？"

出门时，涂图顺手带上了打扫起来的碗碟碎片。

碎碎平安，碎碎吉祥。

替谁碎掉，本该碎掉的又是什么？

涂图很少过来陆家，她的公司离自己家更近，况且陆之晔在临市，她没道理在陆家住着。

陆爸对陆凯很好，对小妈亦不错，至于他们的相处方式，涂图不予评论。一起生活这么多年，每个家庭都有自己长期磨合出来的模式，她努力不去破坏平衡。

就算总有一天她终究会忍不住发言充当和事佬，但她还是会尽力保持现状，大概还是因为陆之晔不喜欢。

"你刚上楼跟陆凯说什么了？"

涂图没猜错，她下楼的时候就觉得陆之晔看了她好一会儿，不过她装作无事发生一样略过。

"他没那么弱，家里都宠他，转头又是个熊孩子。"

"哦？"

见涂图不解，陆之晔补充道："我们读高中时，陆凯皮得不行，我没少整他，可这家伙愈挫愈勇，所以我没事就去大脸家，后来周末放假都去学校。"

"我以前周末都待家里。"涂图回忆着。

"我知道，那时我都去你们班做作业，坐你旁边的位置。"

"你这行为要放在其他人身上，是会被告骚扰的！"

春节前后，超市人满为患，两人本是纯粹出门兜风，考虑到会在陆家多待两三天，涂图假公济私挑了很多自己喜欢吃的年货，陆之晔买单。

暮色降临，华灯初上，路上磨蹭了会儿，小妈打电话来催他们回家。

一进门，就见陆凯在客厅玩新的玩具模型。

"玩不腻，这谁给你的？"陆爸一下楼就被玩具声音吵得头疼。

陆凯摆弄着玩具，目光在几个大人之间转了转后，没什么底气地说："哥哥给的……"

给爷爷奶奶置办年货时，涂图上了心，给陆爸小妈陆凯都备了东西，下午回来一齐堆在客厅角落。

陆爸闻言，看向陆之晔，神色复杂，像本要燃上来的火苗被风吹得摇曳着瘪了下去。陆爸拉开椅子坐下，沉声指责："以后别给他买玩具，明年就要上初中了，买点竞赛题让他学。

"玩具多到放不下，那一篮子都是你买给他的！"

陆之晔无言，那些玩具确实是他买的，他不喜欢陆凯是一回事，但陆凯的要求他从不拒绝。这两年他工作了，陆凯过生日，他都会送礼物。

动漫模型、机车模型，杂七杂八的。可今天这个不是他买的。

陆之晔转头看到涂图冲陆凯眨眼轻笑的样子，就知道这锅得他背了："买竞赛书太魔鬼，我不会做这种事，小孩子玩点玩具有利于锻炼抽象空间思维能力和动手能力。"

"这模型你还不定能玩明白呢。"陆之晔胡话张口就来，边说着边拉开椅子让涂图坐下，小声私语，"原来是跑去借我名义送东西，我被说了，你成功了。"

涂图粲然微笑，帮陆爸和小妈盛饭，还格外热情地招呼陆凯坐下吃饭。

这只是个意外，谁知道陆爸今儿突然发难。

自家吃饭，涂图没那么拘着，就是不太好意思把面里的胡萝卜挑出来。

她吃得慢，挑拣着吃了两口。陆之晔把自己的那碗面放到她面前，换了一份。

一根胡萝卜丝儿都看不见。

"怎么了？"动作不明显，但足够引人注目，小妈看到投来关心的眼神。

"她不吃胡萝卜。"涂图来不及阻止，陆之晔就脱口而出。

小妈面色一滞，很快就笑脸相迎，带着点惊讶与苛责："小图从来没说，我还没发现过，那我下次……"

"没事没事，我能吃，不挑。"有得选择的时候选择不吃，但涂图早就发现小妈做菜非常喜欢放胡萝卜，大概因为陆凯在长身体，多吃点胡萝卜对身体好。涂图觉得自己没那么大面子让小妈之后都不用胡萝卜。

为了表示自己真的没关系，涂图夹了两片胡萝卜吃起来，片儿不同于丝儿，半生半熟，焯炒把它最原本的味道锁住，味同嚼蜡。

涂图朝着小妈眯眼笑，顺便称赞她的厨艺。

饭后，涂图掐着陆之晔大腿十分不满："不说胡萝卜，我还能好好吃饭的。"

"不喜欢就是不喜欢，我说我不吃葱，你看每次去你们家，我吃得多开心。"

"边儿去，那是因为我爸不吃。"

涂爸不吃的多了，葱、芹菜、酸菜、豆腐……在带陆之晔回家前，少数服从多数，涂妈炒菜该加什么还是加什么。后来因为陆之晔的加入，涂图的偏心，涂妈逐渐不加葱。

吃饭再也不用挑葱，对涂爸来说这是多年抗战的第一次胜利，是改革开放奔小康路上的一大建设性成果。

最大功臣陆之晔，抛去订婚前其一穷二白空手套白狼的骚操作，涂爸还是挺喜欢陆之晔，第一眼就觉得很顺眼，有担当。

涂爸对陆之晔的满意，很大程度上有点类似于知己，能一起小酌个四两白酒的酒友。

"不是明天才回来吗？吃饭了吗？"涂妈见涂图和陆之晔回来，有些惊讶。

晚上十点多钟，涂图和陆之晔回了涂家，涂图想多孝敬孝敬陆爸小妈，陆之晔同样觉得他该过来先见见岳父岳母。

吃过饭，那就安排上夜宵，涂妈搬出自己引以为傲的自酿米酒，涂爸翻箱倒柜找出了一袋小鱼干，还有瓜子花生卤猪皮烤猪耳朵。

"不错吧，涂图还说太涩了，这酒这样刚刚好。"

"防盗网得先装，我前阵没事天天去盯，那些人得催着。"

"明年六七月，找个好日子弄个乔迁宴，之后你俩就搬过去。"

三言两语，家长里短。

涂图在临市和滨城两头跑，累了先洗漱回房睡。见涂爸高兴，陆之晔依旧在桌旁同他聊着。

两个男人说起话来比女人还多，喝酒之后心情倍儿棒，碎碎叨叨，没完没了，越聊却也越深入。

涂爸忆往昔，仍是心疼涂图："当初知道你们家，我是真不想涂图以后跟你过日子，虽然咱们是普通市民，但这么多年日子还成。

闺女嘛，我没什么要求，她开心就行。"

"嘿，你小子速度够快，刚工作就敢上门提亲，那时我和你妈说话不好听，你知道为什么吧，想让你知难而退。涂图不适合你们家！我们不图你们家那三五权贵！！"涂爸说得激动起来，感慨万千，"找个一般的上门女婿我特别乐意，我辛苦多跑两个单子，孙子孙女的奶粉钱我们家还是出得起的。"

"老涂，别睡太迟。小晔，看着点，最近我都不爱听他瞎扯。"涂妈也回房了。

客厅的小暖灯照出一方地，陆之晔靠着椅背，身体疲累了，可他又很精神。

涂爸停杯不喝，自制力很好，不过嘴停不下来："过日子和谈恋爱不一样啊，谈恋爱图开心，过日子得长久，得融洽，我们看得出来你对涂图好，以后的路上得一直好下去。

"不枉涂图这两年两地跑，丫头心大，爱玩，不然这异地，难成。

"咱们都不容易，你加班升职提薪，我拉客跑单养家……不过，瞧瞧，挺好，滨城这套房搞好了，临市你那套房的房贷慢慢还着，等两市通直达高速，半小时路程比一个小时强多了。

"涂图就盼着这半小时高速嘞，工程处听来的小道消息，成天念叨。"

月色渐浓，房里的小台灯还亮着。

陆之晔有些头重脚轻，磕磕碰碰的，刚躺上床，涂图就蓦地开口。

"老爸最近戒酒来着，一喝格外兴奋，找不到北了，他说的话别在意。"

陆之晔沉默半响："小妈的话你才不要在意。"

之前在陆家的厨房里，小妈洗着菜，涂图剥着豆。

"小晔现在做到副组长，是不是以后不回来了？"

"呃……会的吧。"

"会吗？回来重新找工作？现在找工作多难啊，没那么简单，到时候你俩肯定也得有孩子了，失业不是闹着玩的。

"小晔又不想和他爸服软，硬要自己闯。没点资本，怎么闯？"

涂图倒不是被堵得说不出话，就是觉得无法交流，心口风起云涌。

陆之晔有亲妈，没了老陆，亲妈还会不管他？而且现实归现实，陆之晔做到副组长，用陆家一分钱了吗，工作不都是陆之晔自己找的？！

退一万步来讲，没了所有，陆之晔想回滨城，就一定能回。

"话不能这么说，数据工程师吃香，技术在手，岗位到处都有。"涂图站起身，把豆壳收拾进垃圾桶，"再不济，还有我们家呢。"

5

除夕夜，在陆之晔爷爷奶奶家吃完饭，两人待在阳台看远处的烟花。

哥哥嫂嫂们带孩子下去小广场玩小烟花，地上放了一堆仙女棒和银色喷泉。陆凯和小妹妹们玩得很好，其乐融融的欢声笑语一浪接着一浪。

"玩吗？"陆之晔问道。

广场风大，涂图躲在陆之晔身后："不玩。"

这么大一家子，包容性很强，可总能给人一种相斥感，涂图通不了他们的喜乐。当然，面上她能跟着载歌载舞，却无法从心热爱。

涂图家亲戚也多，她问过陆之晔同样问题，陆之晔只道："很适应。"

陆之晔一直都是很容易打入他营内部的人，涂图猜测大概是自己的问题。

陆之晔继续说道："你们家祖传懒散，我想紧张都没办法。"

"？？"

"你们不会在大年初二初三的时候让小屁孩去写作业，不会问成绩排名，不会问工资，不会问领导是谁。每天只聊吃什么玩什么，哪儿有新开的店，人齐了开个麻将桌，不齐吃完饭各自回家。"

饭后烟花会落幕，春晚开始。

涂图贤妻良母一样帮忙准备了点水果零食，坐在沙发上靠着陆之晔开始玩手机了，播到好看的部分，抬头看一看，要是无聊的主持环节，便低头和朋友聊天。

陆之晔一样的状态，而陆爸有局出门去了，小妈带着陆凯在旁边坐着。

"这主持人都老了，鱼尾纹都出来了。"小妈看着电视，偶尔说两句。

涂图这时不管看没看电视，都会附和一句："嗐，鱼尾纹这没法，我也有鱼尾纹，主持人保养算好的了。"

陆之晔瞥眼看她眼角："你没有。"

涂图嗔怪看他，见小妈聚精会神看电视似是没听见，这才应声："哦，希望五年后我依旧没有。"

"恐怕有点难。"陆之晔道，看到涂图皱着眉，补了句，"就跟我五年后发量依旧浓密一样不可能。"

涂图乐起来，佯装苦涩："好惨一对夫妻。"

十二点到，第二波烟花大会开始，涂图负责发红包，一个给小妈，一个给陆凯，陆爸不在，只能让小妈转交。

回了屋准备休息，涂图看消息，十二点整时，陆之晔给她发了个大大的红包。

"不说要存小陆教育基金吗，出手这么阔绰？"涂图一边躺着吐槽，一边提钱放卡里。

"给我家宝贝儿的零花钱，不给你就跑了。"陆之晔总开这种玩笑，虽然是因为涂图先开玩笑。

【陆之晔陆之晔，你再不回我消息，我就跟小哥哥去吃饭了。】

【陆工，我通知你，老陆局生病了，你再不露面，本打工人就带着小情人溜号偷渡出城了。】

【这位公子，时值盛夏，暑天难耐，待你不到，我先行离开，去岁今年来年，还与你相见。】

即便涂图说得半玩笑半认真，陆之晔也不会当作无事发生，亦不会小题大做。他会打打电话通通视频，给涂图送些东西，点点外卖蛋糕奶茶到她公司，虽然好几次涂图下楼拿外卖被主任说了。

相爱相杀，她挨骂之后远程线上又把陆之晔说了一顿。

大年初一，陆爸宿醉归来。涂图打了招呼后，带着陆之晔回她爷爷奶奶家，吃过午饭，涂爸涂妈老规矩去拜访亲朋好友，他俩回了小屋。

电视放着春晚重播，陆之晔坐在主位上泡茶，涂图偶尔笑两声，偶尔和人发两句语音。

"真的啊？小婕婕，你是不是得请吃饭啊，要不是我当时给你打包票，你就错过了！

"虽然餐厅求婚有点那啥，但很不错啦。"

"谁啊？何婕？"陆之晔对涂图说的事很关注。

何婕和男神在一起了，痴情七年，考到他的城市，尽管那时她男神有女朋友，可她等到了机会，并在涂图的指导下，一个欲擒故纵，再来个请君入瓮。

"是啊，跟她求婚了，啧啧啧。"涂图慷慨地把手机给陆之晔看，一划拉都是何婕发的图片，不管过去多少年，何婕的内心还是小女孩，一个"marry me"的背景板都拍得很有趣。

陆之晔看着聊天记录，喜闻乐见，不过看到其中个别字眼，还是小气起来。

"很羡慕？酸成这样？"陆之晔指了指涂图发的趴地泪流成河的表情包，微眯着眼，"我跟你求婚的时候，你说什么来着？"

涂图装傻充愣："忘了忘了。"

"忘了？哦，我截图下来了，我来找找。"陆之晔煞有介事地开始翻手机。

涂图抬眼瞅他，已然坦然。

梦里，草长莺飞的操场上，绿油油的世界将我们包裹，他朝我笑，我说，好。

【陆之晔先生，我宣布你赢得了求婚大赛第一名。烟花/】

【这是，我心中最好最好，比梦都好的求婚表白。痛哭/】

本来朋友圈是半年可见，陆之晔竟然截图下来，好几次朋友聚会还拿出来公开处刑。

逼得涂图不服输，拿出陆之晔的肉麻黑历史。

"你也有，别嘚瑟。"涂图拿起手机，打算互相伤害。

陆之晔却抽过她的手机，放在桌上，勾嘴笑起来。

陆之晔没羞没臊道："你想听，我完全可以再说一遍。"

"大可不必，听多了牙疼。"

陆之晔抚摸着涂图的脑袋，捏着她的下巴，拿出腔势开始表演："那年冬天，我在楼下等她，等到教学楼的灯都熄灭了，她都没有出现。

"涂涂转头只要零点五秒，为了走进她的视线，我花了很久。"陆之晔触摸着涂图的嘴唇，看着她清亮的眸子突然发笑，"你记得我第一次来你家的时候吗？

"抱着你的时候，我在想你的房间在哪里。

"现在我知道了。老婆，造小陆吗？"

- 正文完 -

番外一
/ 失恋这件事 /

涂图和陆之晔分手了。涂图的朋友圈变黑，陆之晔很少出现，一切不言而喻，群众雪亮的眼睛注视并见证了一对情侣的聚合离散。

有人说，是陆之晔甩了涂图，连学校都不回了；有人说，是涂图甩了陆之晔，因为陆之晔没删朋友圈。旁观者猜测不已，知情者扼腕叹息，如此登对的天作之合竟然走不到最后。

"涂图，我是真的挺你，看起来小小的，但是仗义！脾气好！好兄弟，毕业论文帮我大忙了！"吃毕业散伙饭时，老孟喝嗨了，拍着涂图的肩走心煽情起来，"我舍不得你啊，老子真……真没想到大学四年会碰上你们，下次和老陆一起过来霖川玩，我请你们吃饭！"

涂图也喝了不少，脑子晕乎乎的，还没有反应过来老孟话里说的那个人。

"老陆在学校吧，叫出来一起喝酒啊，都是上过'大职'课的同学！

"你对象，四舍五入也是咱班的！"

理智不清开始胡言乱语的老孟被陈豪扒拉开。

涂图被扯得晃了两下身子，歪过去靠着何婕。

陈豪搬来一张椅子在涂图旁边坐下："何婕、涂图，快十二点了，你们还回宿舍吗？"

何婕和涂图晚上情绪很低落，燕总好心拿热水塞给两人，却被放在一边置之不理，叫嚷着不醉不归。

"婕婕，他都和人同居了，你还喜欢他吗？"

"涂，他都抛弃你了，你还喜欢他吗？"

燕总和陈豪看着两个醉醺醺的失意人互捅刀子，表情一言难尽。

"燕总，你带得动两人吗？"陈豪开口问，默默转头扫了下身后倒了一片的男同胞们。

"已经门禁了，拖着一群醉鬼敲门，铁定被宿管骂死，要不，直接叫两辆车拉到酒店吧？"燕总理智分析。

"不好！不去！"涂图突然拍了下大腿，挺直身子，眼神恶狠狠的，"酒店就该通通倒闭！我要打电话投诉他们，垃圾！"

"涂，投诉没用，他们同居了……"说罢，何婕眨着眼哽咽起来，眼泪吧嗒开始往下掉。

涂图撇嘴，眼睛都没眨，豆大泪珠跟着就夺眶而出了。

燕总急忙抽纸照顾两人。何婕发酒疯骂骂咧咧止不住，涂图哭着罩着站起来往外走。

"涂儿，你上头了，有车！"陈豪操碎了心，直接丢下睡倒在地的老孟等人追了上去。

涂图就想走走静静，有人拦她，她就甩开，有人说话，她就闭上眼睛捂住耳朵不想听。

夜晚幽深黑暗，涂图一个劲往明亮空旷的马路走。陈豪用了力拽住她，被拳脚相待挨了顿揍，要说是涂图发酒疯就算了，可边打还边骂渣男就让他很头大。

"走都走了，那就不要出现啊！你干吗在我面前走来走去？为什么啊？走呗，反正你也不缺我一个，反正你什么都不跟我说！不说就不说，走走走！分手分手！我不喜欢你了！"涂图泣不成声地骂着，酒劲上来蛮力更甚，挣开了陈豪又往马路上跑。

十二点后的校园安静得令人跟着屏住呼吸，陆之晔接到电话后来不及敲宿管的门，直接翻阳台出去。

陈豪说的地址就在学校后面美食街的尽头，十二点后，小摊都在收拾，地上一堆残渣，空气里都是食物与垃圾混杂的味道。

夜色中的街道比白日安静很多，但疾驰而过的汽车刮起的呼啸风声在机动车声的衬托下凛冽又刺耳。

陆之晔皱眉看着半地板歪七扭八的醉鬼，目光搜索两圈，盯着前面三十米处树下的两人。

涂图一向是个有分寸的人，可喝多了抱着人闹的涂图就是个不省心的女孩，尤其抱的人还是曾经对她有过想法的。

"涂图。"陆之晔开口喊道。

涂图没反应，倒是陈豪转头看过来。

陈豪同陆之晔对视了三秒，后者三步并作两步走上前直接拉开涂图缠着陈豪的手，扶手揽腰动作一气呵成，眼神没离开涂图："她喝了多少？"

陈豪扯了下略凌乱的衣服，礼貌笑着回答："大概四五瓶吧。"

"才不是！"涂图蓦地醒过来，伸着三根手指，顿了一会儿又伸出另一只手也比了个三，"三瓶！三杯！谁给我灌的白的啊？"

"白的？"陆之晔抬手摸涂图的脸，还没摸出温度，涂图就拍开他的手，东倒西歪地指着他。

"是不是你给我喝的？！"涂图蹙眉盯着陆之晔，僵持几秒，陆之晔无奈又宠溺地抓住她手指，刚要哄，涂图就红了眼圈，"陆之晔太坏了……算准了我会喜欢他……哼，渣男！"

此时此刻，陈豪悄悄离开了现场。

陆之晔着实没想到涂图是这么想他的。天地良心，他喜欢涂图路人皆知，喜欢了这么多年，他从没喜欢过任何其他人，甚至连怀疑自己是不是喜欢她的念头都没有。

陆之晔的世界里，喜欢涂图永远成立。

"涂涂，你别忘了，我没答应过分手。"陆之晔伸手替涂图擦眼泪，语气认真又严肃。

闹别扭异地的这学期，是涂图单方面提出分手，而他并没有作出回应。

"他去临市了，我去不了了……"涂图垂着脑袋，伸着食指开始戳陆之晔肚子，指头被陆之晔捉住。

"临市和滨城离得很近，我会……会去找你的。"陆之晔极具耐心地同涂图解释，尽管涂图现在晕乎得连他是谁都不知道。

"陆晔，我们叫了车，要一起过去吗？"陈豪喊了一句。

"陆之晔！"涂图兀地跟着大喊一句，脚步虚浮，摇晃着身子往前蹦跶一步，扑进了陆之晔的怀里，踮脚抱着他的脖子，耍赖撒泼不松手，带着委屈的哭腔在他耳边嘟囔，"我想你了……"

猝不及防又是一嘴狗粮，陈豪移开眼，心酸地把一群鬼哭狼嚎的大老爷们踹进车里。

"老陈，把地址发我。"陆之晔安抚完涂图，找班长要了地址。

到了同一家酒店，见房间和燕总何婕挨着，陆之晔对她们说：

"有事叫我,我们就在隔壁。"

燕总扶着何婕,看着他们进了房间,房门关上,何婕冷不丁出声:"燕总,怎么觉得最惨的还是我……啊,心态崩了,我要给他打电话……"

"半夜三更,你别找虐了。"燕总制止住何婕的疯念头,"时机不对都是白瞎,我看信管大佬确实靠谱。"

高中单恋三年,沉得住气一边给情敌添堵,一边明晃晃宣示主权,毕业时行动果断进了同一所学校。

沉得住气的人都是狠角色,在最对的时间以最好的面貌出现,在一起水到渠成。

虽然过程亦很坎坷,可他们都不是小孩。生活里不只有爱情,但陆之晔一直都在为他们的爱情努力,为有个好结果。

涂图按着太阳穴难受得在床上翻来覆去,又闷热又头疼。

陆之晔拿湿毛巾给涂图擦汗,不敢把空调开太低。

"头疼……"涂图难受极了,揪着头发十分煎熬。

"宝宝,去厕所吐一下,催吐一下,我帮你。"陆之晔知道喝醉该怎么办,轻声细语哄着涂图,可涂图只是拧紧眉头喊头疼。

闹了半个多小时,实在没法,陆之晔和燕总说了一声帮忙照看涂图。大晚上弄不到蜂蜜水,就找药店买了几盒解酒药,分了两盒给燕总和陈豪,然后回房间"哄"涂图吃药。

"不吃,不吃。"涂图捂嘴拒绝一切进食,只想捂着脑袋赶紧睡着。

"那喝点水,热水暖胃。"陆之晔把药片放到水里融化,让涂图喝下。

涂图半信半疑,喝了半口就摆手推开:"这不是水!"说完倒头继续在床上辗转,小脸皱成包子,嘴唇煞白煞白,痛不欲生地揪头发。

陆之晔捏着额头，又折腾了大半个小时，转眼就快两点了。

"涂涂。"陆之晔叹口气，又拿了两片药片出来，抓住涂图胡乱挣扎的手，箍着她逼她清醒一点，"吃了药才会好，头才不会痛，不好吃也要吃，知道吗？"

涂图不说话，明显没听进去，扭着手腕想按太阳穴。

"涂图！"陆之晔沉声，用力按着她的手。

涂图吃痛起来，瞪着他叫嚷："我头疼！"

"吃了药就不疼了。"陆之晔打算把药放进她嘴里。涂图反而咬住嘴唇撇开脸，挣扎闹腾着要逃。

陆之晔反手逮住涂图锁住她的手，抚着她的头发："涂涂，你要不要和我领证？"

"我们毕业了，我们到法定结婚年龄了。"陆之晔贴近涂图，哄了一晚上的声音特别沙哑，而且有点模糊，"你要不要……嫁给我？"

涂图安静下来，突然又皱起眉头开始挣手。

"是不是头疼？把这个吃了好好想想好吗？"陆之晔手疾眼快地把药片拿起来。

涂图没反应，呆呆地看着他。

"咳……"陆之晔压下心里不正经的猜想，亲了亲涂图的眼角，"宝宝，张嘴。"

两片药片成功塞进涂图嘴里，陆之晔三下五除二趁涂图还没把药吐出来，猛灌两口桌上水杯融了药的水，然后勾起涂图的下巴，深吻下去。

时隔几个月的吻同发涩发苦的药味一样，五味杂陈。

陆之晔在这件事上总有无师自通的天赋，涂图也不喊头疼脑热了，究竟是药效极快，还是陆之晔疗人功力深厚，没人知道。

酒店的白床单、深色窗帘、身边的人，一切都很熟悉。陆之晔没睡着，身边的人让他心漾暖意，可酒店千篇一律冷冰冰的布置让他心沉。

他不想只在酒店才能拥抱涂图。他说的，是真的。

追逐七载，他要娶涂图。

番外二
/ 成年人的爱情 /

依旧是热到不能自已的六月天气，便利店收银员对着小风扇直吹。玻璃门被推开，进来一位长发及腰的女孩，经过时带起的风里有淡淡的花香。

收银员睡意醒了大半，目光追随那女孩。

"橙汁？能外带吗？作为一家合格的餐馆竟然没有橙汁？"女孩穿着一条黑底白花露肩连衣裙，皮肤白皙，身形纤瘦，一边打电话，一边往里走。

年轻收银员整整衣服，站起来接过女孩手里的饮料，边扫码边打量。

女孩面容温婉，碎发落在颊边，眉梢眼角都是秀丽清爽的味道，赏心悦目。

"微信还是支付宝？"收银员拿出袋子收拾妥当。

"微信。"涂图拿出付款码，提上东西。

"稍等，小票给你。"收银员撕下小票，双手递上，"小姐姐，方便加个微信吗？"

风扇呼呼地吹，收银小哥看着涂图出门走远，脑海里晃着她挥手微笑的模样，闪亮的戒指同窗外的阳光一样刺眼。收银小哥久久不能回神，心中直叹英年早婚。

临市的夏季比滨城凉爽一些，二三线城市就这点好，生活节奏慢一点、悠闲一点，宜居。

尚未到饭点，餐馆并不拥挤，涂图看到招手的谢哲，朝那桌走去。

"还是就我俩？"涂图放下东西，环顾四周，"他俩可真忙，那待会儿再点菜吧。"

"先点也可以，文希在路上了。"谢哲给涂图倒上水，直入主题，"你过来出差这么久都不跟我说一声，要不是会上碰到，你是不打算跟我说了？"

涂科员这次作为他们班组办公室的代表，到临市分公司参加为期十天的培训和工作交流会。其他科员都推托不想来，这种差事不仅折腾，而且对晋升履历完全没帮助。

涂图自告奋勇，她在这儿还有个家，没人比她更合适了。

"没有的事。"涂图笑着，一边翻菜单，一边找补，她总没法直说陆先生最近闹脾气吧，"我来这儿有工作，这不是一直忙吗。"

"工作哪有不忙的，敷衍我呢，这么不想见我？"谢哲半开玩笑，朗朗目光带笑。

薄脸皮的涂图低下头，转念一想又抬起头，大大方方回应他的玩笑。

"老同学当然想见了，哎，大脸要结婚了你知道吗？"涂图想到大脸就忍不住笑，"那家伙求婚之后大半夜跑到临市找陆之晔，说他不守信，不能当陆之晔的伴郎了。"

"听说了。"谢哲点点头，摸着水杯，像琢磨了很久般开口，"涂图，你当初怎么一毕业就领证了呢？"

"啊？"这个问题涂图被问过无数次，花季女生为什么这么急着定终身呢？

"其实，也不是一时兴起。"涂图笑眯了眼，"就比如现在，你觉得你还能遇到更喜欢的人吗？

"我自知是个不上进又故步自封的蜗牛，波澜壮阔的精彩人生不是我想要的。有个还不错的工作，遇到一个还不错的人，就不想错过了，而且陆之晔也希望能早点结婚。"

涂图绾发喝水，眸子亮亮的。谢哲深思了一会儿，豁然开朗，这就是涂图的风格。

她的确是散漫的人，面对难的事苦的活，她虽会锁眉表示不满，但始终憋着气坚持走下去，平坦的路上她则稳稳地、慢悠悠地游历，不会错过路上的风景。

"那，陆晔怎么会想早点结婚？"谢哲一直觉得看不懂陆之晔。

"他呀……"涂图顿时想起陆家错综复杂的情况，眨着眼睛，调皮地含糊带过，"男女失调，怕以后找不到对象吧。"

谢哲疑惑："你们可以等等啊。"

"陆之晔曾经说：等不了，你会丢下我跑掉的。"

涂图正乐着准备开口转移话题，就看见陆之晔从外面走进来，马上掩嘴轻咳收敛了脸上的笑意。

陆之晔拖开椅子朝谢哲打了个招呼，果不其然下一句就是："你们刚聊什么呢？"

"没什么。"谢哲和涂图几乎同时回答。

话一出口，涂图迅速瞄了下陆之晔。好了，他在喝水压火气。

这周她出差天天和领导吃饭，好几次回到家时，陆之晔坐在不开灯的客厅，电视里播着新闻，他冷着脸说："你是不是忘了家里还有个没吃饭的流浪狗？"

也是她大意，忘记提前和陆之晔说她不回去吃饭。问题是，之前她来临市，每次都是陆之晔加班到十二点，留她独守空房。

一来一去，扯平了。

"不好意思，路上堵车了，你们点菜了吗？"文希姗姗来迟。

"还没呢。"涂图把菜单递过去，"你们看看想吃些什么。"

"刚在聊你和谢兄什么时候结婚的事。"陆之晔给涂图七分满的水杯加水，加到九点九九分满时，收到涂图警告的眼神，笑道，"大脸要结婚了，给你们发请柬了吗？"

高中时期，这群人的恩怨纠葛同麻绳一样乱，转瞬五年为一个单位，时间像倍速般流逝，如今坐在一桌，往事和今事都令人感慨。

饭局之后，又是一番彻骨怀念与复盘。

"文希和谢哲领了证必晒朋友圈，他俩有问题。"陆之晔笃定地发言。

要是文希和谢哲有问题，陆之晔就更不能放心了。

"别瞎说，没见刚走的时候谢哲还帮文希拿包吗？"涂图按着中控液晶屏开始播放音乐，靠着椅背迎面吹着鼓进车内的风，"你看，谢哲多会照顾人。"

车窗只升到一半，涂图纳闷转头。

"风吹多了又头疼。"陆之晔解释道，等红绿灯时手指一顿一顿没规律地敲着方向盘，"大脸八月就要办婚礼，你知道为什么吗？"

"大脸不是你伴郎吗？"

大脸和陆之晔的死党情义岂是涂图能超越的。

陆之晔应和两声，过了一会儿又开口："你认识他对象吗？"

"小我们两届，没什么印象。"涂图觉着陆之晔的问题有点奇怪，"他对象怎么了？"

陆之晔眉梢一松，话语都轻快起来，压着声音意味深长地说道："有孩子了。"

"涂涂，十月份我们就三周年了，你想怎么过？

"老婆，国庆我们度个假怎么样？

"宝宝，你明天就要走了。"回到家，陆之晔疯狂暗示。

涂图充耳不闻，默默收拾房间洗衣服晒被单，处理完琐事，坐在沙发上吃西瓜看综艺时，陆之晔再次上线。

不过还没开口，涂图就先发制人："大白天的，你想干吗？"

"那晚上？"陆之晔秒懂，揉着涂图脑袋，接过叉子插西瓜喂她，"咱们可以要宝宝了，滨城房子买了也装修好了，上附小没问题，学前班幼儿园到处是，岳父岳母有耐心，可以让他们帮着带。"

涂图嚼到无籽西瓜的白色嫩籽，想要吐出来又觉得麻烦，不吐又觉得影响口感。

"三岁之前，我们辛苦一点，周末你休息，我来带。"陆之晔侃侃而谈，乍看规划得有鼻子有眼。

涂图咀嚼着，终于吐出两粒瘪籽："那你呢？宝宝以后在滨城上学，你呢？"

"滨城"两个字堵住了陆之晔的展望，他插了好几下西瓜，红色的汁流了出来，沾了一手。

"直达高速不是要开了嘛，半个小时路程，我可以每天回去。"

"去年立项今年开工，整个工程工期两年半，试验检测三个月，那时娃都快两岁了。"涂图抽纸擦掉陆之晔手上残留的西瓜汁，"我是折腾不动了，也不想你折腾。"

"陆晔，异地真的累。"涂图坐回沙发，低头揉着皱巴巴的纸巾。

数不清的往返，数不清的路费发票，数不清的孤独熬过的夜晚。大家说他们结婚早能早点享受天伦之乐，但其实和单着没太大区别。

一家人该整整齐齐，那是因为放不下任何一个人在外头独行，因为舍不得。

涂图留在滨城，有家人亲戚，周末时涂图明明可以在家里约约老友逛街吃饭，但一想到陆之晔待在临市，假期如摆设、加班是主食，晚上回到空荡荡不见烟火的房子吃外卖的样子就舍不得。

见不到面的工作日，思念时常泛滥成灾，埋怨是必不可少的，不过陆之晔连涂图的埋怨都听得很认真，视频语音通话到半夜一两点仍是他们婚后的日常。

"涂，我们公司要在滨城成立分部，未来我肯定会回去的。"

"未来？别哄我，成立分部这事你早说过了。"

陆之晔从没想过永远待在临市，关于未来他有把握："已经在申请了，预计后年年初能开始营业。

"明年公司地址定下来后，我会过来负责一些其他事。"

"涂涂，我说的以后就是现在。"陆之晔摸着涂图的头发，温柔地将缕缕发丝揉顺，安抚一样勾划着她下巴，"先苦后甜，早辛苦早休息，等到孩子大了，我们过我们的，每次年假就出去旅游十来天。

"我现在和我爸二舅他们的领域不同，平时八竿子打不着，过年过节来往走动联络下感情就可以了。"

涂图知道陆之晔一直担心她待在滨城，陆家会给她压力，碍于舆论和道义，她这个媳妇只能事事点头称是。

　　"其实也还好。"涂图心大得能装海，尊老爱幼是美德，面对长辈低低头她没什么可纠结的。

　　偏陆之晔深受家庭环境荼毒："宝宝……"

　　"怎么，"涂图看着神色失落又愧疚的陆之晔，勾嘴笑起来，"每次在我面前表现得对不起我，是不是我不在的时候到处留情拈花惹草了？"

　　"我拿大脸的幸福担保，绝无此事！"陆之晔一本正经起誓，看着涂图眉开眼笑的模样，揉着她脑袋亲了亲她额头，耳边的低语轻描淡写，却杂糅了道不尽的情愫。

　　"你的陆之晔，你还信不过吗？"

　　涂图倚着陆之晔的肩膀，看着电视里播放的节目咯咯笑。

　　无论多少年过去，无论小小客厅多了哪些宝宝的哭闹嬉笑，一高一低的身影始终紧靠，平平淡淡都变得五彩缤纷。细细回首，生活就像一片蔚蓝的天幕，在鸡蛋黄的太阳照耀下，波光粼粼的水面浮起一道彩虹，绿地上兔子玩耍，林间小鹿相伴。